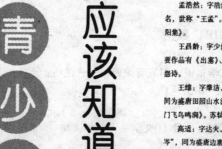

应该知道的文学知识

青少年

YING GAI ZHI DAO DE
WEN XUE ZHI SHI

赵宜奇 编著

孟浩然：字浩然，襄阳人。唐代第一个大量写山水诗的人，与王维齐名，世称"王孟"。主要作品有《过故人庄》、《春晓》等，集结为《孟襄阳集》。

王昌龄：字少伯，江宁人。曾任龙标尉，世称王龙标，七绝圣手。主要作品有《出塞》、《从军行》。后人辑有《王昌龄集》。善边塞诗、宫怨诗。

王维：字摩诘，官至尚书右丞，故称王右丞。诗人兼画家。与孟浩然同为盛唐田园山水派代表。主要作品有《送元二使安西》，又名《阳关曲门飞鸟鸣涧》。苏轼赞其作品为"诗中有画"、"画中有诗"。

高适：字达夫，曾任散骑常侍，世称高常侍。与岑参齐名，并称"高岑"，同为盛唐边塞诗派的代表。主要作品有《燕歌行》、《别董大》等，后人辑有《高常侍集》。

李白：字太白，别号青莲居士，人称"诗仙"。与杜甫齐名，人称"李杜"。唐代三大诗人之一。主要作品有《梦游天姥吟留别》、《蜀道难》、《子夜吴歌》、《望天门山》、《秋浦歌》、《宣州谢朓楼饯别校书叔云》等，结为《李太白集》。属浪漫主义豪放派，他的作品属古典诗歌艺术的高峰。韩愈称赞说："李杜文章在，光焰万丈长。"

杜甫：字子美，自称少陵野老，曾任左拾遗、检校工部员外郎，世称杜拾遗、杜工部。与李白齐名，人称"诗圣"。唐代三大诗人之一。主要作品有《兵车行》、《春望》、《茅屋为秋风所破歌》、《闻官军收河南河北》、"三吏"（《新安吏》、《石壕吏》、《潼关吏》）、"三别"（《新婚别》、《垂老别》、《无家别》），结为《杜工部集》。其作品为现实主义诗歌艺术的高峰，被称为"诗史"。首创记事名篇的乐府诗，直接推动了后来以白居易为首的新乐府运动。

岑参：曾任嘉州刺使，世称岑嘉州。边塞诗派的重要代表。主要作品

云南大学出版社

图书在版编目（CIP）数据

青少年应该知道的文学知识／赵宜奇编著 . —— 昆明：云南大学出版社，2010
ISBN 978 - 7 - 5482 - 0131 - 1

Ⅰ.①青…　Ⅱ.①赵…　Ⅲ.①文学 – 青少年读物　　Ⅳ.①I – 49

中国版本图书馆 CIP 数据核字（2010）第 105376 号

青少年应该知道的文学知识

赵宜奇　编著

责任编辑：	于　学
封面设计：	五洲恒源设计
出版发行：	云南大学出版社
印　装：	北京市业和印务有限公司

开　本：	710mm × 1000mm　1/16
印　张：	15
字　数：	200 千
版　次：	2010 年 6 月第 1 版
印　次：	2010 年 6 月第 1 次印刷
书　号：	978 - 7 - 5482 - 0131 - 1
定　价：	28.00 元

地　址：	云南省昆明市翠湖北路 2 号云南大学英华园
邮　编：	650091
电　话：	0871 - 50332445031071
网　址：	http：//www.ynup.com
E – mail：	market@ ynup.com

序　言

　　每位中学生都有自己的文学史。而你无意或有意接触到的这本《高中生文学常识快易通》，它就是那个你素未平生的曾经的中学生，如今的教师或编者的文学史。我曾突击过中外的文学文化常识，那时是硬着头皮为着考试苦读的。直到读大一的某天，打我爱上了地摊的淘书之后，一切都变了。读大三时，地摊的书商因为旧书的货源不得保障，偶然的机缘，我成了开始我并不知晓的，在淘书圈子里颇具名气的旧书店的常客。老板爱书、懂书，能言文史，记忆颇佳，有很多南来北往的书友（不乏我的大学的教授或是中国一流学府的研究生或学者），而且又不是斤斤计较的书商。熟识后，我读完的书还可以拿去和他重换想读之书，而其面无为难色，甚为感动。他有个习惯他所卖的每一本书都作了书名记录，我常想这长年累月的记录到可以编纂类似于大版本目录学家孙殿起的《贩书偶记》了。期间，我开始对出版社、版本、纸张、印刷、史传、学派、掌故、辨伪等渐生兴味，也从他处知道一个极为重要的旧书网站——孔夫子旧书网。至今，我仍乐此不疲于买书、读书、卖书的简单生活。时至今日，孔夫子旧书网书店联盟汇集了全国各地的近五千家书店，展示多达两千万种古旧书，书友云集，谈书论文，不亦乐乎。有人说文学文化常识的是死的，需要死记硬背。非也！读其书想见其为人，他们是那样的鲜活，活的纯朴、活的自然、活的洒脱、活的真实、甚至活的倔强而固执。时常你会发现在他们世界里没有君王，没有生死，没有贵贱，只有朋友、只有诗书，只有粗茶淡饭、浊酒一壶，他们只不过是食五谷烟火的"古怪"罢了。时至近代，毕其一生救民族文献于危难，"为国家而藏书"的郑振铎先生尤使我钦佩，而他那句"我走了，这次是真的走了"的含笑而别的话，竟成谶语，尤使我痛心，这种痛心再者乃投颐和园昆明湖的王国维。先生的《插图本中国文学史》、《西谛书话》为我读，为我藏，不得不赞叹他的识力。受其影响，我在做这样一种积累，给那些苦于死记硬背的中学生整理一本可读、愿读的文学常识读本，而在读本中我总在努力诠释着两个关键词，其一，兴趣；其一，方法。多言无益，是为序。

赵宜奇

2010 年 1 月于常州市第一中学

目 录

第一章　中国文学常识

中国文学的流变

　　文学的流变（发展变化）是内、因综合作用的结果。所谓外部因素是指社会经济、政治、文化、民族矛盾以及地理环境的影响等等。例如，春秋战国之际社会经济政治的大变革带来文化上的百家争鸣，与之相适应，文学也出现了繁荣局面。汉代大一统的政治背景以及汉武帝"罢黜百家，独尊儒术"的政策，对汉赋的出现和汉代散文的特点有直接的影响。汉末的黄巾起义及军阀混战，影响了建安时期一代人的思想观念，造就了建安文学的新局面。南北朝的对峙造成南北文风的不同，隋唐的统一以及唐代广泛的对外文化交流又推动了唐代文学的繁荣。宋代理学的兴起，士人入仕机会的增多，以及印刷术的发展，对宋代文学产生了重要的影响。元代士人地位低下，他们走向市井，直接推动了元杂剧的发展。明代中叶以后，商业经济繁荣，市民壮大，反映和适应这种新的社会状况，文学发生

了划时代的变化。清朝初年民族矛盾突出，在文学创作上也有反映。1840年鸦片战争之后，中国沦为半封建半殖民地社会，更引起文学的重大变化。

关于中国文学流变的内部因素，首先可从文学自身发展的不平衡探究开来。由于中国历史悠久、地域广阔，所以中国文学发展的不平衡性特别突出。

一、文体发展的不平衡

它包含这样两方面的意思：一方面，各种文体形成和成熟的时代不同，有先有后。诗歌和散文是最早形成的两种文体，早在商周时代就有了用文字记载的诗文。在中国文学的各种文体中，诗和文是基础。到了魏晋南北朝才有了初具规模的小说，唐代中期才有了成熟的小说。而到了宋金两代，出现了宋杂剧和金院本，才标志着中国戏曲的形成。以上所说是文体的大概轮廓，如果细分，骈文是魏晋以后才形成的，词到唐代中叶才形成，白话短篇小说到宋代才形成，白话长篇小说到宋元之际才形成，散曲到元代才形成。中国文学的各种体裁形成的时间相差数百年甚至一两千年。另一方面，各种文体从萌生到形成再到成熟，其过程的长短也不同。例如小说，从远古神话到唐传奇，历经了极其漫长的时间；而赋的形成过程就短得多。

二、朝代的不平衡

各个朝代文学的总体成就是不一样的，有的朝代相对繁荣些，有的朝代相对平庸些，而且各个朝代各有相对发达的文体。例如：先秦诸子哲理散文（编者加）、汉代的赋、唐代的诗、宋代的词、元代的曲、明清两代的小说。其实在一个朝代之内文学的发展也是不平衡的，有些年代较长的朝代如汉、唐、宋、明，其初期的文学比较平庸，经过两代或三代人的努力，才达到高潮。有些小朝廷倒又可能在某种文体上异军突起，如梁、陈两代的诗，南唐和西蜀的词。

三、地域的不平衡

地域的不平衡包含两个方面：一是在不同的朝代，各地文学的发展有盛衰的变化，呈现此盛彼衰、此衰彼盛的状况。例如：建安文学集中于鄴（即"邺"）都；梁陈文学集中于金陵；河南、山西两地在唐朝涌现的诗人比较多，而明清两朝则比较少；江西在宋朝涌现的诗人特别多，此前和此后都比较少；江苏、浙江两地在明清两朝文风最盛，作家最多；岭南文学在近代特别值得注意。二是不同的地域有不同的文体孕育生长，从而使一些文体带有不同的地方特色。例如：《楚辞》带有明显的楚地特色，五代词带有鲜明的江南特色，杂剧带有强烈的北方特色，南戏带有突出的南方特色。中国文学发展中所表现出来的地域性，说明中国文学有不止一个发源地。

其次，在中国文学的流变过程中，有一些相反相成的因素，它们的互动作用值得注意。

1. 俗与雅之间相互的影响、转变和推动。《诗经》中的"国风"本是民歌，经过孔子整理，到汉代被儒家奉为经典并加以解释之后，就变雅了。南朝民歌产生于长江中下游的市井之间。本是俗而又俗的文学，却引起梁陈宫廷文人的兴趣，从一个方面促成了梁陈宫体诗的产生。词在唐代本是民间通俗的曲子词，在发展过程中逐渐变得雅了起来。宋元时期当戏曲在市井的勾栏瓦舍中演唱时，本是适应市民口味的俗文学。后来的文人接过这种通俗的文学形式加以提高，遂有了《牡丹亭》、《长生殿》、《桃花扇》这类精致高雅的作品。在俗与雅之间，主要是俗对雅的影响和推动，以及由俗到雅的转变。由雅变俗的例子也是有的，宋代有些诗人有意地以俗为美，在俗中求得新的趣味。

2. 各种文体的相互渗透与融合。各种文体都有其独特的体制与功能，这构成了文体之间的界限。文体辨析是一个值得注意的问题，但文体之间的融合更是一个关系到文学发展的大问题。例如诗和赋的区别本来是很明显的：诗者缘情，赋者体物；诗不忌简，赋不厌繁；诗之妙在内敛，赋之

妙在铺陈；诗之用在寄兴，赋之用在炫博。但魏晋以后赋吸取了诗的特点，抒情小赋兴盛起来，这是赋的诗化；而在初唐，诗又反过来吸取赋的特点，出现了诗的赋化现象，例如卢照临的《长安古意》等。再如，词和诗不但体制不同，早期的词和诗的功能、风格也不相同。"词之为体，要眇（miǎo）宜修。能言诗之所不能言，而不能尽言诗之所能言。诗之境阔，词之言长"。词本是配合音乐以演唱娱人的，是十七八岁女孩儿在绮筵之上浅酌低唱、佐欢侑酒的娱乐品，诗和词的界线本是清楚的。可是从苏轼开始，以诗为词赋予词以诗的功能，诗和词的界限就在相当大的程度上模糊了。周邦彦吸取赋的写法，以赋为词，在词所限定的篇幅内极尽铺张之能事，诗和赋的疆域又在一定程度上突破了。而辛弃疾以文为词，词和文的距离也在一定程度上缩小了。又如，中国的小说吸取诗词的地方很多，唐人传奇中的佳作如《莺莺传》、《李娃传》、《长恨歌传》等，无不带有浓厚的诗意。宋元以后的白话小说，也和诗词有密切的关系。宋代说话一般都是有说有唱，那些唱词就是诗。所以有的小说索性就叫"诗话"、"词话"。在中国戏曲的各种因素中，唱词占了十分重要的地位，唱词也是一种诗，离开唱词就没有戏曲了。

一种文体与其他文体相互渗透与交融，吸取其他文体的艺术特点以求得新变，这是中国文学流变的一条重要途径。

3. 复古与革新之间的交替与碰撞。这是文学体裁内部的运动，主要表现在诗文的领域里。魏晋以后文学走上了自觉的道路，文学创作不断自觉或半自觉地进行着革新。在这种情况下，刘勰在《文心雕龙·通变》中专门就文学的通与变，也就是因与革、继承与创新的问题进行了论述，这已经涉及复古与革新的问题。齐梁以来诗歌过分追求声色，出现一些弊病，（梁）裴子野的《雕虫论》予以激烈的批评。初唐的诗人陈子昂又大声疾呼恢复汉魏风骨，成为中国文学史上第一次有影响的复古呼声。陈子昂的复古实际上是革新，促成了声色与性情的统一，是盛唐诗歌达到高峰的因素之一。到了唐代中叶，韩愈和柳宗元又在文的领域内举起复古的旗帜，反对六朝以来盛行的骈文，提倡三代两汉的古文。韩、柳的复古实际上也

青少年应该知道的文学知识

是革新,是在三代两汉古文的基础上建立一种与"道"合一的新的文学语言和文体。韩、柳之后古文一度衰落,骈文重新兴起,直到宋代欧阳修、苏轼等人再度提倡和写作古文,才确立了古文的不可动摇的地位。

4. 文与道的离合。这主要是指文学与儒家伦理道德、儒家政治理想的关系。自从汉代确立了儒家思想的统治地位以后,文学和儒家思想的关系一直制约着文学本身的流变。此外,道家思想、佛学思想以及反映市民要求的思想又先后不同程度地渗透进来,给文学以不同方向的外力,影响着文学的发展。文学适合儒家思想,出现过许多优秀的作家,如杜甫、韩愈、白居易、陆游等。文学部分离开儒家思想,也出现过许多优秀作家,如陶渊明、李白、苏轼、曹雪芹等。唐代以后围绕着文以"明道"、"贯道"、"载道"有不少论述,"明道"、"贯道"、"载道"之类的说法,与强调独抒性灵、审美娱乐的要求,相互碰撞相互补充。当市民兴起之后,反抗封建伦理道德的思想抬头,在情与理的对立中发出一种新的呼声,从戏曲、小说里很容易听到。在文与道或离或合的过程中,中国文学激流勇进。

(摘自袁行霈主编《中国文学史》的绪论部分,有增删)

中国文学史分段

河流有上中下游,中国文学史也如此,分为上古期、中古期、近古期。三古之分,是中国文学史大的时代断限。在三古之内,又可细分七段。划分如下:

上古期:先秦两汉(公元3世纪以前)

第一段:先秦

第二段:秦汉

中古期：魏晋至明中叶（公元 3 世纪至 16 世纪）

第三段：魏晋至唐中叶（天宝末）

第四段：唐中叶至南宋末

第五段：元初至明中叶（正德末）

近古期：明中叶至"五四"运动（公元 16 世纪至 20 世纪初期）

第六段：明嘉靖初至鸦片战争（1840）

第七段：鸦片战争至"五四"运动（1919）

"三古七段"说主要着眼于文学本身的发展变化，体现文学本身的发展变化所呈现的阶段性，而将其他的条件如社会制度的变化、王朝的更替等视为文学发展变化的背景。所谓文学本身的发展变化，可以分解为以下九个方面：一、创作主体的发展变化；二、作品思想内容的发展变化；三、文学体裁的发展变化；四、文学语言的发展变化；五、艺术表现的发展变化；六、文学流派的发展变化；七、文学思潮的发展变化；八、文学传媒的发展变化；九、接受对象的发展变化。

一、上古期

上古期包括先秦、秦汉。

首先，中国文学的各种体裁几乎都孕育于这个时期。散文可以追溯到甲骨卜辞；诗歌可以追溯到《诗经》、《楚辞》和汉乐府；小说可以追溯到神话传说，《左传》、《史记》等历史散文，以及诸子散文中的寓言故事；辞赋可以追溯到《楚辞》。骈文中对偶的修辞手法，在这个时期也已出现；就连戏曲的因素在《九歌》中也已有了萌芽。其次，中国文学的思想基础也是孕育于上古期的。特别是儒道两家的思想影响着此后几千年作家的世界观、人生观和价值观。第三，中国的文学思潮以儒道两家为主，儒家注重文学的社会功能，道家注重文学的审美价值，这在上古期也已经形成了。影响着整个中国文学的一些观念，如"诗言志"、"法自然"、"思无邪"、"温柔敦厚"等等，都是在这个时期提出来的。第四，从文学的创作、传播、接受来看，士大夫作为创作的主体和接受对象，文字作为传播的主要媒介，中国文学的这个基本格局也是在上古期奠定的。直到宋代出现了市民文学，才使这个格局发生了变化。

上古期的第一段是先秦文学。在这个阶段，文学的创作主体经历了由群体到个体的演变，《诗经》里的诗歌大都是群体的歌唱，从那时到中国文学史上第一位诗人屈原出现，经过了数百年之久。上古巫史不分，史从巫中分化出来专门从事人事的记录，这是一大进步。而士的兴起与活跃，对文学的发展又起了关键性的作用。先秦文学的形态，一方面是文史哲不分，另一方面是诗乐舞结合，这种混沌的状态成为先秦的一大景观。所谓文史哲不分，是就散文这个领域而言，在讲先秦散文时我们无法排除《尚书》、《左传》、《国语》、《战国策》等历史著作，也无法排除《周易》、《老子》、《论语》、《孟子》、《庄子》等哲学著作，那时还没有纯文学的散文。至于诗歌，最初是和音乐、舞蹈结合在一起的，《吕氏春秋》里记载的葛天氏之乐，以及《尚书·尧典》里记载的"击石拊石，兽率舞"，都是例证。《诗经》、《楚辞》中的许多诗歌也和乐舞有很大关系。风、雅颂的重要区别就是音乐的不同，据说《史记·孔子世家》和《诗》三百零五篇都可以和乐歌唱。

秦汉文学属于上古期的第二段，秦汉文学出现了不同于先秦文学的一些新的特点。首先是创作主体的处境有了变化，战国时代游说于列国之间的士，聚集到统一帝国的皇帝或诸侯王周围，形成若干作家群体，他们以歌功颂德或讽喻谲谏为己任。如武帝时的司马相如、东方朔，吴王刘濞门下的枚乘、邹阳。这些"言语侍从之臣"正好成为大赋这种汉代新兴文体的作者。与汉代大一统的政治局面相适应，汉代文学以大为美，铺张扬厉成为风尚。"与罢黜百家，独尊儒术"的政策相适应，汉代文学失去了先秦文学的生动活泼与多姿多彩，而形成格式化的、凝重板滞的风格。然而，对于中国诗歌来说，汉代是一个极其重要的朝代。《诗经》那种四言的躯壳到汉代已经僵化了，楚辞的形式转化为赋，汉代乐府民歌却以一种新的姿态、新的活力，先是在民间继而在文人中显示了不可抗拒的力量，并由此酝酿出中国诗歌的新节奏、新形式，这就是历久不衰的五七言体。

二、中古期

中古期从魏晋开始，经过南北朝、隋唐五代、宋元，到明朝中叶为止。

为什么将魏晋作为一个新时期的开端，并将魏晋到明中叶这样长的时间划为一个中古期呢？这是考虑到以下事实：第一，这时开始了中国文学的自觉时代，并在南北朝完成了这个自觉的进程。第二，文学语言发生了划时代的变化，由古奥转向浅近。第三，这是诗、词、曲三种重要文学体裁的鼎盛期，它们分别在中古期内的唐、宋、元三朝达到了高峰。第四，文言小说在魏晋南北朝已初具规模，在唐代达到成熟。白话短篇小说在宋元两代已经相当繁荣，白话长篇小说在元末明初也已出现了《三国志演义》、《水浒传》等作品。第五，文学传媒出现了印刷出版、讲唱、舞台表演等各种新的形式。第六，文学创作的主体和对象，包括了宫廷、士林、乡村、市井等各个方面。总之，中国文学所有的各种因素都在这个时期具备了而且成熟了。

中古期的第一段从魏晋到唐中叶。这是五七言古体诗繁荣发展并达到鼎盛的阶段，也是五七言近体诗兴起、定型并达到鼎盛的阶段。诗，占据着文坛的主导地位。文向诗靠拢，出现了诗化的骈文；赋向诗靠拢，出现了骈赋。从"三曹"、"七子"，经过陶渊明、谢灵运、庾信、"四杰"、陈子昂，到王维、孟浩然、高适、岑参、李白、杜甫，诗歌的流程清楚而又完整。杜甫既是这个阶段最后的一位诗人，又是开启下一阶段的最早的一位诗人，像一个里程碑矗立在文学史上。"建安风骨"和"盛唐气象"这两个诗歌的范式，先后在这个阶段的头尾确立起来，作为一种优秀的传统，成为后代诗人追慕的极致。这又是一个文学创作趋于个性化的阶段，作家独特的人格与风格得以充分展现。陶渊明、李白、杜甫，他们的成就都带着鲜明的个性。此外，这个阶段的文学创作，宫廷起着核心的作用，以宫廷为中心形成若干文学集团，文学集团内部成员之间相互切磋，提高了文学的技巧。以曹操为首的邺下文人集团在发展五言古诗方面的作用，齐梁和初唐的宫廷诗人在建立近体诗格律方面的作用，都是有力的证据。

在这个阶段，玄学和佛学渗入文学，使文学呈现多姿多彩的新面貌。在儒家提倡文学的政治教化作用之外，玄学家提倡的真和自然，已成为作家的美学追求；佛教关于真与空的观念、关于心性的观念、关于境界的观念，也促进了文学观念的多样化。

中古期的第二段是从唐中叶开始的，具体地说就是以天宝末年"安史之乱"爆发为起点，到南宋灭亡为止。唐中叶以后文学发生了一些值得注意的变化：韩、柳所提倡的古文引起文学语言和文体的改革，宋代的欧阳修等人继续韩、柳的道路，完成了这次改革。由唐宋八大家共同实现的改革，确定了此后的文学语言和文体模式，一直到"五四"才打破。诗歌经过盛唐的高潮之后面临着盛极难继的局面，诗人们纷纷另辟蹊径，经过白居易、韩愈、李贺、李商隐等中晚唐诗人的努力，到了宋代终于寻到了另一条道路。就宋诗与唐中叶以后诗歌的延续性而言，有这样两点值得注意：由中晚唐诗人开始，注重日常生活的描写，与日常生活相关的人文意象明显增多，到了宋代这已成为一种普遍的风气；由杜甫、白居易开创的反映民生疾苦积极参与政治的传统，以及深沉的忧患意识，在晚唐一度减弱，到了宋代又普遍地得到加强。作为宋诗的代表人物，黄庭坚与江西诗派具有比较明确的创作主张与艺术特色。苏轼、杨万里、范成大、陆游等也各以其自身的特点，与江西诗派共同构成有别于唐音的宋调。唐中叶以后曲子词迅速兴盛起来，经过五代词人温庭筠、李煜等人之手，到了宋代遂蔚为大观，并成为宋代文学的代表。柳永、苏轼、周邦彦、李清照、辛弃疾、姜夔等人的名字也就永远镌刻在词史上了。唐中叶以后传奇的兴盛，标志着中国小说进入成熟的阶段；而在城市文化背景下，唐代"市人小说"的兴起，宋代"说话"的兴盛，则是这个阶段内文学的新发展。

中古期的第三段从元代开始，延续到明代中叶。从元代开始叙事文学占据了文坛的主导地位，这是具有重大意义的。从此，文学的对象更多地从案头的读者转向勾栏瓦舍里的听众和观众。文学的传媒不仅是写在纸上或刻印在纸上的读物，还包括了说唱扮演的艺术形式。儒生社会地位降低，走向社会下层从事通俗文学的创作，先是适应群众喜闻乐见的文学形

式，继而提高这些文学形式，于是出现了关汉卿、王实甫、马致远、高明等一大批不同于正统文人的作家。元代的文学以戏曲和散曲为代表，以大都为中心的杂剧与以温州为中心的南戏，共同创造了元代文学的辉煌，而明代流行的传奇又是对元曲的继承与发展。元末明初出现了《三国志演义》、《水浒传》这两部长篇白话小说，成为这个阶段的另一标志，它们的出现预示着一个长篇小说的时代到来了。

三、近古期

明嘉靖以后文学发生了划时代的变化。这变化主要表现在以下方面：第一、随着商业经济的繁荣、市民的壮大、印刷术的普及，文人的市民化和文学创作的商品化成为一种新的趋势；适应市民这一新的热爱群体的需要，文学作品的内容、题材、趣味，发生了一系列的变化。同时，在表现正统思想的士大夫文学之外，反映市民生活和思想趣味的文学占据了重要的地位。《金瓶梅》的出现就是这种种现象的综合反映。第二、在王学左派的影响下，创作主体的个性高扬，并在作品中以更加强烈的色彩表现出来；在文学作品中对人的情欲有了更多肯定的描述；对理学禁欲主义进行了强烈的冲击，从而为禁锢的人生打开了一扇窗户。汤显祖的《牡丹亭》所写的那种"生者可以死，死可以生"的爱情，便是一种新的呼声。晚明诗文中所表现出来的重视个人性情、追求生活趣味、模仿市井俗调的倾向，也透露出一种新的气息。第三、诗文等传统的文体虽然仍有发展，但已翻不出多少新的花样。而通俗的文体显得生机勃勃，其中又以小说最富于生命力。这些通俗文学借助日益廉价的印刷出版这个媒体，渗入社会的各个阶层，并产生了广泛的影响。从以上各方面看来，明代中叶的确是一个文学新时代的开端。

从明嘉靖初到鸦片战争是近古期的第一段。明清易代是一个巨大的变化，特别是对那些汉族士人的震动极其强烈，但清代初期和中期的文学创作基本上沿袭着明代中叶以来的趋势，并没有发生巨大变化。在近古期第一段，文学集团和派别的大量涌现以及它们之间的论争，是一种值得注意

青少年应该知道的文学知识

的现象。在诗文方面有公安派、竟陵派、神韵派、格调派、性灵派、桐城派的主张和创作实践，在词的方面有阳羡词派、浙西词派、常州词派的主张和创作实践，甚至在戏曲方面也有以"临川派"和"吴江派"为主的两大群体的论争。在不同流派的相互激荡中，涌现出一些杰出的作家，清诗、清词取得不可忽视的成就。值得特别注意的还是戏曲、小说方面的收获。汤显祖的《牡丹亭》、洪升的《长生殿》、孔尚任的《桃花扇》，共同达到传奇的顶峰。近古期的第一段是白话长篇小说的丰收期，吴承恩的《西游记》、兰陵笑笑生的《金瓶梅》、吴敬梓的《儒林外史》、曹雪芹的《红楼梦》，是这个阶段的巅峰之作。蒲松龄的《聊斋志异》是中国文言小说的一座高峰。

近古期的第二段是从鸦片战争开始的。与明清易代相比，鸦片战争的炮声是更大的一次震动。鸦片战争带来千古未有之变局，从此中国由封建社会沦为半封建半殖民地社会。西方文化开始涌入中国这片古老的土地，而中国许多有识之士在向西方寻求新的富国强兵之路的同时，也寻求到新的文学灵感，成为一代新的作家，龚自珍、黄遵宪、梁启超便是这批新人的代表。救亡图存的意识和求新变于异邦的观念，成为文学的基调。文学观念也发生了变化，文学被视为社会改良的工具，在国民中最易产生影响的小说的地位得到充分肯定。随着外国翻译作品的逐渐增多，文学的叙事技巧更新了。报刊这种新的媒体出现了，一批新的报人兼而具有作家的身份，他们以报刊传播其作品，写作方法也因适应报刊这种形式的需要而有所变化。在古文领域内出现了通俗化的报刊文体，在诗歌领域里提出了"我手写我口"这样的口号。

近古期的终结，也就是中国古代文学的终结，我们仍然划定在"五四"运动爆发的1919年。这是因为"五四"作为一次新文化运动，不仅在社会史上开启了一个新的时期，也在文学史上开启了一个新的时期。在"五四"运动之前虽然出现了一些带有新思想与新风格的作家，但那仍然属于古典文学的范畴。"五四"运动中涌现出来的那批作家才有了质的变化。我们既注意19世纪末以来文坛发生的渐变，更注重"五四"这个大

的开阖。"五四"阖上了中国数千年古典文学的门，同时打开了文学的一
片崭新天地。

（摘自袁行霈主编《中国文学史》的绪论部分，有增删）

文史巨子郑振铎

郑振铎（1898.12.19～1958.10.18），著名文学史家，文物考古学家、
文学评论家、中国现代作家、藏书家、训诂家和目录学家。笔名西谛
（C.T.）、落雪、郭源新等。

（郑振铎1898～1958）
《文学大纲》，商务印书馆

中华民国十六年初版印行。

原籍福建长乐，1898年12月19日生于浙江永嘉，1958年10月18日
出国访问因飞机失事遇难。1918年考入北京铁路管理专科学校。"五四"

运动中，与瞿秋白等人创办《新社会声》旬刊，宣传反帝、反封建思想。以后又参与成立进步文学团体文学研究会。1921 年从铁路专校毕业后到上海，进商务印书馆任编辑，1922 年接替沈雁冰（茅盾）主编《小说月报》。1927 年出游欧洲英法等国，1931 年起任燕京大学、北京大学教授。1935 年任暨南大学文学院院长。抗日战争时期和抗战胜利后，一直在上海从事进步文化工作。中华人民共和国成立后，历任文化部文物局局长、中国科学院考古研究所所长、文化部副部长等职。曾主管过图书馆工作，对文献收藏及图书馆事业发展倾注了心力，取得很大成绩，例如曾于1950 年主持图书分类法座谈会，提出集体编制分类法的主张，为中国现代分类法的发展指明了方向。

郑振铎喜好藏书，收集图书不遗亲力。无论国内、国外，每到一地部尽力搜访。到1932 年"一·二八"事变前，已有藏书100 多箱，计2 万多册。其中大半在上海毁于战火。抗日战争前夕，他留在上海，组织文献保存同志会，四处奔走，为国家抢救了大批珍贵文献。他藏书注重实用，为用而藏。所收偏重于文学著作，对诗经、楚辞、明清人文集、戏曲、弹词、宝卷、版画等图籍收集尤其齐备。经过几十年努力，藏书积至1.7 万多种，近10 万册。北京图书馆所编《西谛书目》可见其收藏概貌。他很重视版本考订，每收一书，必详读深究，并撰写题跋。所写题跋六部分已收入《劫中得书记》（1956 年）和《西谛书话》（1983 年）。他还亲自编写书目，有《西谛所藏善本戏曲目录》（1937 年）、《西谛所藏散曲目录》（1937 年），以及《西谛所藏弹词目录》、《清代文集目录》（均未刊）等。他还收藏有大量书目及目录学著作，仅北京图书馆普通线装书库一处就收有他的书目500 多种。在他去世后，其全部藏书已由家属捐赠给北京图书馆。

郑振铎一生著述丰富，主要著作有《文学大纲》、《中国文学史》（插图本）、《中国俗文学史》、《中国文学论集》、《佝偻集》、《西谛书话》、《俄国文学史略》、《近百年古城古墓发掘史》等。郑振铎对中国古典小说的整理研究也做出巨大成绩，在他主编的《世界文库》中有由他本人校点

的《醒世恒言》、《警世通言》、《金瓶梅词话》等。解放后由他主持出版了一百二十回的《水浒全传》和《忠义水浒传插图》。著有《水浒传的演化》、《三国志演义的演化》、《水浒传的续书》、《岳传的演化》、《明清二代的平话集》、《谈金瓶梅词话》、《嘉靖本〈三国志演义〉的发现》等专论古典小说文章多篇。

链接一：郑振铎与中国文学史（下文标题）

《插图本中国文学史》，北京朴社中华民国廿一年十二月初版印行。

《插图本中国文学史》，作家出版社1957年12月初版印行。

有人对郑振铎的中国文学史研究不以为然，但其开创之功，以及把非正统文学纳入经典史的做法，难被抹煞。中国各个门类的史学，历来有意识形态投射的传统，个人撰写历史的艰难不难想象。正是新文化运动带来的各种学术观点的确立，有助于个人撰史原则的形成。鲁迅的中国小说史研究就是一例。其他多位学术大家各辟蹊径，充满总结文学遗产的雄心。今天来看，郑振铎的中国文学史研究是综合的、全方位的，意味着要有更大的视野、复杂的框架与整体思路的延展。

郑振铎的《插图本中国文学史》1932年问世，出版后不久遭到鲁迅质

人民文学出版社 1963 年再版印行　　　　　人民文学出版社 1982 年再版印行

疑。鲁迅认为，郑振铎的史学受胡适影响太深，对孤本秘笈的探究不少，有点像文学资料长编，缺乏思想与观点。此番看法，鲁迅后来有所修正——他把对胡适那一套的不满加在了郑振铎头上。由于郑振铎写书速度奇快（写作这部 80 万字的著作仅用一年多时间，顺手时一天可写五千字），占有资料的芜杂与广泛令人咋舌，难免最初给鲁迅那种印象。

在例言中，郑振铎写道："许多中国文学史，取材的范围往往未能包罗中国文学的全部。""近十几年来，已失的文体与已失的伟大的作品的发现，使我们的文学史几乎要全易旧观。决不是抱残守缺所能了事的。"由此可看出郑振铎的学术方向，文本的重新发现是他生发个人史学的重点。

改变旧有文学史框架，不会是件容易的事。郑振铎关注唐、五代的变文，金、元的诸宫调，宋、明的平话以及明、清的宝卷、弹词，大有把俗文学与正统文学相混合的意思，颇有颠覆之效。他在书的自序里，开宗明义挑明自己的观点，表达对中国文学史研究长期贫血化与匮乏化的不满："难道中国文学史的园地，便永远被一班喊着'主上圣明，臣罪当诛'的奴性的士大夫们占领着了么？难道几篇无灵魂的随意写作的诗与散文，不妨涂抹了文学史上的好几十页的白纸，而那许多曾经打动了无量数平民的内心，使之歌，使之泣，使之称心的笑乐的真实的名著，反不得与之争数十百行的篇页么？"

立意如此，在这部向正统文学史"掺沙"的《插图本中国文学史》的

结构里，作者分古代文学、中世文学、近代文学三大块，区分于与朝代相关的划分形式。在章节处理上，郑振铎处处流露把弱变强、把强变弱的意思，不少地方让人出乎预料。比如，他对唐诗的处理，对李白、李贺这样的大诗人不过千字着墨，甚至几笔带过，分析也是印象式的，足见对其着意的回避。这已成为本书的特色——改换读者对传统经典的认知，有效补充俗文本部分。同样谈唐代诗人，郑振铎中意杜甫，单辟章节阐释。以此可知他在美学趣味上是重民轻官、推崇真实有质地的文学的特质。郑振铎厌烦文人式的风雅以及传统定评。

其实，每个读者都有自己的中国文学史，尤其是在官方的文学史之外，会不自觉建立自我趣味的后花园。新文化运动以来，传统的美学原则一直被弱化，到后来，以阶级分析这套方法一统天下，专家学者纷纷用政治钥匙开学术之门（甚至出了一批大家名著，一时效仿者无数），留下满纸荒唐，让人目瞪口呆。这一百年来，中国文学史一直是本乱账，好的作品是哪些？好在哪里？并没有建立让人服气的评选原则。个人强有力的文学史于此显得十分重要。

鲁迅在给友人的信中，曾推荐郑振铎的这部著作，与开始的看法相比态度有了根本性的改变。当年，也有叶圣陶、夏丏尊等人热力推荐，甚至有位日本学者认为郑振铎这部著作的学术成就超过了王国维。这些看法仁者见仁智者见智，但《插图本中国文学史》广受读者欢迎却是不争的事实。国内多家大出版社相继重印，累计已有二十多万册。2009年9月当代中国出版社又重出此书，比历次印刷都更让"图"焕发光彩。郑振铎当年力推插图本，可谓有先见之明。

现在最大的问题之一，是如何在世界文化视野中完成中国文化的自审。有一部法国人皮沃与蓬塞纳编的《理想藏书》，中国文学作为亚洲文学部分，被关注到的十分有限，不及日本文学，与中国人自己看自己完全两回事。还有一个问题是如何推出个人视野的史学文本，让学术从长期的政治与历史紧张症下解放出来。今天围在中国文学史这口学术大灶旁的至少有几万人吧，但读者又能得到几个有特色的文本呢？

郑振铎晚年以文物大家闻名，抢救流失文物、善本不遗余力。他是中国文化的酷好者，从这部著作引用的多种书目中，读者可以觉出他对文本的痴与爱。痴与爱，对学术而言应是不可或缺的。郑振铎的痴爱，在这个人人东张西望的时代倒像有福者的见证了。

（来源：北京日报　作者：贾晓伟）

链接二：梁羽生忆郑振铎

《劫中得书记》，上海古典文学出版社，1956 年 10 月初版印行。　《西谛书话》，三联书店 1983 年 1 月初版印行。

第一个因飞机失事而死的名作家是徐志摩，第二个是郑振铎。谈徐志摩的甚多，我来谈谈郑振铎吧。1958 年 10 月 20 日，他担任"中国文化团"团长，往阿富汗与阿联访问，飞机在苏联境内的卡纳什地区失事。他的死是中国文化界的一大损失。

"五四"时期，对中国新文化运动发生极大影响的两个文学团体，一个是郭沫若、郁达夫等人组成的"创造社"；另一个就是郑振铎、沈雁冰（茅盾）、耿济之、叶绍钧等人组成的"文学研究会"。前者着重在创作与文艺思潮的介绍，后者着重在文学名著的介绍、研究与古典文学的整理，对中国新文化运动的贡献，可说是各有千秋。

"文学研究会"成立于1921年,得到商务印书馆的全力支持,说来和郑振铎颇有关系。原来郑的妻子高君箴乃是当时商务元老高梦旦的女儿。郑振铎留学英国回来,便因岳父的关系,进了商务当编辑。

郑、高的婚礼是当年上海文化界的一件盛事,瞿秋白代表宾客致贺辞,"他便用'薛宝钗出闺成大礼'这个题目,讲了又庄严又诙谐的一番话。大意是妇女要解放,恋爱要自由。满堂宾客,有瞠目结舌者,有的鼓掌欢呼。"(见茅盾的《回忆录》)这些说话,现在看来,当然平常之极,但在当时(半个世纪以前的上海)还是足以震世骇俗的。虽然当时的上海,已是中国最"现代化"的城市了。

不过郑振铎虽因岳父关系而进商务,却不能说他是"因人成事",只能说是"相得益彰"。商务的藏书对他提供了研究的便利,而他对商务也做出了巨大的贡献。中年以上的知识分子大概还会记得商务出版的两种杂志——《东方杂志》与《小说月报》。这是中国在一九四九年解放前质量最高的两种杂志,作者都是第一流的名作家。郑振铎便曾当过《小说月报》的编辑。

但《小说月报》也并不是一开始就这么名重士林的,它初期是由鸳鸯蝴蝶派作家恽铁樵主编;1921年后,茅盾接编,全盘革新,始成为新文艺的阵地。其后再由郑振铎接编,杂志有了更大的发展,这才是《小说月报》蜚声全国的黄金时代。郑振铎那部著名的《文学大纲》就是先在《小说月报》上连载的。

不过,他虽然主编了当年最出名的文艺刊物,"盖棺定论",与其说他是名作家,却毋宁说他是名编辑、名学人、名藏书家。因为他在这三方面的贡献,实在要比他的创作大得多。他写过一些短篇历史小说和取材自希腊神话的小说,给读者的印象似乎并不怎么深刻,但他所主编的刊物,却无一不是曾发生过重大影响的第一流刊物,除《小说月报》之外,如《儿童世界》可说是儿童文学的启蒙,叶圣陶著名的童话《稻草人》便是在《儿童世界》发表的。以前在香港大学教过书的许地山,也曾将它谱过几支儿童歌曲。另外,如《新社会》、《文学》、《文学季刊》、《文学复兴》

以及《时事新闻报》的副刊《学灯》等等，无一不是对当时的新文化运动起过重大作用。

另一个重大贡献，足以与他的编辑工作相提并论甚或超过的，是他对中国文献的搜罗和保全，他逝世之后，献给国家的藏书，就有九万册之多，其中珍本无数，贡献之大，可以想见。

他对于书籍的热爱，尤其中年时代，对文献的搜罗、保护，费尽心力，那是非常之令人感动的。他自己在《劫中得书记新序》（1956 年）也曾经说过："我曾经想到两块图章，一块是'狂胪文献耗中年'，一块是'不薄今人爱古人'。虽然不曾刻成，实际上，我的确是，对于古人、今人的著作，凡稍有可取，或可用的，都是兼收博爱的。而在我的中年时代，对于文献的确是十分热衷于搜罗、保护的。有时，常常做些'举鼎绝脰'的事。虽力所不及，也奋起为之。究竟存十一于千百，未必全无补。""狂胪文献耗中年"出自龚定盦（龚自珍——编者注）诗。从序言中，可见他搜罗文献的苦心。

1953 年全力筹备第一届全国民间工艺美术展览会，郑振铎任主任，庞薰琹任展览筹备会副主任。展览会得到中央领导的关心与肯定。

（选自梁羽生《笔·剑·书》）

链接三：文学著作与学科演进

这些文学史专著或教材在当时或现今仍具有举足轻重的地位，供学有余力者进一步学习。

1. 通史

《中国大文学史》	谢无量
《增订本中国文学史》	胡云翼著、江应龙校订
《中国文学小史》	赵景深
《白话文学史》	胡　适
《插图本中国文学史》	郑振铎
《中国文学史简编》	陆侃如、冯沅君
《中国文学史纲》	谭丕谟

《中国文学概说》　　　　　　【日本】青木正儿著、隋树森译
《中国文学发展史》　　　　　（上、中、下卷）刘大杰
《中国文学史》　　　　　　　詹安泰、容庚、吴重翰
《中国文学史纲要》　　　　　褚斌杰、袁行霈、李修生、赵齐平、
（1～4 册）　　　　　　　　周强
《中国文学史》（1～4 册）　袁行霈主编

2. 断代史

《先秦文学》　　　　　　　　游天恩（游国恩）
《十四朝文学要略》　　　　　刘永济
《上古秦汉文学》　　　　　　柳存仁
《中国中古文学史讲义》　　　刘师培
《古朴的文学》　　　　　　　刘毓庆
《中古文学系年》（上下册）　陆侃如
《汉文学史纲要》　　　　　　鲁　迅
《建安文学编年史》　　　　　刘知渐
《隋唐五代文学史》　　　　　周祖譔
《天宝文学编年史》　　　　　熊　笃
《宋元文学史稿》　　　　　　吴组缃、沈天佑
《两宋文学史》　　　　　　　程千帆、吴新雷
《明代文学》　　　　　　　　钱基博
《清代文学》　　　　　　　　张宗祥
《中国近代文学之变迁》　　　陈子展
《最近三十年中国文学史》　　陈子展
《中国近代文学史稿》　　　　复旦大学中文系
《中国近代文学发展史（上下册）》　管林、钟贤培主编

3. 学科演进

"中国古代文学史"的主要内容是讲授中国两千多年来文学发展的历史、历代重要的作家作品、以及重要的文学现象和文学知识。这一课程在

青少年应该知道的文学知识

北京大学的教学实践可称源远流长，1918 年北京大学国学门即设有"文学史"一课，国学门教授规定其教学目标："文学史在使学者知各代文学之变迁及其派别"，从此这一课程延续至今。

九十年来，曾经在北京大学中文系各个历史发展时期任教的学者中，有许多是在"中国古代文学史"这一课程与学科建立过程中起到过重要作用的大师，如林纾、陈独秀、鲁迅、刘师培、吴梅、周作人、胡适、孙楷第、游国恩、冯沅君、俞平伯、唐兰、浦江清、吴组缃、林庚、王瑶等。经过几代学人的不断建设和传承，本课程已成为中国古代文学专业、语言学专业、文献专业以及其他人文系课程最重要的基础课之一。

人文精神和艺术特征

这里概括的人文精神和艺术特征的范围限于中国古代文学的主要方面。根据文学作品和研究资料知中国古代文学人文精神的主要表现在三大方面：

一、为乡国

1. 对故乡、故土的思念。这是永恒的主题，贯穿于中国古代文学作品思想内涵的始终。

2. 对国家的思念。君与国家，在古代文人那里，是一致的（至近代，此种精神由忠君报国而转向追求国家的自立自强）。

3. 乡国的情怀的泛化和延伸。表现为对于故国山河之美的描写与赞颂。

二、为情感

1. 亲情。亲情特点有二：一是相互性。母爱是亲情，爱母也是亲情；二是立体性。不是专指母女情，也不是专指父子情，如父子（父女）情，

母子（母女）情，手足情（兄弟姐妹），祖孙情（祖辈与孙辈），甚至朋友之情，都是可以是亲情。"亲情"重在"情"字。不是亲人也可以有亲情；有血缘关系也不一定有亲情。李密《陈情表》、孟郊《游子吟》、杜甫《春望》、朱自清《背影》等。

2. 爱情。可分为来自民间和受民间作品影响的一派和文人作品的一派。

来自民间的一派：表现出更为充分的人性特点。从《诗经》开始到乐府民歌，所表现的男女之爱很少受到礼的约束，表现更为热烈执著、带有野性（自然属性）色彩。

文人的描写爱情之作：表现得较为复杂。含蓄了、深化了、带有理想色彩（白朴《墙头马上》、加进悲剧色彩（《会真记》、《长恨歌》、董解元《西厢记》、王实甫《西厢记》、《长生殿》、《牡丹亭》、《红楼梦》），社会性得以强化。

3. 友情。视朋友如兄弟，这是我国思想传统里的一种认识。交友不因贵贱而阻隔，不以利而以义，守之以信，忠之以言。

三、为人生

1. 对生命短促、宇宙永恒的感悟。对于历史、人生的思索，实际是对于生命永恒的向往，是珍视生命热爱生命的一种独特的表现方式。

2. 对于现实人生的反思。往往交叉着宗教理路，劝善阳山、戒恶惩恶，提出人生的归宿问题。在小说、戏剧中表现得更为突出。

中国古代文学的两大重要艺术特征：

一、重抒情

中国文学在体裁上，具有浓厚的抒情特色。陆机《文赋》："遵四时以

青少年应该知道的文学知识

叹逝，瞻万物而思纷"，李白《金乡送韦八之西京》："狂风吹我心，西挂咸阳树。"诗化世界的认知方式，因此在表诉上就常常着重于内心感情的抒发而不是着重与外物的描写。在整个诗歌史上，从《诗经》这部最早的古代诗歌总集开始，抒情诗蔚为大观，而叙事诗则总嫌不够景气。中国小说冷清寂寞地到了魏晋南北朝时期才有所起色，长篇小说的产生时期更推迟到了明代。中国戏剧文学则不仅产生得晚，而且充满浓厚的抒情气息。中国戏曲的假定性的虚拟表现手法（代表性的有诸葛亮摆空城计，他端坐的城门往往是一张木桌、而司马懿在戏台前走上几圈，就表示千军万马齐聚城外），则更为某些表现派戏剧家（如布莱希特）所乐道。清代王国维先生在他的《人间词话》里总结出："昔人论诗，有景语情语之别，不知一切景语皆情语也。"言下之意则是：一是一切写景状物的文字都是作者表情寄意的载体，二是一切景物又必然引起作者情感波动，进而付诸文字，形成景语。景与情，情与景，相因相成，不可分离。所以，清代的另一位学问大家王夫之说："情景名为二，实不可离……巧者则情中景，景中情。"

二、重写意

中国文学在创作方法上不重写实而重写意。文学形式各朝历代，多有演进，但有一点相通，那就是重视意境的创造。"意境"一词，用于文学评论，其发展过程大略如下：三国两晋南北朝时代文学创作中有"意象"说和"境界"说。唐代诗人王昌龄和皎然提出了"取境"、"缘境"的理论，刘禹锡和文艺理论家司空图又进一步提出了"象外之象"、"景外之景"的创作见解。明清两代，围绕意与境的关系问题又进行了广泛探讨。明代艺术理论家朱存爵提出了"急境融彻"的主张，清代诗人和文学批评家叶燮认为意与境并重，强调"抒写胸意"与"发挥景物"相结合。近代文学家林纾和美学家王国维则强调"意"的重要性。林纾认为"唯能立意，六能创建"；王国维认为创辞应服从创意。这在中国文学代表样式——古典诗歌中可以得到极好的佐证。游历山川、探览名胜、凭吊古迹的

题材，本可以很好的处理成叙事性或描述性的作品，但在不同朝代的作家作品中，却往往是代之以象征、暗示、隐喻、抒情等艺术手段，而虚化了即目所见的景象。这不能不引起我们的思考。例如，唐朝诗人陈子昂的《登幽州台歌》："前不见古人，后不见来者；念天地之悠悠，独怆然而涕下。"无一字关于幽州古台的具体描写，完全是人生的感叹，心灵的序曲。心境与物镜，景语与情语融合无间。

中国古代文学常识汇编

先秦文学

先秦文学有两源，现实主义和浪漫主义。

《诗经》分为风雅颂，反映现实三百篇①。

手法关注赋比兴，名篇《硕鼠》与《伐檀》。

浪漫主义是《楚辞》，《离骚》作者是屈原。

先秦散文两大派，"诸子"、史书要记全。

儒墨道法属诸子，各有著作传世间；

儒家《论语》和《孟子》，墨家《墨子》见一斑；

道家《老子》和《庄子》，法家韩非著名篇。

历史散文有两体，分为"国别"和"编年"。

前者《国语》《战国策》，后者《春秋》与《左传》。

注：①《诗经》共305篇，"三百"之说是取其整数。

一、上古歌谣

上古歌谣零散保存在先秦两汉的典籍之中，后代集中辑本有：清代沈德潜的《古诗源》。今人逯钦立《先秦汉魏晋南北朝诗》收录最为详尽。但并不完全可信，如《击壤歌》、《卿云歌》、《南风歌》均自后人伪托。

链接一：上古歌谣分类

1. 劳动过程

《吴越春秋》中《弹歌》："断竹、续竹、飞土、逐宾（今字"肉"）。"

相传为黄帝时代的作品，反映渔猎时代的劳动过程。弓箭的发明是人类摆脱蒙昧时代的重要标志。恩格斯说："弓箭对于蒙昧时代，正如铁剑对于野蛮时代和火器对于文明时代一样，乃是决定性的武器"。（《家庭、私有制和国家的起源》）我国弓箭的发明很早，有所谓："少昊生般，是始为弓"（《山海经·海内经》）；"羿作弓"。（《墨子·非儒》）其实弓箭的发明不是个人创造，而是原始人在漫长的时代中智慧和经验的积累。这首短歌流露着原始人对制造灵巧工具的自豪和喜悦，也表现了他们获取更多猎物的渴望。

2. 劳动生活

《周易》中《归妹·上六》："女承筐，无实；士刲羊，无血。"

牧场上男男女女们在剪羊毛、拾羊毛，男的剪羊毛，不见血；女的承筐装羊毛，不觉得有重量。轻快、生动，有情有景。

3. 征服自然

《礼记·郊特牲》中《蜡辞》："土反其宅，水归其壑，昆虫毋作，草木归其泽！"

相传为伊耆氏时代的作品。伊耆氏，即神农氏，一说指帝尧。蜡，是古代一种祭礼的名称。周代在12月举行祭祀百神之礼，称为蜡礼，蜡礼上所用的祷辞，即称蜡辞。从这首短歌命令的口吻看，实际是对自然的"咒语"。

大水泛滥，土地被淹没，昆虫成灾，草木荒芜，眼看收获无望，在原始宗教意识的支配下，原始人企图靠着这种有韵律的语言，来指挥自然，改变自然，使它服从自己的愿望。

4. 战争歌谣

《周易》中《中孚·六三》："得敌，或鼓、或罢、或泣、或歌。"

这是一首写战争的诗，描写战争结束胜利归来的情景。战争胜利以

后，有的仍在擂鼓示勇，有的坐卧休息，有的在哭泣，有的在引吭高歌。寥寥十字，写出了一个动人的场面。

5. 婚恋歌谣

《周易》中《屯·六二》："屯如，邅如；乘马，班如；匪寇，婚媾。"

这是一首抢婚的诗，一群男子骑在马上，迂回绕道而来，原以为是敌寇，等到闯进门来把姑娘抢走，才知道是为了婚事。反映了古代确实存在过的抢婚制度。诗短，但写得曲折形象，音韵和谐。

6. 思恋之歌

《吕氏春秋·音初篇》中《候人歌》："候人兮猗。"

传说大禹治水，娶涂山氏女为妻，大禹巡省南土，久不归，女乃唱了这首歌，渴望大禹归来。从历史发展的角度看，比较稳定的夫妻关系和夫妻感情，只有在一夫一妻制出现以后才有可能，而这时已属私有制萌芽后的氏族社会晚期。二字为句，语气词拖长尾音，取得了独特的抒情效果。这是中国最古老的情诗，开抒情诗传统之先河。

二、上古神话

女娲补天；后羿射日；精卫填海；（盘古）开天辟地；黄帝战蚩（chī）尤等。

三、儒家经典

"四书"：《论语》、《孟子》、《大学》、《中庸》。

"五经"：《诗经》、《尚书》、《礼记》、《易经》、《春秋》。

"六经"：又称六艺，在"五经"后增加《乐》。

四、历史散文

《左传》、《战国策》、《国语》。

"春秋三传"：注释《春秋》的书（我国现存最早的一部编年体史书，相传为孔子依据鲁国史官所编的《春秋》加以整理修订而成的）有《左传》、《谷（榖）梁传》、《公羊传》。编年体史书以时间为中心，按年、月、日顺序记述史事。

五、诗歌诗人

"风骚"："风"本指《诗经》"国风"，"骚"本指《楚辞》中的《离骚》，后以此概指《诗经》和《楚辞》，作为我国古代文学优秀传统的代表；又常作诗歌辞赋的代称；有时也借指较好的文采或文学修养。

《诗经》我国第一部诗歌总集。收录了自西周初年至春秋中叶约五百年间的作品。《诗经》通称为《诗》或《诗三百》，到汉代，儒家把它奉为经典才称《诗经》，共305篇。分为"风"、"雅"、"颂"三部分。"风"又叫"国风"共160篇，大都是各地民间歌谣，这是《诗经》的精华，如《伐檀》、《硕鼠》。"雅"分《大雅》、《小雅》，共105篇，多系西周王室贵族文人的作品，也有少数民谣，内容大都是记述周贵族历史，歌功颂德的。"颂"分《周颂》、鲁颂》、《商颂》共40篇，多为贵族统治者祭祀用的乐歌舞曲。《诗经》是我国诗歌现实主义优良传统的源头，其思想内容和艺术成就，对我国文学，尤其是诗歌的发展有着深远的影响。诗歌的形式以四言为主，多数为隔句用韵，并普遍运用"赋"、"比"、"兴"的手法，在章法上具有重章叠句反复咏唱的特点。

《楚辞》：是我国第一部浪漫主义诗歌总集。由于诗歌的形式在楚国民歌的基础上加工形成，篇中又大量引用楚地的风土物产和方言词汇，所以叫"楚辞"。《楚辞》主要是屈原的作品，其代表作是《离骚》，后人因此又称"楚辞"为"骚体"。西汉末年，刘向搜集屈原、宋玉等人的作品，辑录成集。《楚辞》是我国积极浪漫主义诗歌创作的源头。

屈原：名平，字原，战国时楚国的贵族，我国第一位独立创作的诗人，浪漫主义诗歌传统的奠基人。创造了新诗体"楚辞"。他的代表作有《离骚》（我国古代最长的一首政治抒情长诗）、《九歌》（是屈原以民间乐歌为基础，为朝廷祀典所做的祭歌，内有名篇《国殇》）、《九章》（写屈原两次放逐的经历，内有名篇《涉江》）、《天问》等。在1953年被认定为

四位世界文化名人之一（另外三位：波兰的天文学家、日心说创始人哥白尼；法国作家佛朗索瓦·拉伯雷；古巴作家和民族独立运动的领袖何塞·马蒂。）

六、先秦散文

《左传》：《春秋左氏传》的简称，西汉初称《左氏春秋》（《史记·十二诸侯年表序》），或称《春秋古文》，是我国第一部叙事详备的编年史。相传是鲁国史官左丘明所作。记事起于鲁隐公元年（前）止于鲁哀公二十七年（前468），前后记叙了春秋时期250多年的史事。《烛之武退秦师》、《曹刿论战》等课文均出自《左传》。

《国语》：我国最早的国别体史书。旧传春秋时左丘明撰，现一般认为是先秦史家编纂各国史料而成。全书共21卷，分《周语》、《鲁语》、《齐语》、《晋语》、《郑语》、《楚语》、《吴语》、《越语》八个部分，《晋语》最多。全书上起周穆王西征犬戎（约前947年），下至智伯被灭（前453年）。以记述西周末年至春秋时期各国贵族言论为主，因其内容可与《左传》相参证，有《春秋外传》之称。

《战国策》：是国别体史书，也是一部历史散文总集。最初有《国策》、《国事》、《短长》、《事语》、《长书》、《修书》等名称。西汉成帝时，刘向进行整理，按东周、西周、秦、齐、楚、赵、魏、韩、燕、宋、卫、中山12国次序，编订为33篇、并取名《战国策》，记事上起周贞定王十六年（前453），下迄秦二世元年（前209），辑录了战国时期各国政治、军事、外交各方面的历史史实，着重记录了谋臣的策略和言论。《战国策》在语言运用上很成功，雄辩的论说，铺张的叙事，尖刻的讽刺，耐人寻味的幽默，构成了独特的语言风格。它标志着我国古代历史散文发展到一个新的高度，给后世散文和辞赋的创作以重大影响。《唐雎不辱使命》、《邹忌讽齐王纳谏》、《冯谖客孟尝君》等均出此。

《吕氏春秋》：又称《吕览》，战国末年秦国丞相吕不韦组织属下门客们集体编纂的杂家著作。《吕氏春秋》共分为十二纪、八览、六论，共二十六卷，一百六十篇，二十余万字。内容驳杂，有儒、道、墨、法、兵、农、纵横、阴阳家等各家思想，《汉书·艺文志》等将其列入杂家。选入教材的有《察今》。

《淮南子》：又名《淮南鸿烈》。西汉初年淮南王刘安（前179~前121年，汉高祖刘邦之孙厉王刘长之子）及门客李尚、苏飞、伍被等共同编著。《汉书·艺文志》著录内二十一篇，外三十三篇，内篇论道，外篇杂说。今存内二十一篇。以道家思想为主，糅合了儒法阴阳等家，一般列《淮南子》为杂家。中国古代著名的四大神话"共工怒触不周山"、"女娲补天"、"嫦娥奔月"、"后羿射日"都保存其中。

《山海经》：一般认为主要记述的是古代神话、地理、物产、巫术、宗教、古史、医药、民俗、民族等方面的内容。有些学者则认为《山海经》不单是神话，而且是远古地理，包括了一些海外的山川鸟兽。《山海经》全书十八卷，其中"山经"五卷，"海经"八卷，"大荒经"四卷，"海内经"一卷，共约31000字。记载了100多邦国，550山，300水道以及邦国山水的地理、风土物产等讯息。书中"精卫填海"、"夸父逐日"、"大禹治水"等故事广泛流传。

链接一：《山海经》与美洲（下文原标题）

甘肃放马滩汉墓：最早的纸地图。　　　　　精卫填海

我最早知道《山海经》与美洲有关系一事，是在连云山所著《谁先到达美洲》一书中，读到一则介绍：美国学者墨兹博士研究了《山海经》，根据经上所说《东山经》在中国大海之东日出之处，他在北美，试着进行按经考察，经过几次失败，他一英里一英里地依经上记过的山系走向，河流所出和流向，山与山间的距离考察，结果胜利了。查验出美国中部和西部的落基山脉，内华达山脉，喀斯喀特山脉，海岸山脉的太平洋沿岸，与《东山经》记载的四条山系走向、山峰、河流走向、动植物、山与山的距离完全吻合……

真是令人惊讶：一个美国人，研究了中国学者都难以读通的《山海经》，并且据此实地勘察，发现了中国古人早已到达美洲！

这件事的确让我着迷。

后业，我又读到贾兰坡老先生为这个美国博士的著作《淡淡的墨痕》（《PALEINK》，中文译著名为《几近退色的记录》）所撰写的序言。更令我惊讶的是，那位凭借双脚踏勘美洲几列山脉的美国学者竟然是位令人尊敬的女士。或许是不同译者的译名，使连云山先生将亨利艾特·墨兹误认为男性；或许是觉得独自一人冒险走遍四列山脉的人不可能是一位女子。有的译者将这位女博士的名字（Henrietta Mertz）译为亨丽艾特·茉芝，这样，中国读者一看便知是位女性。而《人民日报》驻海外记者袁先禄在一篇题为《墨淡情浓》的访问记中，将被访者的名字译为：亨丽埃特·墨茨。

据我所知，袁先禄先生是中国大陆第一位访问墨茨博士的资深记者。遗憾的是，当我辗转寻访到袁先禄先生的夫人姚堤女士时，方才得知袁先生已然病故；而墨茨博士呢，在袁先禄八十年代初访问她时，已经八十多岁，如今二十年过去，想来她已不在人世，令人黯然。好在袁先禄先生留给我们一篇《墨淡情浓》，读了这篇访问记，我们好象跟随着袁先生一起，在风和日丽的芝加哥东南湖滨造访了墨茨女士。

还有她留下来的那本浸透她心血的著作。

在这本书的原著序里，默茨博士回忆道，她是最先受到维宁（Edward Vining）有关著作的影响，并仔细研读了维宁翻译的中国古代典籍《山海经》。于是，"《山海经》里的这些章节引起了我的注意。我也着手对证古本，一里又一里地循踪查对并绘出地图……"

真是令人汗颜！一部中国上古流传至今的宝贵典籍，却是由一些欧美学者用尽心力地在进行着才发现。

《山海经》是世界上最古老的一部地理历史著作。清代毕沅考证其"作于禹益，述于周秦，行于汉，明于晋"。然而由于其成书年代过早，且奇闻怪事、神怪传说等夹杂，难于考证，故而二千多年来，一直有怀疑者认为该书"闳诞迂夸，奇怪俶傥"，连司马迁也说："至禹本纪山海经所有怪物，余不敢言之也。"清代纪晓岚编《四库全书》，干脆将《山海经》归于志怪小说一类。鲁迅也因该书记载了很多巫师祀神的宗教活动，而认为《山海经》"盖古之巫书"。而疑古大师顾颉刚则更予以全盘否定。当然也有如西汉刘向、刘秀（歆）父子校订该书时，给汉成帝上表，力陈《山海经》"皆圣贤之遗事，古文之著明者也。其事质明有信。"

近年来学界对《山海经》的呼声日高。有的学者研判《山海经》，认为书中有关种种山神乃"鸟首人身"、"羊身人面"、"龙首鸟身"、"龙身马首"、"人面蛇身"等等，其实是原始初民的图腾神像和复合图腾神像，源于先民特有的图腾崇拜。这个解释是合理的。至于巫师的祀神活动，是上古部落族日常必有的宗教活动。巫字本意就是指上通天文、下知地理的人，是代替人们承接天意的人，故而原始初民社会，部落酋长往往兼具巫师职责，率领万民祭神。

至于《山海经》中记载的大量神话，也绝不能以貌似怪诞而简单地贴上神话标签，不重视其所传述的历史内涵。其实原始初民正是通过神话传说，将重要的历史事件和人物记录下来。《孔子集语·子贡第二》引《尸子下》，讲了一则孔夫子解读神话的故事。有一次，子贡问孔子，过去，传说黄帝有四个面孔，你信吗？孔子回答，这是黄帝任用了四个与自己意

见相同的人去治理四方，他们彼此不用协商就和谐一致，这就叫四面，并非黄帝真有四个面孔。这似乎为我们解读《山海经》中的神话提供了一种方法。

倒是美国学者默茨直截了当地指出《山海经》中大量的有如旅行记录般的客观记载："谁如果仅仅念上几句这样的'神话'，就会清楚地感到写这些话的人是诚恳的……一里又一里，里程分明的记录绝不是心血来潮的梦想，也不是捕风捉影的幻境。扎扎实实的、客观的事实是：'过流沙往南100英里，曰秃山，大河东流。'"这里没有什么奇想。

于是，在反复研读推证后，默茨背起行囊上路了。她要像中国古代的旅行者一样，用双脚去丈量勘测那些山脉。她的方法是：《山海经》中的中国古人让你向东，你就向东，让你走三百里，你就走三百里，看看会发现什么。

这位思维完全是开放型的美国女性又带给中国学者一个困窘。她写道："约在公元前三世纪，中国人开始在国内核对《山海经》所描写的某些山脉，但未能找到。学者们在全国寻找线索而一无所获，于是只好作罢……"

就目前所见资料看，中国人研究《山海经》还只是考证史料，查找地图。

人们发现，《山海经》中，《南山经》已写到浙江绍兴界："又东五百里，曰会稽之山……"晋代郭璞注云：会稽之山，"今在会稽山阴县南，上有禹冢及井。"而会稽正是现在绍兴的古称。而《北山经》则写到了河北界的太行山和滹沱："北次三经之首，曰太行之山。"

"木马之水出焉，而东北流注于滹（hū）沱（tuó）。""空桑之水出焉，东流注于滹沱。"

而《东山经》中所到四条山脉多无可考，因中国东部乃冲积平原，何来四列山脉，默茨所说的中国人"开始在国内核对《山海经》所描写的某些山脉，但未能找到"，指的主要是《东山经》所列的山脉。

于是，默茨便"心安理得地越过大海"，到美洲去踏勘了。

青少年应该知道的文学知识

默茨历经艰难险阻，踏勘的结果是：

第一列山脉，起自今美国怀俄明州，至得克萨斯的格兰德河止，共12座山。将古华里换算为英里，与《东山经》中第一列山的距离完全相符。

第二列山脉，起于加拿大的曼尼托巴的温尼泊，止于墨西哥的马萨特兰，共17座山。距离与《东山经》第二列山脉相合。

第三列山脉是沿海岸山脉的太平洋沿岸，完全走太平洋海岸航行，起于阿拉斯加的怀尔沃德山，至加州的圣巴巴拉，共9座山。距离也与《东山经》所列第三条山脉相符。

第四列山脉，起于华盛顿州的雷尼尔火山，经俄勒冈州到内华达州北部，共8座山，距离与《东山经》第四列山相合。

于是默茨宣告："过去2000多年一向被中国人认为是神话的《山海经》，不是神话，而是真实的文字记录。珍藏在中国书库中的这部文献提供了充分的证据表明，早在公元前2000多年中国人便已到达美洲探险，而这些材料迄今为止一向是很缺乏的。"

对于默茨的考察结果，中国学者能说什么？我们可以不相信，可以认为是"臆说"，但反驳必然无力，因为没有中国人也象默茨那样，迈开双脚丈量中国东部山水，找出《东山经》所列四条山脉到底在中国何处？

最有力的办法还是依旧给《山海经》贴上神话的标签，置于故纸堆中，不予理睬！

可叹，中国历史上，像徐霞客一样的旅行家实在太少了。一句"父母在，不远游"，羁绊了中国人的步伐，也限制了我们的创造力。

二

其实剔除《山海经》由于年代久远，出现错简、残简、漏简等错生命线，其内容之可信，屡使后人称奇。

《山海经》古传有三十二篇，西汉刘向、刘秀（歆）父子最早校订此书时，定为十八篇。这就是我们今天看到的《山海经》。

刘秀最后校订完成《山海经》十八篇后，为此专门给皇帝上表，其内

容今日可看做一篇出版内容简介：

……《山海经》者，出于唐虞之际。昔洪洋溢，漫衍中国，民人失据，（崎岖）于丘陵，巢于树木。鲧既无功，而帝尧使禹继之。禹乘四载，随山（刊）木，定高山大川。益与伯翳主驱禽兽，命山川，类草木，别水土。四岳佐之，以周四方，逮人迹之所希至，及舟舆之所罕到。内别五方之山，外分八方之海，纪其珍宝奇物，异方之所生，水土草木禽兽昆虫麟凤之所止，祯祥之所隐，及四海之外，绝域之国，殊类之人。禹别九州，任土作贡，而益等类物善恶，著《山海经》。皆圣贤之遗事，古文之著明者也。其事质明有信……

接下来，刘秀为了向皇帝说明"其事质明有信"，还举了两个例子。其中一例是：孝武皇帝时尝有献异鸟者，食之百物，所不（肯）食。东方朔见之，言其鸟名，又言其所当食，如朔言。问朔何以知之，即《山海经》所出也。

刘向、刘秀（歆）父子是中国历史上已知最早校订《山海经》之人。他们看到过的《山海经》是"凡三十二篇"，而我们今天看到的《山海经》是经他们校订删编而定的十八篇。对于《山海经》，刘氏父子应最有发言权的。何况为此皇帝上表，是"臣秀昧死谨上"，岂敢胡言乱语？

今日事实证明，《山海经》确实"其事质明信"。现举几例，真让人称奇：

其一，在闻名于世的四川三星堆文化遗址发掘中，考古人员在一个祭器坑中发现许多保存完好的象牙，而今日成都平原又不是野象栖息地；遗址中还出土了很多玉器，而成都平原并不出产玉石。翻开《山海经》便可找到答案。《山海经·中次九经》指出："岷山……其兽多犀象，多夔牛"；"岷山……其上多金玉，其下多白珉。"白珉即是白色的硅质类岩石。这就指明了三星堆遗址中象牙和玉石器的来源。而三星堆出土的人首鸟身青铜像，也与《山海经·中次八经》中的山神形象相合。

其二，清末民初曾任清朝政府和尼国政府驻外使节的欧阳庚先生之子欧阳可亮，童年曾跟随其父在中南美洲生活多年，相识不少印第安人，曾有一段奇特的经历，现将欧阳可亮先生的自述摘录如下：

"笔者童年在海外，与殷地安人（欧阳可亮认为印第安人实应为殷地安人，有殷人之意）家庭同吃同住同学同游六年，1926 年 6 月 15 日，与欧阳可宏三哥、可祥五弟，受殷福布族招待，派二十名殷福布族青年水手划船，从墨西哥支华华（CHIHUAHUA）州的支华华市支华华村的甘渊汤谷（即谷）23 人上船，一路上有 800 公里地下钟乳古水道，实入《山海经·大荒东经·大荒南经》之大壑、甘渊、归墟、咸池，而不自知。由黑（墨）齿国（即墨池国）之尤卡坦半岛科潘河上岸，出墨池（归墟），到拉文塔太阳神庙遗址。见日出杲杲，朝阳东升于穹桑树上，殷地安群众已集数百，礼拜太阳。20 名水手也站立挺身，仰面朝天祈祷。回去时，仍由大壑、咸池，进入地下钟乳水道，在墨池归墟饮'合虚山长寿甘泉的甘露水，见有地下水道岔口，钟乳下垂滴水，蔚为壮观'。一水手说：这岔道是天元（TIENYUEN）日月山，常羲（CHANGSI）妈妈正在浴月，一月方至，一月方出。三哥问：怎么墨国也有轩辕呢？答：这是海外天元。指又一钟乳大岔水道说：这是羲和（SIHO）妈妈浴日的地方，共有 22 个地下岔道，一进去，迷了路就出不来了……我们兄弟 3 人 1927 年才回中国学汉语，当时只会说西班牙和殷地安语，23 人谁也没读过《山海经》，后来才知道水手讲的同《山海经》记的多有暗合，很是惊讶……

1926 年这次游历终生难忘，因我童年和殷福布族等殷地安人生活，彼此互称殷地安，自言中国人，确信美洲'印第安'人，就是中国商殷人和少昊、夸父等中华先人的裔冑。"

其三，再说到默茨。默茨在《山海经·大荒东经》中读到开篇一句："东海之外大壑"，并《海外东经》中羿射九日神话之源："十日所浴，在墨齿北，居水中。有大木，九日居下枝，一日居上枝。"默茨认为，"大壑"便是美国科罗拉多大峡谷——"他们在四千年前称之为'大壑'，我们今天称它为'大峡谷'。人们站在大峡谷边上眺望，无不为它瑰丽的景色所感动。印第安人对此不能无动于衷，中国人不能，我们也不能。"默茨进而推断道：中国关于羿射日的神话，其出处无疑就在《山海经·海外

东经》。"我相信终有一天会发现，射日的故事最早发源于某一印第安人的部落，是印第安人讲给中国人听的。中国人将印第安人关于峡谷怎样形成的神话，作为大壑（大峡谷）的神话带回来……印第安人是想解释峡谷是怎样来的，想弄清为什么会流金铄石，五光十色。对诗情画意的中国人来说，这故事听来是讲得通的……应该承认，神话的根子就在美国大峡谷。"

默茨的推论虽然大胆，却不无根据。现在我们吃惊地得知，在美国大峡谷附近的印第安部落中，确实流传着十日神话。徐松石教授经搜集考证，指出："美洲也有墨西哥境十日浴于扶桑汤谷的故事。又有加利福尼亚沙士太印第安族的十日传说。据谓狗茜达（犬形神人）创造天地日月，造成十个太阳和十个月亮。他们本来是轮流出现的。后来有一个时候，十个太阳白天并出，十个月亮夜里并悬。弄到日间则热似焦火，夜里则冻似寒冰……人民十分痛苦。狗茜达就出来毁灭了九个太阳和九个月亮。然后人类生活得以恢复常态。"

现在，我们似乎可以说，美国西部的大峡谷，与《山海经》所记"东海之外大壑"方位地貌相合。而流金铄石的大峡谷应为古人眼中日出之处。大峡谷附近的印第安人与中国人有着相似的十日神话传说。至于是否古时来到大峡谷的中国人将印第安人的十日传说带回去，演变成羿射九日的神话，恐怕只能做为默茨的推想而难予考证。

三

《山海经》确实是上古先民认知世界的记录，其囊括的范围大大超越了现今的中国本土。如若不然，《山海经》又如何被分为"海内"、"海外"与"大荒"等不同地域而分别叙述呢？

我们应该注意到，在《海内经》和《海内南经》、《海内北经》、《海内西经》、《海内东经》诸篇中，已可以大致看到一个"海内"的轮廓，这个轮廓的东南角已达"会稽"，西北角已达"凶奴"、"东胡"，西南角甚至达到"天毒"（晋郭璞注：天毒即天竺，按指今印度），而东北角则明确记为"朝鲜"与"倭"。

请看："盖国在钜燕南，倭北。倭属燕。""朝鲜在列阳东，海北山南。列阳属燕"。晋郭璞为此注曰："倭国在带方东大海内……""朝鲜今乐浪县，箕子所封也"这就指明《山海经》之《海内北经》提到的"倭"和"朝鲜"即今日的日本和朝鲜、韩国。

既然古时已将日本和朝鲜列于"海内"，那么，《海外东经》、《大荒东经》所到达的地方，必然远于日本和朝鲜。而在日本、朝鲜以东会是哪里呢？答案不言自明，当然应是美洲。

《海外东经》记载的"汤谷"、"扶桑"、"黑齿国"等，必是美洲，因有其它典籍的记载佐记——《东夷传》载："倭国东四千余里，有裸国，裸国东南有黑齿国，船行一年可至也。"

至于《大荒东经》所载"东海之外大壑"，更非美洲莫属。《列子·汤问篇》云"渤海之东，不知其几亿万里，有大壑焉，实惟无底之谷，其下无底，名曰归墟。"

而中国古人到达东部如此之远的地方，之所以"质明有信"，并非虚妄，乃是因为有人双脚丈量的结果。

《海外东经》记载道："帝命竖亥步，自东极至于西极，五亿十选（万）九千八百步。竖亥右手把算，左手指青丘北。一曰禹令竖亥。一曰五亿十万九千八百步。"

晋郭璞注："竖亥"为健行人。清郝懿行注：竖亥右手把算，算当为筭。《说文》云："长六寸，计历数者"。而"竖亥右手把算，左手指青丘北"，这就鲜活地描写出古时测量大地者的生动形象。

"自东极至于西极"，气魄何等之大！"东极"在哪里？《大荒东经》载明，在"日月所出"之处；"西极"在哪里？《大荒西经》载明，在"日月所入"之外。《大荒西经》记载，"日月所出"之山和《大荒西经》所载"日月所入"之山各有六处之多，之所以如此，是因为古人观察一年中不同时间，太阳出升和降落的方位稍有不同。看来，命竖亥测量由东极至于西极的里程，也许与制定历法有关。

还有一个情况值得注意，与《五藏山经》所记大量山名有所不同，

《大荒东经》记载的许多山名都不象中国的山名，比如：

"大荒东南隅有山，名皮母地丘"。

"东海之外，大荒之中，有山名曰大言，日月所出。"

"大荒之中，有山名曰鞠陵于天、东极、高骏，日月所出"。

"大荒之中，有山名曰孽摇頵羝。"

"大荒之中，有山名曰猗天苏门"。

"东荒之中，有山名曰壑明俊疾，日月所出。"

"大荒东北隅中，有山名曰凶犁土丘。"

上述这些中国人听来很怪的山名，无疑是外域山名的音译，是对当地土人所称山名的直译音录。如果是"海客谈瀛"式的神侃海聊，没必要编些古怪的山名。这倒从一个角度，证明古人确确实实到达了《大荒东经》所记载的地方。

这里应该提到默茨博士在美洲的踏勘中，发现的几处古代石刻。一处位于加拿大的阿尔柏达，一处位于美国北达科他，还有一处在亚利桑那的"四角"（Four Cornnrs）。这些石刻文字明显与古玛雅象形文字不属于一个系统，反而与中国商殷之际的甲骨文极为相似，有些文字简直与甲骨文相同。难怪北达科他商业与工业开发署，曾向全世界宣告："中国人曾一度访问过北达科他"；并且在1972年再版的《关于北达科他的种种事实》一书里，附以有关中国人这次探险的记载。

在北美洲发现的这些古代石刻，很可能就是古人"自东极至于西极"测量大地所留下的遗迹。要知道，"五亿十万九千八百步"，是一个相当遥远的距离。如果不以古时测量步算（据说旧时丈量土地时左右两脚各向前迈一步为一测量步），仅以普通行走，两步为一公尺计，五亿步当有2.5亿公尺——已有20万公里以上了，其行走距离，早已远远超出中国本土，可以环绕地球几圈了！如果考虑古人行走时翻山越岭、涉水渡海，不可能以直线行走，"自东极至于西极"距离的记载是可信的。

并且，这项巨大的测量工程，不一定像有些学者所说的需要几代人才能完成，而是可以由一批同代人或一个部落的同代人便可完成。前些年，

青少年应该知道的文学知识

上海有位徒步走遍全中国的壮士余纯顺。笔者虽然没有仔细核查过他的有关资料，但以他经历过的几乎走遍中国大陆上的每一个市县、行走时间历时八年的情况看，他所走过的里程相加，相信已可以绕地球一圈。远古的健行人恐怕日行不止百里，若按日行一百华里计，一年约可走三万多华里，三年便可行走十万华里，足以绕地球一周。从《大荒东经》和《大荒西经》两篇记录来看，其叙述风格如出一位亲历者之手。可以推想，古时健行人完成了"自东极至于西极"的壮举，将大荒之东和大荒之西的所见所闻记了下来，并讲述给别人，因此才有了《大荒东经》和《大荒西经》。

伟哉，华夏先人！

默茨博士研读了《山海经》，并亲自踏勘美洲的山水河流之后，由衷的赞叹：

对于那些早在四千年前就为白雪皑皑的峻峭山峰绘制地图的刚毅无畏的中国人，我们只有低头，顶礼膜拜。[5]

而今天，我们还赶得上祖先的脚力么？

（摘自：《大地》 作者：叶雨蒙①～⑤注略）

链接二：《山海经》之于后世文学

神话对于文学的影响、在中外的典籍中俯拾皆是。很多研究者认为神话是东西方文学的源头，神话乃文学鼻祖（德国美学家谢林在其《艺术哲学》一书中多有论述）。

——编者加

神话与文学的关系，就像《山海经》神话中所见的盘古与日月江海的关系。神话说盘古死后，头化为四岳，眼睛化为日月，脂膏化为江海，毛发化为草木。盘古虽死，而日月江海、人间万物……都有盘古的影子。神话转换为其它文学形式以后，虽然往往消失了它本身的神话意义，神话却在做为文学中艺术性的冲击力量而活跃起来。（语见王着《神话与小说》）例如：先秦文学的南北两大代表：《诗经》与《楚辞》，都有古神话的痕迹，尤其是《楚辞》，保存极大量的古神话。《老子》、《庄子》、《淮南子》的道家思想也大量吸取古代神话而加以哲理化。《左传》、《史记》、《尚

书》，则是吸取神话而加以历史化。《山海经》是古代口传文学的成文纪录，保留中国古神话最多的一部书，影响后世文学非常巨大。例：夸父的神话故事见载于《山海经》，而《淮南子》与《列子》书中也都有记载，皆据《山海经》而写就的。其后的《神异经》里那位在东南大荒的巨人朴父，由夸父、博父、朴父的音义来看，此朴父疑亦夸父演化而成的巨人。又据茅盾《中国神话研究ABC》所说：《列子·汤问篇》愚公移山的故事，是由夸父逐日神话演变而成，据"帝命氏二子负山"来看，夸娥极有可能是夸父演化来的。《中山经》姑媱之山的瑶草，是未出嫁而早死的帝女精魂化成的，演化为《庄子》里藐姑射山的绰约神女寓言。其后再化为宋玉《高唐赋》的巫山神女朝云。再化而为杜光庭《仙录书》中的西王母第二十三女瑶姬，再化而为曹雪芹《红楼梦》里的绛珠仙草林黛玉。《山海经》中北海海神变为风神的禺强即是《庄子》寓言的鲲鹏之变的根源。《庄子·应帝篇》"倏忽为浑沌凿七窍"则是来自《北山经》浑沌无面目的天山神灵。庄周梦蝴蝶的寓言则是《山海经》变化神话的灵感。屈原《天问》、《招魂》、《九歌》、《离骚》与《山海经》的神话故事多所雷同。

陶渊明的《读山海经诗》是句句源自于《山海经》。浪漫诗人李白具游仙思想的名篇：《梦游天姥吟留别》、《蜀道难》、《梁甫吟》、《北风行》，甚至《清平调》等皆源于《山海经》神话。李贺诗对《山海经》神话亦多所运用。李商隐更是大量运用《山海经》神话象征、隐喻的个中翘楚。魏晋以降的小说：王宝的《搜神记》所志之怪，几乎是《山海经》神话的脱胎。唐传奇如《柳毅传》脱胎于《山海经》陵鱼（人鱼）的演化。宋名诗人苏东坡《潮州韩文公庙碑》中的祀歌："骑龙白云乡、织锦裳的天孙、讴吟下招的巫阳"，都是直接源于《海内西经》的。

元剧《窦娥冤》、明小说《封神演义》、清蒲松龄的《聊斋志异》，莫不是《山海经》变化神话的一脉相承。明吴承恩《西游记》孙悟空、猪八戒等人、神、兽杂揉的形象是《山海经》变化神话的运用。李汝珍《镜花缘》的奇闻异事、四十一个神话国等则是海内外经远人异国的改写。例：女儿国、毛脸国分别是《山海经》的女子国、毛民国。近代戏剧：《牛郎

青少年应该知道的文学知识

织女》、《白蛇传》、《嫦娥奔月》等莫不取材脱胎于《山海经》神话。古诗词、小说、戏曲等泛取《山海经》神话题材者所在都是，举不胜举。现代诗文也不乏以《山海经》神话入诗者：杨牧、余光中、郭沫若、覃子豪、吴瀛涛等在诗中，神话往往成为讽喻性的解说主题。

总之，《山海经》神话塑造了不少文学母题，神话与文学几乎是一体的两面，是象征的、想象的、朴野的、是叙事描绘的、是情感的、是富于生命力的文学形式。《山海经》的古神话，比之于西洋神话，是嫌零碎、简陋。然而虽不是琳琅瑰奇的篇章，但仔细探究，竟是一块一块的璞玉美石，可誉为"中国文学的宝矿"。

七、诸子百家

老子，即老聃，姓李，名耳。战国时期思想家，道家学派创始人。被唐皇武后封为太上老君，在道教中老子被尊为道祖。《老子》又称《道德经》，道家典籍，老子所著或谓老子后学编纂。

孔子：名丘，字仲尼，春秋时鲁国人，思想家、教育家，儒家学派的创始人。有弟子三千。《论语》是儒家学派的经典著作之一，由孔子的弟子及其再传弟子编撰而成，记载孔子及其学生言行的书。是我国第一部语录体散文集。

墨子：墨家的创始人，战国初期伟大的思想家，墨家学派的创始人。姓墨名翟（dí），墨子的政治主张体现在兼爱、非攻、尚贤、尚同、节用、节葬、非乐、非命、天志、明鬼等十个方面。

孟子：名轲，字子舆，战国时期邹国人，孔子之孙子思的再传弟子，儒家学派的重要代表人物。《孟子》儒家经典。记录孟子言行，孟子及其门徒所作。

庄子：名周，战国时期思想家，道家学派创始人。《庄子》道家学派著作，唐人称其《南华经》。庄子及其门人后学所著，著名的如《逍遥游》、《养生主》、《秋水》。

荀子：名况，当时尊称他为荀卿，战国赵人，著名哲学家、文学家、

教育家。

韩非子：法家。著《韩非子》。荀子学生。代表作有《扁鹊见蔡桓公》、《五蠹》、《智子疑邻》。

李斯：代表作是散文《谏逐客书》，荀子学生。

孙子：《孙子兵法》又称《孙武兵法》、《吴孙子兵法》、《孙子兵书》、《孙武兵书》等，英文名为《The Art of War》。是世界三大兵书之一（另外两部是：《战争论》（克劳塞维茨），《五轮书》（宫本武藏））其内容博大精深，思想精邃富赡，逻辑缜密严谨。作者为春秋末年的齐国人孙武（字长卿）。全书分为十三篇，是孙武初次见面赠送给吴王的见面礼，事见司马迁《史记》："孙子武者，齐人也，以兵法见吴王阖闾。阖闾曰：子之十三篇吾尽观之矣。"有用兵如《孙子》，策谋《三十六计》的说法。此书在古代被称为《兵经》。

链接一：《老子》应该怎样读？（下文原题）

青少年应该知道的文学知识

老子（约前580年~前500年之后）

在"世界读书日"，有家报纸倡导"重归经典"，引述专家"以《论语》、《老子》、《孙子》、《周易》四本经典古籍为源头"的意见，问我看法如何。我说挑出这四本书，未必恰当。《庄子》似乎应该在列，而《老子》不能代表《庄子》，《孙子》倒是与《老子》有点儿"靠"。《孙子》是兵书，《周易》尤其《易经》是算卦的书，都不必号召大众去看；至于

《孙子》在现代商场上有用处，则是另一码事。

专家学者研究是一回事，若要向大众推荐，不如做个选本，范围可以扩大一些，把《庄子》、《孟子》、《公孙龙子》、《荀子》、《韩非子》、《吕氏春秋》等也包括在内，各选精华，详加注释。

如果非选四本不可，我觉得《论语》、《老子》、《庄子》应该有，第四本就未必一定局限于思想或哲学，《诗经》或《左传》可能也是好的选择。不要把接受的角度和范围弄得太狭隘，太专一了。我们还可以从文学或历史角度来欣赏了解。文学不能不提《诗经》，历史不能不提《左传》，而《论语》、《庄子》、《左传》又都是先秦最好的文章。多些角度，受者获益可能更大一些。

假如"重归经典"这说法真的成立，目的也不应该太直接，太现实，太急功近利。有时了解本身就是阅读的理由。像《老子》这么重要的原典讲了什么，作为中国人总该知道。总的来说，先秦原典反映了先民的生存智慧和思想智慧，而这与现代人的看法可能相符，也可能不符。

不可否认原典对我们有益处，但原典彼此间却未必一致，譬如《论语》与《老子》所讲的做人原则就是根本矛盾的。有些原典的内容与我们现在的一般要求是相反的，除非误读，否则难以照搬。仍以《论语》和《老子》为例，前者教你如何做个好人，做个道德高尚的人，哪怕"杀身以成仁"（《卫灵公》；后者则教你如何赢，如何胜，是不是好人无所谓，或者干脆说，孔子所说的那种好人，《老子》作者根本反对去做。我们对两方面都了解了，自会有取舍。

说来单单"了解"，已非易事。《论语》要算比较容易读的了，不少章节仍然众说纷纭。譬如："子曰：'攻乎异端，斯害也已。'"（《为政》）其中的"攻"字，历来解释不一，有说"攻击"，有说"专攻"，意思恰恰相反。知道有不同解释，才能择善而从。错误的解释则会误导读者。这两年内地出了不少台湾教授傅佩荣讲国学的书，实在错误百出。张中行曾对流行一时的南怀瑾有所批评，我觉得傅佩荣水平还不及南怀瑾，不客气地讲，有些地方恐怕汉语还没过关呢。

关于某一本书的各种现成说法，很容易构成我们的阅读障碍。

譬如一提到《老子》，首先就会想到"老庄"。其实《老子》跟《庄子》并不是一回事儿，不加分辨，很难避免误读。所以不要先入为主，要把现成定论放到一边，读完了原著，再回过头来看那些定论对不对。再就是要通读全书，《老子》一共才五千字，不要被其中一两段给局限住了。

譬如第一章讲"道可道，非常道，名可名，非常名"，给人一个很玄虚的印象，觉得"道"真是莫测高深；但接着往下读到第三章，就是"是以圣人之治，虚其心，实其腹，弱其志，强其骨，常使民无知无欲，使夫智者不敢为也"，"道"也就落到实处了。光看其中一章，印象就不完整，不准确。

再就是要选择古今不同年代的注释本加以参照，不要偏信一家之言。《老子》有楚简，有帛书，虽然都是早出的，但相比之下，对于一般阅读来说王弼本还是最好的，他的《老子道德经注》也是重要的注本，当然也有注错了的地方。《老子》的注本很多，最好多找一些对照着看。今人的注本，徐梵澄《老子臆解》精辟之见颇多，不过他是注的帛书《老子》。

读《老子》不可先入为主，这可能导致误读；但假如不误读，又可能大失所望，因为原本的期待就是建立在误读的基础之上的。

譬如现在提倡"返归自然"，常常追溯到《老子》，然而《老子》里并没有今天我们的"自然"概念。书中几处讲到"自然"，如第十七章："功成事遂，百姓皆谓我自然。"第二十三章："希言自然。"第二十五章："人法地，地法天，天法道，道法自然。"第五十一章："道之尊，德之贵，夫莫之命而常自然。"第六十四章："以辅万物之自然而不敢为。"都是指事物的本来样子。

《老子》中的确有不少对于自然现象的观察，"道"就是从这种观察中体悟出来，但是在作者的头脑中，尚且没有一个如今天我们所说的与人类社会相对应的"大自然"的概念。《老子》一言以蔽之，就是"反者道之动，弱者道之用"（第四十章）。"道"是对事物本来样子的一种规律性的概括。作者认为这一规律在于事物永远向着相反方面转化，应该利用这一

青少年应该知道的文学知识

规律，置身于弱的一极，以期"柔弱胜刚强"（第三十六章）。

《老子》所说"知其雄，守其雌"、"知其白，守其黑"、"知其荣，守其辱"（第二十八章），"贵以贱为本，高以下为基"（第三十九章），"勇于敢则杀，勇于不敢则活"（第七十三章），等等，都是这个意思。所以我说，真要读懂《老子》，现代人难免失望。现代人老是说保持强者姿态；《老子》则强调要弱，等着由弱变强。而且就算接受他这想法，《老子》讲的，操作起来也不容易。

《老子》作者从"天下之至柔，驰骋天下之至坚"（第四十三章）、"江海所以能为百谷王者，以其善下之"（第六十六章）之类自然现象中，发现了一个弱能胜强的规律，从而提出"将欲歙之，必固张；将欲弱之，必固强之；将欲废之，必固兴之；将欲夺之，必固与之"（第三十六章），但是对于一点亏都不吃的人，这种办法肯定没法采用。另外，《老子》讲"大曰逝，逝曰远，远曰反"（第二十五章）和"反者道之动"，这种一方由弱而强，另一方由强而弱的变化颇需时日，我怀疑大家多半没有他所要求的那份耐性。

先秦哲学一般所要解决的不是玄理，而是实用的问题。也许只有《庄子》例外。《老子》之道，是要用于统治和处理人与人的关系，实际上是"术"，或者干脆说是"权谋"。权谋这词儿有点难听，关键在于如何理解它，这未必是个很低的东西。我曾说，先秦哲学都是关于人的，《庄子》讲的是一个人的哲学，《论语》和《老子》讲的是两个人的哲学——除了"我"之外，还有"你"或"他"。在孔子看来，这另一位是好人；而在《老子》作者看来，则是坏人。

《老子》作者不承认超越胜负之上的道德价值，他把人与人之间的关系看成你争我夺的关系，因为你以强凌弱，所以我以弱胜强。但"国之利器不可以示人"（第三十六章），这个方法可以御臣，可以克敌，却不宜轻易透露给别人，否则对方也要利用它，那么你就不能取胜了。

《老子》的作者是谁，仍然不能确定。司马迁写《史记》时，已经搞不清楚谁是真正的老子了。郭店楚简的年代，多数论家以为在战国中期，

即约公元前300年左右。我们读《老子》，也觉得讲的是战国的事，所以肯定不会出自那个据说孔子曾经问礼的老子即李耳之手。

《老子》作者可能生活在战国时一个小国里，形势危险，所以他讲弱国和弱者的生存之道，求胜之道，提出一套办法。群雄争霸之际，弱国如何保存自己，进而变强，最终获胜，正是《老子》的出发点。后来的官渡之战、赤壁之战、淝水之战，都是以少胜多，从中可以看出《老子》之道。现在商界也有白手起家，后来成了大企业家的例子，也说得上是以弱胜强，体现的也是《老子》之道。权谋未必尽是坏事。换个说法，叫做"生存智慧"，也许就可以接受了。

行《老子》之道要有耐心，有时间，如果这两样儿不具备，那么《老子》也就没有用处。不过相比之下，若论在中国政治史和文化史上的具体作用，《老子》比《论语》恐怕还要大一点儿。孔子的形象对于中国的读书人来说，永远具有道德感召力；他的意义在此，但也仅限于此。且想象有一道斜坡，大家都往下走，忽然回头一望，高处有个背影，那就是孔子。这也就是孔子的楷模意义。

《论语》可能解决不了什么问题，但因为有了孔子，我们起码不至于太堕落。用前人的话说就是："天不生仲尼，万古长如夜。"（《唐子西文录》）《论语》讲的是求圣之道——"圣"无非就是高于人间的道德水准罢了；《老子》则是求胜之道，因为生存环境恶劣，所以不得不如此。孔子是人道主义者，所说的"仁"就是彼此都把对方当人，以期大家都能好好生存。《老子》则是我胜你败，我活你死。相比之下，我个人不大喜欢《老子》。

至于时下一会儿祭黄帝，一会祭孔、老，除体现了高涨的民族情绪，也可能有经济考虑。吃古人是今人的生存之道，对此无须多说。作为读书人，还是老老实实读书为好。说到《老子》，读者不要把它看得太高，好像神秘莫测；但也不要把它看得太贱，什么都拿来用，拿来卖。说到我自己，读《老子》只是满足求知的需要，我要明白它讲的到底是什么。要说获益，即在于此。

（作者：止庵）

孔子（前551～前479）

《论语》因秦始皇焚书坑儒，到西汉时期仅有口头传授及从孔子住宅夹壁中所得的本子，计有：鲁人口头传授的《鲁论语》20篇，齐人口头传授的《齐论语》22篇，从孔子住宅夹壁中发现的《古论语》21篇。西汉末年，帝师张禹精治《论语》，并根据《鲁论语》，参照《齐论语》，另成一论，称为《张侯论》。东汉末年，郑玄以《张侯论》为依据，参考《齐论语》、《古论语》，作《论语注》，是为今本《论语》。《齐论语》、《古论语》不久亡佚。现存《论语》共20篇，492章，其中记录孔子与弟子及时人谈论之语约444章，记孔门弟子相互谈论之语48章。

西汉时，中央政府定《论语》为专门之学，设博士专门研究、传授。《隋书·经籍志》将《论语》列入《经类》。宋时《九经》中有《论语》，朱熹将《论语》、《孟子》与《礼记》中的《大学》、《中庸》二篇合编为《四书》，并为作集注。明、清官方将朱注作为科举考试的标准，朱注《四书》遂为读书人的必读书，影响之大，罕有其匹。古往今来研究《论语》

的著作极多。日人林泰辅《论语年谱》，著录历代研究《论语》的著述达三千种之多。影响比较大的有这样几种：三国是魏国何晏《论语集解》，宋代邢昺《论语注疏》，朱熹《论语集注》（即《四书集注》本），清代刘宝楠《论语正义》。近人杨伯峻、金良年都各自著《论语译注》行世。叶圣陶编《十三经索引》，可以很容易地查到包括《论语》在内的《十三经》中的任何一句话的出处。

《论语》作为孔子及门人的言行集，内容十分广泛，多半涉及人类社会生活问题，对中华民族的心理素质及道德行为起到过重大影响。直到近代新文化运动之前，约在两千多年的历史中，一直是中国人的初学必读之书。

五四运动以后，《论语》作为封建文化的象征被列为批判否定的对象，尔后虽有新儒学的研究与萌生，但在中国民主革命的大背景下，儒家文化在中国并未形成新的气候。

然而，严峻的事实是，一个新型的社会，特别是当它步入正常发展轨道的时候，不能不对自己的民族精神及传统文化进行重新反思，这是任何一个社会在其自身发展过程中所不能忽视的重要环节。特别是民族文化的精粹，更值得人们重新认识，重新探索。

链接三："旋其面目""旋"之揣探

现行苏教版语文（必修三）和人教版高中语文（第一册）皆收录了庄周的《秋水》（节选）一文。苏教版语文（必修三）未对"旋其面目"作注解，但教学目标则要求学生掌握该词词义。人教版教材赋予该词释义是"转过脸来。旋，掉转。面目，指面部。"与该教材配套使用的《教师教学指导用书（语文）》也采此释。另外，王力先生主编的《古代汉语》对《百川灌河（秋水）》篇中"旋"字解释亦为"掉转"，然语焉未详。谨将商榷意见献疑于下。

（一）见疑

人教版语文教材对"北海"解释是"（河东端）北方的大海。指东

青少年应该知道的文学知识

海的北部（该释义亦不正确）"。《藏山经的地域及作者新探》一文的作者指出"北海：今渤海湾。《庄子·秋水》言河伯'顺流而东，至于北海'，古代黄河是在今无棣一带入渤海湾，故知北海即渤海湾。"【1】朱东润先生亦认为"北海，即渤海。"【2】《辞海》"北海"条注释：北海春秋战国时期又或指今渤海。并举例证：《左传·僖公四年》："齐侯伐楚，楚子使与师言曰：'君处北海。'"《孟子·梁惠王》："挟太山以超北海。"【3】据此可知，"北海"相对于黄河应居东，黄河则居其西。河伯见海神若，不需"转过脸来"就可以扑面撞见浩瀚的"北海"，否则与情于境皆不合。

（二）释疑

教材节选《庄子·秋水》的文字为"秋水时至，百川灌河。泾流之大，两涘渚崖之间，不辩牛马。于是焉河伯欣然自喜，以天下之美为尽在己。顺流而东行，至于北海，东面而视，不见水端。于是焉河伯始旋其面目，望洋向若而叹曰：'野语有之曰："闻道百，以为莫己若"者，我之谓也。且夫我尝闻少仲尼之闻而轻伯夷之义者，始吾弗信，今我睹子之难穷也，吾非至于子之门，则殆矣。吾长见笑于大方之家。'"古人给《庄子》作注的有晋代的司马彪、孟氏、崔譔、向秀、郭象五家，现存的只有郭注本十卷【4】。唐代成玄英曾为郭象注作疏（"疏"，解注并解原文，是南朝出现的，而在唐代兴起的一种注解的名称）。为此，笔者查阅了《南华真经注疏》的《秋水第十七》【5】篇。成玄英给"顺流而东行，至于北海，东面而视，不见水端。于是焉河伯始旋其面目，望洋向若而叹曰……"作的疏是"河伯沿流东行，至于大海，聊复顾眄，不见水端涯，方始回旋面目，高视海若，仍慨然发叹……"成疏将"旋"、"面目"。分别释义为"回旋"、"面目"。另外，《古代汉语》也节选了《秋水》篇的这段文字，并将"旋"注释为"掉转"，但未对"面目"、"旋其面目"作注。人教版对"旋"字解释与此相同。"旋"字解释出现不同义项，舍取当何？

"聊复顾眄"四字较为难解，关系整句信息的解读。《古代汉语词典》

【6】释"顾眄"义为"环视。形容神采奕奕。"并举例证:"《后汉书·马援传》:'援据鞍顾眄,以示可用。'《三国志·魏书·吕布传》:'君以千里之众,当四战之地,抚剑顾眄,亦足以为人豪,而反制于人,不以鄙乎!'关于"聊复"一词的意思我们可以从"聊复尔尔"一词得到印证。明·刘璋《凤凰池》第一回:"那万生舞罢了,轻轻放在匣里,神色自若。那些看的人没一个不喝采。云生也大叫道:'神乎技矣!'万生答道:'未能免俗,聊复尔尔。'"该词意思为"姑且如此而已。"同"聊复尔耳"。

【7】因此,"聊复顾眄"的意思可以解释为"姑且环视"。根据语境("方"字之前的情态)知,此时河伯看到"不见水端涯"的"北海"(海若)的神态还应是神采奕奕的,只不过随即便大吃一惊,心情逆转。如将此处"旋"理解为"掉转"、"旋其面目"解释为"调转头"是很难合乎情境的。那么,"方始回旋面目"的"回旋"所隐含的意思究竟是什么呢?

"旋"字在甲骨文里已见,其形体上为旌旗状,下为足趾状的止,其中的部件"止"表示运动义【7】。《说文解字》对"旋"字解释是:"旋,周旋,旌旗之指麾也。徐锴曰:'人足随旌旗以周旋也。'"此处"周旋"作动词,意同"转动(变)"、"变换"。即旌旗发出的信号会导致人的步伐的转动、变换。如:"列星随旋,日月递炤。"(《荀子·天论》)。又"陛下即位以来,躬亲听断,旋乾转坤,关机阖开,雷厉风飞。"(唐代韩愈《潮州刺史谢上表》)。《汉语大词典》对"旋乾转坤"的解释:"谓改天换地,根本扭转局面。"此处"旋"、"转"二字同义。所谓"旋乾转坤"即旋转乾坤之义。而《现代汉语词典》对"旋转乾坤"的解释:"改变自然的面貌或已成的局面。"而试问,"周旋"一词所隐含的意思是否也具此义?尽管用"转变"、"变换"、"改变"来释义成玄英疏中"回旋"一词亦可行,但却不能由此而断定该义项就一定符合"旋其面目""旋"字之义。

现从该文对比的语境中分析探寻,列表如下:

青少年应该知道的文学知识

表1-1

语境 次数	（河伯）所见之景	（河伯）见后神态
第一次	不见牛马	欣然自喜
第二次	不见水端	望洋向若而叹

河伯两次所见景象，在文中表现的很鲜明（如上表）。当河伯见到自己的领地是"百川灌河"、"不辨牛马"的壮阔景象后，"于是焉，欣然自喜，以为天下之美为尽在己"。一"喜"字所表现的正是河伯那骄傲自满、飘飘然的神态。而"天下"，"尽"两字更是将这种神态刻画的淋漓尽致。第二次，当河伯来到海边时，见到的却是"北海""不见水端"的浩瀚。先前是"不辨牛马"，眼前是"不见水端"两者孰宽孰广，自不待言。在这种情形（那时那地）下，河伯心生顿悟，认识到自己的渺小，向海神若抒发了由衷的慨叹。而这"叹"字则表现了河伯在认识到自己见识短浅之后所表现出的羞愧、佩服之神态。可谓是一"叹"值千金。因此，河伯才会"高视海若"（见成玄英疏）。一个"高"字不正生动形象的表现了河伯甘拜下风的姿态吗？

（三）试译

"旋"在两种对立（反差极大）的神态之间架起了一座沟通的桥梁，成功的承载了神态（河泊）由"喜"到"叹"的过渡（转变），而这一神态的过渡（转变）一定会清晰地突显在河伯的面部表情（神态）上，也就是面部表情的转变、改变。"面目"一词，始见于《诗·小雅·何人斯》："有靦面目，视人罔极。"此"面目"即面孔义。"面目"一词在典籍里为"面孔、颜面"义较为常见。所以，可将"旋"、"面目"分别释义为"改变"；"面孔"、"面貌"。"旋其面目"译为"改变他的面孔（面部表情或神态）"。

（发表于《语文教学研究》，有增删，参考文献【1】～【7】略，
作者：陈宝祥、赵宜奇）

两汉魏晋南北朝文学

两汉魏晋南北朝，诗歌成就比较高；

"乐府双璧"①人称赞，建安文学推"三曹"②；

田园鼻祖是陶潜，"采菊"遗风见节操。

《史记》首开纪传体，号称"无韵之《离骚》"；

班固承续司马意③，《汉书》断代创新招；

贾谊雄文《过秦论》，气势酣畅冲云霄；

"出师"一表真名世，《桃花源记》乐逍遥。

辞赋盛行多空洞，张衡《二京》似惊涛。

文学批评始兴起，《文心雕龙》真高超。

骈文追求形式美，小说初起尚粗糙。

注：①指《孔雀东南飞》和《木兰诗》。

②指曹操及曹丕、曹植。③即司马迁。

（一）两汉

1. 乐府民歌、诗赋

汉时乐府：是指的音乐机关（主要任务是采集民歌），后变而为一种带有音乐性的诗体的名称；至唐又一变而为一种批判现实的讽刺诗；宋元以后，也有称词、曲为乐府的。班固评价汉府是"感于哀乐，缘事而发"。《孔雀东南飞》原名《古诗为焦仲卿妻作》代表了汉代乐府民歌发展的最高峰。它与北朝民歌《木兰诗》被誉为我国诗歌发展史上的"双璧"。其余著名的还有《上邪》、《陌上桑》。

辞赋：赋是我国古代韵文和散文的综合体。司马相如的《子虚赋》、《上林赋》。贾谊的《吊屈原赋》都很有名。张衡作《二京赋》，因以讽谏。精思傅会，十年乃成。

五言诗：出现于东汉初年，它之所以日趋成熟，是和学习乐府民歌分不开的，其中最出色的为辛延年的《羽林郎》。东汉末年还有数量不少的无名氏"古诗"，其中一部分代表了那时文人五言诗的最高艺术成就，这

青少年应该知道的文学知识

些诗以《古诗十九首》为代表。其中我们熟悉的有"迢迢牵牛星"、"行行重行行"。

2. **两汉散文**

贾谊：又称贾生、贾长沙、贾太傅。主要作品有《新书》。另有《吊屈原赋》等赋，开"史论"之先河，其赋上承楚辞下启汉赋，影响很大。

司马迁：西汉杰出的史学家、文学家、思想家。字子长，曾任太史令，别称太史公，简称史迁。著《史记》首创"纪传体"。《史记》，原名《太史公传》，是我国第一部纪传体通史，还开创了我国的传记文学。被誉为"实录、信史"，史学"双璧"之一。记载了从黄帝到汉武帝长达三千年政治、经济、文化的历史。包括12本纪（叙述帝王的政迹），30世家（叙述贵族侯王的历史）、70列传（各阶层人物的传记）、10表（各历史时期的简单大事记）8书（关于天文、历法、水利、经济、文化、艺术等方面的发展和现状），共130篇，这五种体例相互配合和补充构成了完整的体系。鲁迅称之为"史家之绝唱，无韵之《离骚》"。

班固，东汉史学家和文学家。它是《史记》之后又一部重要的纪传体史书，开创了"包举一代"的断代史体例。是我国第一部断代史。前"四史"之一。

（二）魏

建安文学：曹氏父子及聚集在他们周围的"建安七子"、蔡琰等继承汉乐府民歌的现实主义传统，一方面反映社会的动乱和民生的疾苦，一方面表现了统一天下的理想和壮志，风格悲凉慷慨，建安诗歌这种杰出成就形成了后来称为"建安风骨"的传统。

"三曹"：即曹氏父子曹操、曹丕、曹植。曹操，字孟德，三国时的政治家、军事家、杰出的诗人。他的诗全都是乐府歌辞，我们比较熟悉的如《观沧海》、《短歌行》。作品反映现实，风格古朴沉雄，对建安文学有开风气的作用。与及其子曹丕、曹植的并称"三曹"。三人皆为当时文坛领袖，尤其是曹操、曹植，诗风遒劲，慷慨悲壮，集中体现了"建安风骨"曹操

的《观沧海》，曹丕的《蒿里行》，曹植的《名都篇》、《白马篇》、《洛神赋》都很有名。

建安七子：汉末建安时期孔融、陈琳、王粲、徐干、阮瑀、应玚、刘桢七位文学家的并称，七人同居邺下，故又称"邺中七子"。他们均能诗善文，作品多反映战乱给人民带来的痛苦，具有慷慨悲凉的风格，也是"建安风骨"的重要代表。

竹林七贤：魏晋时稽康、阮籍、山涛、向秀、阮咸（阮籍之侄）、王戎、刘伶的并称。此七人崇尚老庄，纵酒交游，游于山阳（今河南修武）竹林，号为七贤。

（三）晋、南北朝

1. 诗

陶渊明：东晋人，字元亮，一说名潜，字渊明，世号靖节先生。我国文学史上第一个田园诗人，开创了田园诗一体。著作有《陶渊明集》。他的诗《归园田居》、《饮酒》和《读山海经》，散文《桃花源记》入选教材。他的辞赋《归去来辞》是历来为人称诵的名篇。还自撰了小传《五柳先生传》。

徐陵（507～583年），字孝穆，东海郯（今山东郯城）人，徐摛之子。南朝梁陈间的诗人，文学家。早年即以诗文闻名。8岁能文，12岁通《庄子》、《老子》。今存《徐孝穆集》6卷和《玉台新咏》10卷。

《玉台新咏》：徐陵在梁中叶时选编的一部诗歌总集。《玉台新咏》收入东周至梁诗歌共769篇。据近人考证，系专为梁元帝萧绎的徐妃排忧遣闷而编。在取材上，以"选录艳歌"为宗旨（《玉台新咏序》），主要收男女闺情之作，大体不出离愁别恨、伤遇感时、中道弃捐等类，范围比较狭窄。但其中也收入了不少感情真挚并具有现实意义的诗篇，如汉乐府民歌《陌上桑》，中国古代长篇叙事诗《古诗为焦仲卿妻作》（又名《孔雀东南飞》）、《上山采蘼芜》等。这些诗表现出真挚爱情和妇女的痛苦，说明《玉台新咏》所录诗作并非全是艳情诗。而这些民间文学作品都不见于萧统的《文选》，乃经《玉台新咏》的保存而得以流传。注本有清代纪容舒的《玉台新咏考异》等。

2. 文

《三国志》：作者陈寿，西晋史学家。所著《魏书》、《蜀书》、《吴书》，北宋时合为一书，改称《三国志》。《三国志》记述自黄巾起义至晋灭吴统一天下的近百年的历史。

《后汉书》：作者范晔，南朝刘宋时史学家。《后汉书》因其内容充实，论述精到，既具史家识见，又有较高文学价值，故与《史记》、《汉书》《三国志》合称"四史"。

《水经注》：作者郦道元，北魏地理学家、散文家。《水经注》是给《水经》所作的注文。它资料丰富，文笔传神，不仅是一部地志，也是一部优美的山水游记和民俗风土录。《水经》是记述人国河流水道的一部专著。

《文选》：现存的文章总集，以萧统的《文选》为最早。这部总集是梁昭明太子萧统在东宫时延集文人们共同编订的。其中选录了自先秦到齐梁时期的许多诗文作品，是一部代表当时文学观点的好文学选本，宋人有"文选烂，秀才半"之说。

吴均：南朝文人，他的书信体游记《与朱元思书》被誉为南朝山水小品名作。

3. 小说

魏晋南北朝时期的小说，可分为两类：一类是谈鬼神怪异的"志怪小说"。（如，清蒲松龄的《聊斋志异》和纪晓岚的《阅微草堂笔记》等，都和它有一脉相承的关系。）这类小说成就最高的首推东晋史学家、文学家干宝的《搜神记》。一类是记录人物轶闻琐事的"志人小说"。属笔记体小说。这类书比较完整流传至今的只有南朝刘宋的刘义庆编撰的《世说新语》（唐时称为《世说新书》，宋时称《世说新语》），它是魏晋轶事小说的集大成之作，是这类小说的代表作品。

4. 文学理论

魏晋：有魏曹丕的《典论·论文》、晋陆机的《文赋》；南朝齐：刘勰创作了我国第一部文学理论著作《文心雕龙》；南朝梁：文学批评家钟嵘的《诗品》则是我国第一部诗评专著。

5. 北朝乐府

主要作品有《木兰诗》（始见于南朝僧人智匠所编《古今乐录》），《敕勒歌》、《折扬柳歌辞》，都被收入宋代郭茂倩编的《乐府诗集》。

唐代文学

> 唐代鼎盛累如山，"初唐四杰"不平凡；
>
> 王杨卢骆创格律，律诗、绝句要记全。
>
> 浪漫诗人推李白，一路高歌《蜀道难》。
>
> 现实主义有杜甫，"三吏"、"三别"不一般。
>
> 乐天倡导新乐府，"琵琶"、"长恨"留名篇。
>
> 田园诗派有王孟，高、岑诗歌唱边塞。
>
> 中唐李贺多奇丽，贾岛"推敲"传世间。
>
> 晚唐崛起"小李杜"；此后衰败如尘烟。
>
> 韩柳古文创新体，《阿房宫赋》唱千年。
>
> 唐代传奇已成熟，代表首推《柳毅传》。

（一）唐诗

"初唐四杰"："初唐四杰"是王勃、杨炯、卢照邻、骆宾王。王勃的《送杜少府之任蜀川》《腾王阁序》脍炙人口。

"吴中四士"：一般的说法，"吴中四士"指贺知章、张若虚、张旭、包融。其中贺知章、张若虚是当时著名的诗人。张是书法家，也是诗人，包融所传诗不多。"四士"性格狂放，诗多具有浪漫主义色彩，往往透露出一些新的气息诗、新的内容，反映了一些新的情趣，运用了一些新的语言，体现了唐诗从初唐到盛唐过渡的特色。

"大历十才子"：唐大历时期的十位诗人，《新唐书》载为李端、卢纶、吉中孚、韩翃、钱起、司空曙、苗发、崔峒、耿湋、夏侯审。也有把韩、崔、夏侯三人换为郎士元、李益、李嘉佑的。歌颂升平、吟咏山水、称道隐逸是其基本主题。也有反映真实的作品。都擅长五言近体，善写自然景物及乡情旅思等，语词优美，音律协和，但题材风格比较单调，偏重诗歌形式技巧。其中以钱起、卢纶成就较高。

"山水诗人"：王维、孟浩然。

"边塞诗人"：高适、岑参、王昌龄、王之涣。

"小李杜"：李商隐，杜牧；

"诗中三李"：李白、李商隐、李贺。

陈子昂：字伯玉，梓州射洪（今四川）人，主要作品是《感遇诗》三十八首。其《登幽州台歌》用直接抒怀的方式倾吐怀才不遇的感情。

王勃：字子安，"初唐四杰"之一（另三位是骆宾王、卢照邻、杨炯）。主要作品有《王子安集》，其中《送杜少府之任蜀州》、《滕王阁序》最有名。他在"四杰"中成就最高。

贺知章：字季真，自号四明狂客。主要作品有《咏柳》、《回乡偶书》。

王之涣：字季陵。主要作品有《凉州词》、《登鹳雀楼》。绝句《凉州词》被誉为"唐代绝句压卷之作"，属边塞诗派。

孟浩然：字浩然，襄阳人。唐代第一个大量写山水诗的人，与王维齐名，世称"王孟"。主要作品有《过故人庄》、《春晓》等，集结为《孟襄阳集》。

王昌龄：字少伯，江宁人。曾任龙标尉，世称王龙标，七绝圣手。主要作品有《出塞》、《从军行》。后人辑有《王昌龄集》。善边塞诗、宫怨诗。

王维：字摩洁，官至尚书右丞，故称王右丞。诗人兼画家。与孟浩然同为盛唐田园山水派代表。主要作品有《送元二使安西》，又名《阳关曲门飞鸟鸣涧》。苏轼赞其作品为"诗中有画"、"画中有诗"。

高适：字达夫，曾任散骑常侍，世称高常侍。与岑参齐名，并称"高岑"，同为盛唐边塞诗派的代表。主要作品有《燕歌行》、《别董大》等，

后人辑有《高常侍集》。

李白：字太白，别号青莲居士，人称"诗仙"。与杜甫齐名，人称"李杜"。唐代三大诗人之一。主要作品有《梦游天姥吟留别》、《蜀道难》、《子夜吴歌》、《望天门山》、《秋浦歌》、《宣州谢朓楼栈别校书叔云》等，结为《李太白集》。属浪漫主义豪放派，他的作品属古典诗歌艺术的高峰。韩愈称赞说："李杜文章在，光焰万丈长。"

杜甫：字子美，自称少陵野老，曾任左拾遗、检校工部员外郎，世称杜拾遗、杜工部。与李白齐名，人称"诗圣"。唐代三大诗人之一。主要作品有《兵车行》、《春望》、《茅屋为秋风所破歌》、《闻官军收河南河北》、"三吏"（《新安吏》、《石壕吏》、《潼关吏》）、"三别"（《新婚别》、《垂老别》、《无家别》），结为《杜工部集》。其作品为现实主义诗歌艺术的高峰，被称为"诗史"。首创记事名篇的乐府诗，直接推动了后来以白居易为首的新乐府运动。

岑参：曾任嘉州刺使，世称岑嘉州。边塞诗派的重要代表。主要作品有《白雪歌送武判官归京》、《逢入京使》等，结为《岑嘉州诗集》。

孟郊：字东野，与贾岛并称，著名苦吟诗人。主要作品有《秋怀》、《贫女词》、《游子吟》等，结为《孟东野诗集》。

刘禹锡：字梦得，曾任太子宾客，世称刘宾客。与柳宗元合称"刘柳"，与白居易合称"刘白"。主要作品有《陋室铭》、《乌衣巷》、《竹枝词》等，结为《刘宾客集》、《刘梦得文集》。

白居易：字乐天，号香山居士。中唐新乐府运动的主要倡导者，唐代三大诗人之一，与元稹合称"元白"。主要作品有《秦中吟》、《新乐府》（包括《卖炭翁》、《长恨歌》、《琵琶行》等），自编为《白氏长庆集》，后人又编为《白香山诗集》。他是现实主义传统的继承者，主张"文章合为时而著，歌诗合为事而作"，通俗派的代表，相传老妪可懂。

李贺：字长吉。主要作品有《雁门太守行》、《金铜仙人辞汉歌》等，结为《昌谷集》。其作品想象奇特，用词瑰丽，有浪漫主义色彩，风格独特，被称为李鬼才。

杜牧：字牧之，别称小杜，与李商隐齐名，并称"小李杜"。晚年居樊川别墅，故号杜樊川。主要作品有《阿房宫赋》、《江南春绝句》、《清明》、《泊秦淮》、《秋夕》等，结为《樊川文集》。他尤擅七律七绝，赋作的散文化倾向对后世影响较大。

李商隐：字义山，号玉溪生，又号樊南生。主要作品有《行次西郊作一百韵》、《乐游原》、《锦瑟》、《无题》等，结为《李义山诗集》，另有《樊南文集》。《行次西效作一百韵》是一首长篇政治诗。《无题》诗多以爱情为题材，缠绵秀丽，对后代有很大的影响。

张若虚：中宗神龙（705～707）年间，与贺知章、贺朝、万齐融、邢巨、包融等俱以文词俊秀驰名于京都，其与贺知章、张旭、包融并称为"吴中四士"。诗作大部散佚，《全唐诗》仅存 2 首，其一为《春江花月夜》，乃千古绝唱，是一篇脍炙人口的名作，有"以孤篇压倒全唐"之誉；另一首诗是《代答闺梦还》。

链接一：春江花月夜

> 春江潮水连海平，海上明月共潮生。
> 滟滟随波千万里，何处春江无月明。
> 江流宛转绕芳甸，月照花林皆似霰。
> 空里流霜不觉飞，汀上白沙看不见。
> 江天一色无纤尘，皎皎空中孤月轮。
> 江畔何人初见月，江月何年初照人。
> 人生代代无穷已，江月年年只（或"望"）相似。
> 不知江月待何人，但见长江送流水。
> 白云一片去悠悠，青枫浦上不胜愁。
> 谁家今夜扁舟子，何处相思明月楼。
> 可怜楼上月徘徊，应照离人妆镜台。
> 玉户帘中卷不去，捣衣砧上拂还来。
> 此时相望不相闻，愿逐月华流照君。
> 鸿雁长飞光不度，鱼龙潜跃水成文。

昨夜闲潭梦落花，可怜春半不还家。

江水流春去欲尽，江潭落月复西斜。

斜月沉沉藏海雾，碣石潇湘无限路。

不知乘月几人归，落月摇情满江树。

（二）散文

韩愈：字退之，官至吏部侍郎，谥文，世称韩吏部，韩文公，郡望昌黎，又称韩昌黎。唐代古文运动倡导者，唐宋八大家之首，与柳宗元并称"韩柳"。主要作品有《师说》、《马说》、《原毁》、《进学解》、《祭十二郎文》等，结为《昌黎先生集》。他主张恢复先秦两汉散文传统，摒弃南北朝以来的骈体文；主张文章内容的充实，并"唯陈言之务去"。在诗歌创作上主张"以文为诗"，力求新奇。

柳宗元：字子厚，因系河东人，人称柳河东，因官终柳州刺史，又称"柳柳州"。唐代文学家、哲学家、散文家和思想家，与韩愈共同倡导唐代古文运动，并称为"韩柳"。与刘禹锡并称"刘柳"。与王维、孟浩然、韦应物并称"王孟韦柳"。与唐代的韩愈、宋代的欧阳修、苏洵、苏轼、苏辙、王安石和曾巩，并称"唐宋八大家"。主要作品有《捕蛇者说》、《三戒》（包括《黔之驴》）、"永州八记"（包括《小石潭记》）、《童区寄》等散文，《渔翁》、《江雪》等诗，结为《柳河东集》。他是中国第一位把寓言正式写成独立的文学作品的作家，开拓了我国古代寓言文学发展的新阶段。

（三）传奇

陈鸿的《长恨歌传》和李朝威的《柳毅传》都是较成熟的文言小说。

宋代文学

宋代文学词泱泱，分成婉约与豪放。

柳永秦观李清照，风花雪月多感伤。

苏轼首开豪放派，"大江东去"气昂昂；

爱国诗人辛弃疾，"金戈铁马"势高扬。

青少年应该知道的文学知识

三苏、王曾、欧阳修，继承韩柳写文章；

范公作品虽不多，《岳阳楼记》放光芒。

南宋诗人陆放翁，《示儿》犹念复家邦；

人生自古谁无死？后世感怀文天祥。

编年通史第一部，《资治通鉴》司马光。

《梦溪笔谈》小百科，作者沈括美名扬。

（一）派别

豪放派，宋词一大流派。由北宋苏轼开创，经南宋辛弃疾而达到高峰。豪放派词作题材广泛，气势雄浑，境界开阔，豪迈奔放，重要作家还有张元干、张孝祥、陈亮等。

婉约派，代表作家有周邦彦、柳永、秦观、李清照（有豪放作品）等。题材较狭窄，多为男女恋情和个人遭遇，情思曲折，含蓄蕴藉，语言婉转绮丽。

江西诗派：宋代诗歌流派。以黄庭坚为中心，因成员多为江西人。

唐宋八大家：韩愈、柳宗元和宋代欧阳修、苏洵、苏轼、苏辙、王安石、曾巩等。

苏门四学士：北宋诗人黄庭坚、秦观、晁补之和张耒，均受过苏轼的培养和鼓励，出自苏轼门下。

一祖三宗："一祖"指杜甫，"三宗"指黄庭坚、陈师道、陈与义，三人均为江西诗派代表作家，而江西诗派非常推崇杜甫诗法。

（二）人物

林逋：字君复，钱塘（今浙江杭州）人。北宋诗人。终身不仕不婚，隐居西湖孤山，以赏梅养鹤为乐，有"梅妻鹤子"之称，谥"和靖先生"。诗以七律见长，其《山园小梅》中的"疏影横斜水清浅，暗香浮动月黄昏"为千古传诵的名句。

柳永：字耆卿，原名三变，因排行第七，又曾官屯田员外郎，故有柳

七、柳屯田之称。据传因写诗嘲弄科举，宋仁宗很不高兴，批他"且去填词"，故自谑称"奉旨填词柳三变"。他是北宋首位专力填词的婉约词派作家，写了大量长调。他的词流传较广，时有"凡有井水饮处，即能歌柳词"之说。代表作《雨霖铃》（寒蝉凄切）。

范仲淹：字希文，原名朱说。北宋著名政治家、文学家。少孤贫，刻苦好学。官至参知政事，谥"文正"。戍卫边塞多年，颇有贡献，是庆历年间革新领袖。诗、文、词均出色，词今存仅5首，《渔家傲》（塞下秋来风景异）尤为慷慨悲壮。有《范文正公集》，散文名作《岳阳楼记》。

欧阳修：字永叔，自号醉翁、六一居士。北宋著名文学家、史学家。早年支持范仲淹的政治革新，因直言敢谏，屡遭贬谪，谥"文忠"。他领导诗文革新运动，在诗词、散文各方面都卓有成就；他积极培养、奖掖人才，苏洵父子、曾巩、王安石皆出其门下，因而成为当时文坛领袖。其《六一诗话》开创了"诗话"这一新的形式。曾与宋祁合修《新唐书》，独撰《新五代史》。有《欧阳文忠公文集》。代表作有《醉翁亭记》、《伶官传序》。

苏洵：字明允，号老泉，眉州眉山（今四川眉山）人。北宋散文家。与其子轼、辙合称"三苏"，俱被后人列入"唐宋八大家"。其著作以史论、政论为主，代表作《六国论》。

司马光：字君实，谥"文正"。主编《资治通鉴》，这是我国古代最大的一部编年体史书，以年月为经，史实为纬，贯通战国至五代长达1360多年的历史，具有很高的史学价值和文学价值。

王安石：字介甫，号半山，抚州临川（今江西临川）人。封荆国公，世称王荆公，谥"文"，又称"王文公"。曾任参知政事，并两度为相，执政期间实行变法，被列宁誉为"十一世纪的改革家"。文章多为政论，立意超卓，其诗风格遒劲，《泊船瓜洲》为代表作，诗中"春风又绿江南岸"是传世名句。有《临川先生文集》。代表作《伤仲永》、《游褒禅山记》。

沈括：字存中，号梦溪。北宋著名科学家、政治家。曾参与王安石变法，后屡遭贬谪。晚年退居润州（今江苏镇江）梦溪园，撰写学术性巨著

《梦溪笔谈》，内容涉及数学、天文、气象、物理、化学、生物、地质、医药等领域，被誉为"中国科学史上的坐标"。

苏轼：字子瞻，号东坡居士，眉州眉山（今四川眉山）人，苏洵长子。北宋大文学家和书画家。少时即博通经史，善写文章；考中进士，深得考官欧阳修赏识。他为人正直，屡遭磨难，曾因"乌台诗案"而入狱，60岁时还被贬至海南。他多才多艺，诗词、散文、书法皆有卓越成就，其散文代表北宋古文的最高成就，其诗与黄庭坚并称"苏黄"，其词开豪放一派，其书法自创"苏体"。有《东坡七集》。代表作《题惠崇·春江晚景》、《水调歌头》《明月几时有》、《念奴娇·赤壁怀古》、《石钟山记》。

黄庭坚：字鲁直，号山谷道人，又号涪翁，洪州分宁（今江西修水）人。是北宋颇有影响的诗人、书法家，江西诗派的开创者。他推崇杜甫，重视诗法，但刻意求奇；书法尤善行草，自成一格，与苏轼、米芾、蔡襄并称"宋四家"。有《山谷集》。

李清照：号易安居士。是南宋婉约词派大家。少时便开始写诗作词。其父李格非是著名学者，其夫赵明诚是金石考据家。早年生活安定优裕，金兵入侵后，漂泊流离，生活孤苦。其诗词散文均有成就，并擅长书法、绘画、音乐。有《漱玉词》。代表作有《如梦令》（常记溪亭日暮）、《武陵春》、《声声慢》。

陆游：字务观，号放翁。南宋著名爱国诗人。幼年时期金人入侵，他随家逃难，从小怀有忧国忧民之志。中年时期曾投身军旅，对其创作影响很大。他主张抗战，屡遭投降派排挤，虽终被罢官，但报国信念毫不动摇。他一生留下了9300多首诗、140多首词以及大量的散文。

朱熹：南宋哲学家、教育家、文学家。学识广博，哲学、经学、史学、文学均有成就。他继承程颐、程颢理学，世称程朱理学，是宋代理学集大成者，所著《四书集注》被明清两代定为士子必读教科书。其文学见解见于《诗集传》、《楚辞集注》，所作诗文语言简洁明畅。《观书有感》"问渠那得清如许，为有源头活水来"为古今传诵名句。

辛弃疾：南宋爱国词人。原字坦夫，改字幼安，中年名所居曰稼轩，

因此自号"稼轩居士"。辛弃疾存词600多首。强烈的爱国主义思想和战斗精神是辛词的基本思想内容。他是我国历史上伟大的豪放派词人、爱国者、军事家和政治家。

文天祥：初名云孙，字天祥。选中贡士后，换以天祥为名，改字履善。宝祐四年（1256年）中状元后再改字宋瑞，后因住过文山，而号文山。南宋后期杰出的民族英雄军事家，爱国诗人和政治家。著作有《文山先生全集》、《文山乐府》，名篇有《正气歌》、《过零丁洋》等。宋理宗宝祐四年（1256年）进士第一名（状元），与陆秀夫、张世杰被称为"宋末三杰"。他晚年的诗词，风格慷慨激昂，苍凉悲壮，具有强烈的感染力，反映了他坚贞的民族气节和顽强的战斗精神。

郭茂倩：（1041～1099），字德粲（《宋诗纪事补遗》卷二四），郓州须城（今山东东平）人（《宋史》卷二九七《郭劝传》）。劝孙，源明子。神宗元丰七年（1084）时为河南府法曹参军（《苏魏公集》卷五九《郭君墓志铭》）。编有《乐府诗集》百卷传世，以解题考据精博，为学术界所重视。

（三）散文

"唐宋八大家"（"唐二宋六"）。

范仲淹：见上文。

（四）话本

话本是"说话"艺人的底本。著名话本有《大宋宣和遗事》（内有水浒故事），《三国志平话》（后演进为《三国演义》）。

（五）诗歌总集

《乐府诗集》：宋代郭茂倩所编。"乐府"，本是掌管音乐的机关名称，最早设立于汉武帝时，南北朝也有乐府机关。其具体任务是制作乐谱，收集歌词和训练音乐人才。歌词的来源有二：一部分是文人专门作的；一部分是从民间收集的。后来，人们将乐府机关采集的诗篇称为乐府，或称乐府诗、乐府歌辞，于是乐府便由官府名称变成了诗体名称。郭茂倩编的这部《乐府诗集》现存100卷，是现存收集乐府歌辞最完备的一部。主要辑录汉魏到唐、五代的乐府歌辞兼及先秦至唐末的歌谣，共5000多首。它搜集广泛，各类有总序，每曲有题解。它是继《诗经·风》之后，一部总括中国古代乐府歌辞的著名诗歌总集。

元明清文学

元代散曲分两种，小令、套数各不同。

杂剧代表四大家，成就首推关汉卿；

窦娥悲剧传千古，人物形象最鲜明；

其余三家郑马白①，还有《西厢》留美名。

明清戏剧精品多，《桃花扇》及《牡丹亭》

长篇都是章回体，"四大名著"是高峰。

《儒林外史》不能忘，《聊斋志异》多流行

尚有短篇拟话体，编订"三言"冯梦龙。

方苞开创姚鼐继，散文流派叫桐城。

清末大家龚自珍，《己亥杂诗》劝天公。

注：①指郑光祖、马致远、白朴。

（一）元

元曲四大家：关汉卿、郑光祖、马致远和白朴。

元曲四大悲剧：《窦娥冤》（关汉卿）、《汉宫秋》（马致远）、《梧桐雨》（白朴）、《赵氏孤儿》（纪君祥）

元曲四大爱情剧：关汉卿的《拜月庭》，王实甫的《西厢记》，白朴的《墙头马上》还有郑光祖的《倩女离魂》。

元末四大南戏：又称"四大传奇"，《荆钗记》、《刘知远白兔记》、《拜月亭记》（不是关汉卿写的）和《杀狗记》，简称荆、刘、拜、杀。

十大悲剧：十大悲剧包括：关汉卿的《窦娥冤》、纪君祥的《赵氏孤儿》、白朴的《梧桐雨》、马致远的《汉宫秋》、洪升的《长生殿》、孔尚

任的《桃花扇》。此外还有冯梦龙的《精忠魂》、孟称舜的《娇红记》、李玉的《精忠谱》、方成培的《雷峰塔》。其中前六个都属于元代作品。

关汉卿：号已斋叟，大都（今北京）人。是我国戏剧史上最伟大的戏剧家之一、元杂剧的奠基人。他长期接触社会底层生活，关心劳动人民尤其是妇女的命运，作品反映的社会生活比较广阔，他才华横溢，创作丰硕，有杂剧 60 余种，散曲 10 余套，小令 50 多首。著名剧作有《窦娥冤》、《救风尘》、《望江亭》等。。

马致远：字千里，号东篱，大都（今北京）人。元代著名戏剧家、散曲家。晚年离开官场，归隐山林。杂剧《汉宫秋》为其代表作，取材于王昭君故事。其散曲艺术成就很高，代表作《天净沙·秋思》被誉为"秋思之祖"。

王实甫：一说名德信，大都（今北京）人。元代著名戏剧家。早年做官，后退职闲居。杂剧作品有 14 种，现仅存 3 种。所作《西厢记》取材于元稹《莺莺传》、董解元《西厢记诸宫调》，被誉为"天下夺魁"之作，是我国古代戏剧中现实主义的杰作，它表现的反封建主题，对后世戏剧小说影响颇大。

（二）明

前七子：明弘治、正德年间七位文学家即李梦阳、何景明、徐祯卿、边贡、康海、王九思、王廷相的并称，是明代复古主义文学流派之一。

后七子：明嘉靖、隆庆年间七位文学家即李攀龙、王世贞、谢榛、宗臣、梁有誉、徐中行、吴国伦的并称，是明代复古主义文学的又一流派。

公安派：明代后期反对前后七子复古主义文学的一大流派，因其代表人物袁宗道、袁宏道、袁中道三兄弟为湖北公安人而得名。

四大奇书：明朝人称《三国演义》、《水浒传》、《西游记》、《金瓶梅》为四大奇书。《金瓶梅》的作者叫兰陵笑笑生，该书反映了明代中叶的社会现实。

三言二拍：冯梦龙的《喻世明言》、《警世通言》、《醒世恒言》，凌蒙初的《初刻拍案惊奇》、《二刻拍案惊奇》。

宋濂：字景濂，号潜溪，浦江（今浙江浦江）人。作品有《宋东阳马生序》及《宋学士文集》。

刘基：字伯温，著有《诚意伯集》。

徐宏祖：号霞客，著有《徐霞客游记》。

张溥：字天如，著有《七录斋集》。

施耐庵：主要作品有《忠义水浒传》简称《水浒》，有百回本、百二十回本和七十回本，是我国第一部反映农民起义的长篇章回体小说，对后世农民起义产生了巨大影响。

罗贯中：名本，号湖海散人，中国第一位全力创作通俗小说的作家。主要作品有《三国志通俗演义》（简称《三国演义》）、《隋唐志传》、《三遂平妖传》。《三国演义》为我国第一部长篇历史章回体小说。

吴承恩：字汝忠，号射阳山人。主要作品《西游记》是著名长篇章回神魔小说，是古典文学中最辉煌的神话作品，标志着浪漫主义文学的新高峰。

归有光：字熙甫，号震川。主要作品有《震川文集》。他推崇唐宋古文，被称为"唐宋派"。

汤显祖：字义仍，号若士，又号海若，临川人。主要作品有《牡丹亭》（又名《还魂记》）、《紫钗记》、《邯郸记》、《南柯记》，合称《玉茗堂四梦》，又叫《临川四梦》，是浪漫主义杰作。

冯梦龙：字犹龙，号墨憨斋主人，别号顾曲散人。主要作品有编辑短篇小说集"三言"，《喻世明言》、《醒世恒言》、《警世通言》共120篇。《灌园叟晚逢仙女》出于此。

（三）清

桐城派：清代最著名的散文流派。代表作家方苞、刘大櫆、姚鼐都是桐城人，被称为"桐城三祖"。他们提出"义法"主张，继而强调"义理、考据、词章"三者并重，影响极大。"五四"运动前后，桐城派末流

成为新文化运动的主要反对势力。

清末四大谴责小说：《老残游记》、《二十年目睹之怪现状》、《官场现行记》、《孽海花》。

顾炎武：原名绛，字宁人，号亭林，江苏昆山人。著作有《日知录》和《亭林诗文集》。

金圣叹：明末清初著名文学批评家。曾评点"六才子书"，即《离骚》、《庄子》、《史记》、杜诗、《西厢》、《水浒》。对《水浒》艺术特点的分析颇有见地。

洪升：字防思，号稗畦。主要作品有《长生殿》（传奇），写唐明皇与杨贵妃的爱情故事。

孔尚任：字聘之，号东塘，又号云亭山人。主要作品有《桃花扇》（传奇），写南明王朝灭亡的历史剧。

蒲松龄：字留仙，一字剑臣，号柳泉居士，世称聊斋先生。清代小说家。主要作品有《聊斋志异》，《促织》、《狼》、《席方平》、《劳山道士》、《画皮》等出于此。《聊斋志异》是我国古代著名的文言短篇小说集，以谈鬼说狐方式反映现实。

吴敬梓：字文木，敏轩。主要作品有《儒林外史》。

姚鼐：字姬传，号惜抱先生。主要作品有《惜抱轩文集》，"桐城派"奠基人之一。主张"义理"、"考据"、"辞章"三结合。

李汝珍：字松石。主要作品《镜花缘》以浪漫主义手法写幻想图景，如"君子国"、"女儿国"、"两面国"等。

龚自珍：字瑟人，资产阶级启蒙运动先驱。主要作品有《病梅馆记》、《己亥杂诗》，近代文学的开山作家。

吴沃尧：字趼人。主要作品有《二十年目睹之怪现状》，谴责小说。

李宝嘉：字伯元，别称南亭亭长。主要作品有《官场现形记》，谴责小说。

刘鹗：字铁云，别署洪都百炼生。主要作品有《老残游记》。

曾朴：主要作品有《孽海花》，谴责小说。

青少年应该知道的文学知识

方苞：字凤九，号灵皋，又号望溪，安徽桐城人。清代文学家。曾因戴名世案被累，入狱二年之久，释放后官至礼部侍郎、经史馆总裁。他在文学上推崇韩柳，提倡"义法"，力求语言雅洁，是我国古代最大散文流派桐城派的创始人。

袁枚：字子才，号简斋。清代著名诗人。因辞官后定居江宁小仓山随园，又称"随园先生"。他提倡"性灵说"，其诗风清新灵巧。有《小仓山房诗文集》、《随园诗话》等。散文名篇《黄生借书说》、《祭妹文》。

纪昀：字晓岚，一字春帆，自号石云，谥"文达"，直隶献县（今河北献县）人。清代著名学者。他学问渊博，曾任四库全书馆总纂官，以毕生精力纂定《四库全书总目提要》，所著《阅微草堂笔记》是《聊斋志异》后又一部影响很大的文言短篇小说集。

曹雪芹：名霑，字梦阮，号雪芹，又号芹圃、芹溪，满洲正白旗"包衣"人。清代小说家。少时家势贵盛，生活豪奢，其父革职后，堕入贫困。巨大变故使其对社会有了深刻认识，"披阅十载，增删五次"，创作了我国古典小说中最伟大的现实主义作品《红楼梦》，后40回一般认为是高鹗续。

链接一："小说"一词来自何方

"小说"一词最早见于《庄子·外物》："夫揭竿累，趣灌渎，守鲵鲋，其于得大鱼难矣；饰小说以干县令，其于大达亦远矣。""县"乃古"悬"字，高也；"令"，美也，"干"，追求。是说举着细小的钓竿钓绳，奔走于灌溉用的沟渠之间，只能钓到泥鳅之类的小鱼，而想获得大鱼可就难了。靠修饰琐屑的言论以求高名美誉，那和玄妙的大道相比，可就差得远了。

春秋战国时，学派林立，百家争鸣，许多学人策士为说服王侯接受其思想学说，往往设譬取喻，征引史事，巧借神话，多用寓言，以便修饰言说以增强文章效果。庄子认为此皆微不足道，故谓之"小说"，即"琐屑之言，非道术所在"、"浅识小道"，也就是琐屑浅薄的言论与小道理之意，正是小说之为小说的本来含义。

清光绪年白绵纸《红楼梦》

胡适藏本《红楼梦》
《脂砚斋甲戌抄阅再评石头记》

东汉桓谭在其所著的《新论》中，对小说如是说："若其小说家，合丛残小语，近取譬论，以作短书，治身理家，有可观之辞。"认为小说仍然是"治身理家"的短书，而不是为政化民的"大道"。

东汉的班固编著了我国第一部纪传体断代史《汉书》，在《汉书·艺文志》中写到："小说家者流，盖出于稗官。街谈巷语，道听涂说者之所造也。孔子曰：'虽小道，必有可观者焉，致远恐泥，是以君子弗为也。'然亦弗灭也。闾里小知者之所及，亦使缀而不忘。如或一言可采，此亦刍荛狂夫之议也。"这是史家和目录学家对小说所作的具有权威性的解释和评价。

班固认为小说是"街谈巷语、道听涂（同"途"）说者之所造也"，虽然认为小说仍然是小知、小道，但从另一角度触及小说讲求虚构，植根于生活的特点。在古人所说的"小说"著作，以及这以外的著作中，有许多纷杂的、面貌各异的东西构成了中国古小说的源头。大抵古代神话、杂史、民间传说、人物轶事、寓言等等，凡带有一定故事性、有意无意包涵着虚构成分的东西，都与小说的形成有关。

这一类琐杂的内容，有些产生复又消失，有些散布在各种书籍里，不为人们注意。直到魏晋南北朝，才集中出现了一批专谈神异灵怪与人物佚事的著作，于是成为中国小说史上第一个重要的阶段。就小说的发展过程来说，历史著作、尤其史传起了不可忽视的作用。史书与小说，性质原本不同。

但中国古代史书，常在细节上运用虚构手段。尤其是，中国文学中叙事、描写及刻画人物形象的技巧，首先不是在"小说"的范围而是在史传中培养起来的。一直到很久以后，小说家仍然在史传中吸取养分。

清末明初，维新派梁启超等大力倡导"小说界革命"，小说理论面目一新。小说地位空前提高，乃至被奉为"国民之魂"、"正史之根"、"文学之最上乘"，再不是无足轻重的"街谈巷语"、"琐屑之言"。

链接二：有趣的中国名著书名的翻译

中国文学对世界文化历来深有影响，其中许多名著早在几百年前就被翻译到了西方各国。有趣的是，由于书名难译，加之外国翻译者对中华思想理念，及中华文化内涵不能予以准确的理解，他们翻译的许多中国名著，其书名往往与作品的内容相去甚远。

施耐庵的《水浒传》，早在300多年前就流传到世界各国，先后被译成了12种文字。其中，德文译名《强盗和士兵》，法文译名《中国的勇士》，英文译名《发生在河边的故事》。1938年诺贝尔文学奖获得者、美国女作家布克夫人（中文名字赛珍珠）的译本，书名谓之《四海之内皆兄弟》。意大利人安德拉斯节译《水浒传》中鲁智深的故事，书名《佛节记》。

德国人节译杨雄的故事，取名《圣洁的爱》；节译武大郎与潘金莲的故事，取名《卖大饼的武大郎和不忠实的妇人》；节译智取生辰纲的故事，则取名《强盗设置的圈套》。

如果说前面翻译的《水浒传》书名和内容多少还沾点边的话，罗贯中《三国演义》书名的翻译，就很不可思议了。有位美国翻译家翻译的《三国演义》，书名竟然叫《战神》。

更离谱的是对吴承恩《西游记》的翻译。外国翻译家将这本名著的书

名翻译得五花八门：《猴》、《猴王》、《猴子历险记》、《猴子取经记》、《猴与猪》、《猴和猪往西的路上》……对于《西游记》，外国人的理解还不够深刻。

外国人对《红楼梦》书名的翻译更是"洋腔洋调"，有一法文版译本充满了欧洲式的浪漫情调，叫《庄园里的爱情》。

清代蒲松龄的小说集《聊斋志异》，有英、法、德、日、匈、波、爱沙尼亚、丹麦等20多种文字译本，其中日文译名为《艳情异史》，英文译名为《人妖之恋》。更为惊异的是意大利文译本，叫《老虎作客》。

外国翻译家翻译的一些单篇中国作品，书名译得更是出人意料。

元代王实甫的《西厢记》，书名原本三字，法文本却翻译地冗长拖沓：《热恋中的少女——中国十三世纪的爱情故事》。元代纪君祥的《赵氏孤儿》，1756年由一个名叫马若瑟的法国传教士翻译介绍到欧洲，后来德国大诗人歌德将它改编成悲剧，名叫《哀兰伯诺》——主人公哀兰伯诺就是剧中人物赵盾的儿子赵孤。这样算来，赵孤算得上是第一位加入德国籍的中国人了。

明代冯梦龙《警世通言》中的《杜十娘怒沉百宝箱》，德文译名《蒙辱的东方女性》，英文译名则叫《名妓》。两种译名看似和内容沾边，实则与作品原意并不相通。

在所有中国作品的译本中，最令人啼笑皆非的是明代冯梦龙的小说《庄子休鼓盆成大道》的译名，翻译者竟把它译成了《不忠诚的鳏夫》，恰与作品原意相反。此等翻译，着实叫人心寒！

链接三：《红楼梦》各类手抄本

曹雪芹先生披阅十载、增删五次，且辗转传抄，所以《红楼梦》版本众多，仅清代就有十多种手抄本。到目前出版的就有数百个版本，还有30多种外文版本。但其抄本价值不可小觑，2007年10月份在北京展览12个版本的清代手抄《红楼梦》，因其在市面上难得一见，此次拍卖的影印本都极具收藏价值。2007年6月更有一深圳商人以18万元竞拍得一部《红楼梦》的手抄残本，而三年前他已经同样以18万元的价格拍得《红楼梦》

程甲本，加上其在网上冒险拍得残脂本，三本加起来成为其所开红学论坛的镇坛之宝，而这三本手抄本的价值也得到红学专家的肯定。而他也成为目前唯一一个拥有《红楼梦》残脂本私人收藏家。甲戌本《红楼梦》由上海博物馆花重金从美国康乃尔大学购回之后，对外不展，不借，仅供图书馆研究之用，也再次显示了红楼梦手抄本的珍贵。

红楼梦手抄本摘要：

1. "甲戌本"《脂砚斋重评石头记》因上有"至脂砚斋甲戌抄阅再评仍用石头记"而得名。甲戌为乾隆十九年（1754年）由台北商务印书馆出版，台北中央印制厂影印行世，限量500部发行。该本一直被认为是《红楼梦》几种抄本中年代最早、也是最接近原本的一个版本。因此研究红楼梦的学者一直都很注重甲戌本的价值。最早由胡适于1927年发现并收藏，直到他去世时将书存放在美国康乃尔大学，从此该书一直流失在海外，直至2007年由上海博物馆花重金购回并保存。

2. "庚辰本"《脂砚斋重评石头记》存七十八回，是保存最为完整的早期抄本。该书各册卷首皆标有"脂砚斋凡四阅评过"，第五至八册封面书名下注有"庚辰秋月定本"或"庚辰秋定本"，故名"庚辰本"。庚辰为乾隆二十五年（1760年）。该书与原燕大图书馆藏的明弘治岳氏《奇妙全像西厢记》、百回钞本《绿野仙踪》并称为燕大馆藏"三宝"。这个版本是《红楼梦》众多版本中极其重要的一个，冯其庸极为推崇，影响广泛，人民文学出版社版《红楼梦》就是以其为底本。

3. "己卯本"《脂砚斋重评石头记》第三册总目书名下注有"己卯冬月定本"文字，故名"己卯本"。己卯是乾隆二十四年（1759年）。该书正文避清代皇帝康熙帝玄烨的"玄"字、雍正帝胤禛的"禛"字，另外还避老怡亲王胤祥的"祥"字、小怡亲王弘晓的"晓"字。"己卯本"《脂砚斋重评石头记》第三十四回末题"红楼梦第三十四回终"，是"脂本"石头记中第一个出现"红楼梦"标名的本子。现藏于国家图书馆。

4. "程本"最早的木活字印刷版《红楼梦》，乾隆五十六年（1791年）以前，《红楼梦》主要以抄本形式流传，且只存八十回。江苏人程伟

元素喜《红楼梦》，"以是书既有百廿卷之目，岂无全璧？原为竭力搜罗……一日，偶于小市担上得十余卷，遂重价购归。"程伟元发现，先后收集到的卅余卷残稿与前八十回基本能够呼应，遂邀请高鹗一起加以整理，抄成全部一百二十回，由萃文书屋以木活字印刷出版。这就是《红楼梦》史上著名的"程甲本"。次年，程、高又细加校阅，以木活字印刷出版，这就是"程乙本"。"程本"的出现，使《红楼梦》从手抄变为印刷，大大扩大了阅读群体，为普及《红楼梦》作出了巨大贡献。另外该本还最早出现了红楼绘画，成为"红楼艺术"的滥觞。

5. "甲辰本"最早署名为《红楼梦》的抄本，1953 年出现于山西省，曾藏于山西文物局，后归北京图书馆收藏。该书前为梦觉主人的序，书于甲辰岁（乾隆四十九年，1784 年）菊月中浣，故名。全书存八十回，题名《红楼梦》，回前、回后、版心亦如此题名。早期抄本皆题名为《石头记》，该书是最早题名为《红楼梦》的抄本。

6. "舒序本"惟一确切知道抄写年份的抄本，抒序本又称己酉本，为吴晓铃先生旧藏，现由首都图书馆收藏。存四十回，前有舒元炜亲笔书序言，并附《金台客舍·沁园春》一首。从序言可知，该书原有八十回，但现在只存四十回。序言书于乾隆五十四年（己酉，1789 年），一般认为该书为原本，并非过录本，因此，该书是惟一一部知道确切抄写年份的《红楼梦》早期抄本。

7. "郑藏本"是残存回数最少的抄本，郑振铎先生藏本，故名"郑藏本"《石头记》。该书仅存第二十三、二十四回两回，正文回首属名《石头记》，抄写纸的版心中缝，则题为《红楼梦》。

8. "列藏本"惟一发现于国外的抄本，道光十二年（1832 年），第十一届俄国传教使团到达北京，其中一位叫做库尔梁德采夫的学生将一部《石头记》带回了俄国，此书存七十八回。因该书藏于苏联亚洲人民研究所列宁格勒分所，故名"列藏本"。这是在国外发现的惟一一部《石头记》抄本。

（作者：语默，有删减）

青少年应该知道的文学知识

中国近现当代文学汇编

一、文学分期

1. 代近文学（1840～1918）
2. 现代文学（1919～1949）
3. 当代文学（1949～至今）

二、文学现象

文学革命：开始于1917年。1. 胡适《文学改良刍议》是倡导文学改革的第一篇文章，提出文学改良"八事"。2. 陈独秀《文学革命论》，正式举起文学革命大旗，提出文学革命的"三大主义"：推倒贵族文学，建设国民文学；推倒古典文学，建设写实文学；推倒山林文学，建设社会文学。3. 周作人《人的文学》，提倡"人的文学"，反对"非人的文学"。4. 李大钊《什么是新文学》提出"我们所要求的新文学，是为社会写实的文学"。这是早期共产主义知识分子对新文学的要求。文学革命的意义在于批判了"文以载道"、"代圣贤立言"的旧文学观念，宣传了现主义文学思想；出现了新的主题，新的题材新的人物；白话代替了文言，使白话立于正宗地位；开创了中国文学一个崭新时代，开始向现代化迈进；批判了旧传统的革命精神，面向世界的开放意识，冲破旧框框的创新精神，对新文学的发展有重要意义。

创造社：1921年7月成立于东京。成员：郭沫若、郁达夫、成仿吾、张资平、田汉等留日学生。主张表现自我"内心的要求"，艺术倾向富有反抗精神的积极浪漫主义。以郁达夫小说、郭沫若诗歌为代表。

湖畔诗社：1922年成立于杭州的新诗团体，主要成员有应修人、潘漠

华、冯雪峰、汪静之等四人，他们以"真正专心致志作情诗"为特色。出版诗集《湖畔诗集》。

学衡派：1922年1月吴宓主编的《学衡》杂志于南京创刊，主要人物有梅光迪、胡先骕等，是"五四"时期著名的复古主义文学流派，主张"昌明国粹，融化新知"，主要从事攻击新文学运动和文学革命的复古主义运动，他们的观念也有合理之处，但文化观念的保守性又导致复古主义的产生。

左联：1930年3月2日在上海成立，选举沈端先、冯乃超、钱杏屯、鲁迅等7人为左联常务委员。出版刊物《北斗》等，左联以鲁迅为主要战斗旗帜，积极倡导文艺大众化，介绍马克思主义文艺思想，批判资产阶级文艺思想，1936年为建立更广泛的文艺界抗日民主统一战线而自动解散。

现代派：30年代因《现代》杂志而得名的诗歌流派，代表诗人戴望舒。《现代》里的诗是纯然的现代诗，是现代人在现代生活中所感受的现代情绪，用现代的词藻排列成的现代诗形。

孤岛文学：1937年11月上海沦陷后，一部分文艺工作者利用上海租界的特殊环境坚持抗日文学活动，至1941年12月珍珠港事变日军侵入租界止，历时四年零一个月，称为孤岛文学。

九叶诗派：40年代后期出现的现实主义诗歌流派。因出版《九叶集》而得名，主要有辛笛、陈敬容等九人，刊物是《诗创造》、《中国新诗》，该派既忠于时代和斗争的现实，又忠于艺术创造，较多吸收西方现代诗歌的表现艺术和手法。

问题小说："五四"时期的文学流派，代表作家有冰心、叶绍钧等人。问题小说广泛地涉及婚姻爱情、教育、就业、家庭、儿童、妇女贞节、社会习俗等问题，表现出作家关心社会，注目现实，探究人生的创作热忱和社会功利意识。社会功利的倾泄使问题小说不免带有观念化和抽象化的陋病。

"小诗派"：20年代的一个新诗流派，代表作家有冰心、宗白华。代表作冰心的《繁星》、《春水》主要受泰戈尔的《飞鸟集》影响，多以一至四行的体式抒写个人的即时感兴，表达作者零碎的思想。""小诗派"的出现使初期白话诗颇为直率的说理倾向有所改变，打破了"胡适体"白话滞步不前的局面。

社会剖析派：左联时期出现的一个小说流派。主要人物有茅盾、沙汀等人，他们接受了马克思主义文艺理论的影响，用阶级斗争的眼光观察分析社会现实，在作品中对中国城乡社会进行了精微、准确有力的剖析和再现，具有极强的历史真实性，首倡者茅盾。《子夜》的成功对该派的形成起了重要作用。

东北作家群："九一八"以后，东北沦陷，多富有民族感情的作家流亡到关内，着对故土的陷落，山破碎的悲愤，描绘了发生在东北黑土地上的苦难挣扎与反抗，品以激昂悲愤的感情色彩和浓烈的乡土气息引起人们的特别关注，者也成为新的创作群体。这些作者都是东北籍的，故称东北作家群。主要作家萧军、萧红。

伤痕文学：70年代末出现的一种文学创作思潮。因卢新华的《伤痕》而得名。代表作：宗璞《弦上的梦》，王蒙《最宝贵的》，从维熙《大墙下的红玉兰》，茹志娟《草原上的小路》叶辛《蹉跎岁月》，冯骥才《啊》。

反思小说：主要追溯历史，更深刻地反思极"左"路线的危害。如茹志鹃（女）的《剪辑错了的故事》，谌容（女）的《人到中年》，张贤亮的《灵与肉》，鲁彦周的《天云山传奇》，古华的《芙蓉镇》，陈忠实的《白鹿原》。

改革文学：1980年前后出现的一种文学创造思潮。出实生活中经济管理体制改革问题，知识分子问题，知青待业和就业问题，爱情婚姻与道德问题，当代军人生活问题，社会上的不正之风等问题进入文学领域。代表作蒋子龙《乔厂长上任记》，张洁《沉重的翅膀》，水运空《祸起萧墙》，柯云路《三千万》，陆文夫《围墙》，李国文《花园街五号》，张贤亮《男人的风格》，贾平凹《鸡窝洼的人家》。

寻根小说：它们努力向民族文化和历史积淀开掘，展示民俗风情。如

韩少功的《爸爸爸》，阿城的《棋王》，王安忆（女）的《小鲍庄》，贾平凹的"商州系列"，莫言的《红高粱》系列，邓友梅的《那五》。

知青小说：是对上山下乡运动的反思，作者都是当年的知青。如梁晓声的《雪城》、《年轮》、《今夜有暴风雪》，叶辛的《蹉跎岁月》、《孽债》，孔捷生的《大林莽》，张承志的《绿原》，史铁生的《我遥远的清平湾》。

军旅小说：多反映南疆自卫反击战和抗美援朝战争。如李存葆的《高山下的花环》，徐怀中的《西线轶事》，魏巍的《东方》、《地球的红飘带》，刘白羽的《风雨太平洋》，朱苏进的《射天狼》，黎汝清的《皖南事变》。

历史小说：推出了一批鸿篇巨制，都写古、近代历史名人。如姚雪垠的《李自成》，凌力的《少年天子》，唐浩明的《曾国藩》、《杨度》、《张之洞》，二月河的《乾隆皇帝》、《雍正皇帝》。

现代派小说：受西方先锋文学的影响，常采用"意识流"和"黑色幽默"的手法。如王蒙的《布礼》、《蝴蝶》，宗璞（女）的《我是谁》，刘索拉（女）的《你别无选择》，残雪的《山上的小屋》。

新写实小说：强调写"生活流"，具有平民性、风俗性和客观性。如池莉（女）的《烦恼人生》，方方的《风景》，刘震云的《一地鸡毛》，刘恒的《伏羲伏羲》（后改为电影《菊豆》），范小青的《裤裆巷风流记》。

风情小说：多写普通人的日常生活，充满地方色彩和风土民情。如刘心武的《钟鼓楼》，刘绍棠的《蒲柳人家》，汪曾祺的《大淖记事》，谭谈的《山道弯弯》，以及王朔的小说。

近年，我国文坛出现一批反映现实斗争的优秀小说。如张平的《抉择》、《天怒》，王安忆的《长恨歌》，陆天明的《苍天在上》、《大雪无痕》，周梅森的《人间正道》、《中国制造》。

三、代表人物

清华"国学四大导师"：梁启超、王国维、陈寅恪（普通话读音 kè，同代人读 què）、赵元任。

梁启超（1873~1929）

陈寅恪（1890~1969）

王国维（1877~1927）

赵元任（1892~1982）

　　梁启超、陈寅恪、王国维、赵元任四大国学导师都是我国近代最杰出的学者，清华大学老校长梅贻琦曾说："所谓大学者，非谓有大楼之谓也，有大师之谓也。"当年，清华国学研究院正是由于拥有他们，创办两年后，其声望就超过了早于它创立的同类学校，并且，清华国学院由此开始，建立了中国学术独立的传统。

饮冰室主人

梁启超（1873～1929）是近代资产阶级改良主义者，学者。字卓如，号任公，又号饮冰室主人。生于广东省新会县熊子乡。举人出身。和其师康有为一起，倡导变法维新，人称"康梁"。早年所作的政论文，流利畅达，感情奔放，颇有特色。晚年在清化学校讲学。其著作编为《饮冰室合集》。

文学家在梁实秋的回忆中，梁启超的大师风范，呼之欲出。他回忆在清华聆听梁启超的演讲时说："他穿着肥大的长袍，步履稳健，风神潇洒，左右顾盼，光芒四射，这就是梁任公先生。他走上讲台，打开他的讲稿，眼光向下面一扫，然后是他的极简短的开场白，一共只有两句，头一句是：'启超没有什么学问'，眼睛向上一翻，轻轻点一下头：'可是也有一点喽！'这样谦逊同时又这样自负的话是很难得听到的。"

梁启超真诚的有趣。黄苗子著《世说新篇》，其中有《梁启超写序》，文曰："蒋百里先生为著名军事家，但在文化上亦极有贡献。他留德归国后，曾写了洋洋五万言的《欧洲文艺复兴史》。梁启超阅后大为赞赏，蒋便请梁为此书作序。不料梁文思泉涌，序成也是五万字，觉得不好意思，便加写一短序，而把长序改为著作出版，反过来请蒋百里作序。"

1914年，清华刚刚建校3年时，他来清华演讲，引用《易经》里的话来勉励清华学生要做君子，树立"完整人格"："天行健，君子以自强不息；地势坤，君子以厚德载物。"他这次演讲对清华优良学风和校风的养成产生了深远的影响。此后，清华即把"自强不息，厚德载物"八字定为校训。

"教授中的教授"

陈寅恪是一位历史学家，学贯中西。是公认的本世纪最有学问、最有成就的学界大师。他的专业是中古史，长年在清华大学、西南联大、中山大学担任教授，还曾任牛津等外国名校教授。他的所有作品都以文言写成，而且学问高深，一般知识背景的读者难以啃动。

在清华国学院成立之初，梁启超向校长推荐留居国外的陈寅恪。校长

青少年应该知道的文学知识

因陈寅恪一无学位，二无论著而拒绝。梁启超力争说："我梁某也算著作等身了，但总共还不如陈先生寥寥数百字有价值。"校长终于被说服。

在20年代的清华园，有一位"教授中的教授"，那就是陈寅恪。因为凡是他讲课，很多教授都会来听。他在国外断续留学20年，潜心读书和研究，但对"博士"、"硕士"学位之类，却淡然处之。因此连大学文凭也没拿过。然后就是这个没学位的人，当在哈佛大学任教的赵元任被聘为清华导师时，哈佛大学点名要他继任。关于他的学问，只从一点就可知其精深与博大：他虽然不是语言学家，但他通晓的文字多达二、三十种。

陈寅恪治学面广，宗教、历史、语言、人类学、校勘学等均有独到的研究和著述。他曾言："前人讲过的，我不讲；近人讲过的，我不讲；外国人讲过的，我不讲；我自己过去讲过的，也不讲。现在只讲未曾有人讲过的。"因此，陈寅恪的课上学生云集，甚至许多名教授如朱自清、冯友兰、吴宓、北大的德国汉学家钢和泰等都风雨无阻地听他的课。

此外，陈寅恪讲学还注意自然启发，着重新的发现。对学生只指导研究，从不点名，从无小考；就是大考，也只是依照学校的规章举行，没有不及格的。他常说：问答式的笔试，不是观察学生学问的最好办法，因此每次他都要求学生写短篇论文代替大考。但陈寅恪又强调：做论文要有新的资料或者新的见解，如果资料和见解都没有什么可取，则做论文也没有什么益处。

陈寅恪在讲授历史研究的心得时，常说："最重要的就是要根据史籍或其他资料以证明史实，认识史实，对该史实有新的理解，或新的看法，

这就是史学与史识的表现。"他的学生曾经回忆道："陈师在讲历史研究时，常说：凡前人对历史发展所留传下来的记载或追述，我们如果要证明它为'有'，则比较容易，因为只要能够发现一二种别的记录，以作旁证，就可以证明它为'有'了；如果要证明它为'无'，则委实不易，千万要小心从事。因为如你只查了一二种有关的文籍而不见其'有'，那是还不能说定了，因为资料是很难齐全的，现有的文籍虽全查过了，安知尚有地下未发现或将发现的资料仍可证明其非'无'呢？"陈寅恪对学术研究的严谨态度由此可见一斑。难怪傅斯年对他进行这样的评价："陈先生的学问，近三百年来一人而已！"

"南书房行走"

王国维，字静安，号观堂。在四大导师中，王国维是第一个来到清华的。王国维年轻时学习语言、科学、哲学和心理学、社会学，30岁之后研究文学。中年之后，又治中国古代史，在甲骨文方面取得了优异成就，奠定了他国学大师的地位。1923年应召为末代皇帝溥仪的南书房行走。1927年6月2日，自沉于颐和园昆明湖，终年50岁。行前留遗书曰："五十之年，只欠一死。经此世变，义无再辱"。

王国维一身治学"三境界"及方法对后世影响深远。王国维在《人间词话》里谈到了治学经验，他说："古今之成大事业、大学问者，必经过三种之境界：'昨夜西风凋碧树，独上高楼，望尽天涯路（晏殊《蝶恋花》）'，此第一境也；'衣带渐宽终不悔，为伊消得人憔悴（柳永《蝶恋花》）'，此第二境也；'众里寻她千百度，蓦然回首，那人却在灯火阑珊处（辛弃疾《青玉案·元夕》）'，此第三境也"。

陈寅恪对王国维史学研究的治学领域和治学方法有明确、清晰的说明。第一，王国维的甲骨文研究。甲骨文晚清始发现，最早是王懿荣，后来刘鹗刊印《铁云藏龟》，继之，孙治让和罗振玉对甲骨文字进行研究。而将甲骨学由文字学演进到史学的第一人，则推王国维。他撰写了《殷卜辞中所见先公先王考》、《殷卜辞中所见先公先王续考》、《殷周制度论》、

青少年应该知道的文学知识

《殷虚卜辞中所见地名考》、《殷礼徵文》以及《古史新证》等，他将地下的材料甲骨文同纸上的材料中国历史古籍对比来研究，用卜辞补正了书本记载的错误，而且进一步对殷周的政治制度作了探讨，得出崭新的结论，他的考证方法极为缜密，因而，论断堪称精审。他自己称这种考证方法为"二重证据法"，即以地下的材料与纸上的材料相比较以考证古史的真象。这种考证方法既继承了乾嘉学派的考据传统，又运用了西方实证主义的科学考证方法，使两者有机地结合起来，在古史研究上开辟了新的领域，创造了新的方法，取得了巨大的成就。郭沫若曾赞颂说："王国维……遗留给我们的是他的知识的产品，那好像一座崔巍的楼阁，在几千年来的旧学的城垒上，灿然放出了一段异样的光辉。"

"中国语言学之父"——赵元任

四大导师中的另一位大学者是赵元任。常人也许很难想象，这位"中国语言学之父"，中国近代音乐先驱者之一，28岁竟被美国康乃尔大学聘为物理讲师。29岁时，他回到清华，担任物理、数学和心理学讲师。30岁时任哈佛大学哲学讲师。33岁时被聘为清华哲学教授。他从1920年执教清华至1972年在美国加州大学退休，前后从事教育事业52年。中国著名语言学家王力、朱德熙、吕叔湘等都是他的学生，可谓桃李满天下。"赵先生永远不会错"，这是美国语言学界对他充满信赖的一句崇高评语。

赵元任原籍江苏常州，1892年生于天津一个书香、官宦之家，著名诗句"江山代有才人出，各领风骚数百年"的作者赵翼（乾隆进士），就是他的六世祖。清末，他的祖父在北方做官。年幼的赵元任随其家人在北京、保定等地居住期间，从保姆那里学会了北京话和保定话。5岁时回到家乡常州，家里为他请了一位当地的家庭老师，他又学会了用常州方言背诵四书五经。后来，又从大姨妈那儿学会了常熟话，从伯母那儿学会了福州话。

当他15岁考入南京江南高等学堂时，全校270名学生中，只有3名是

地道的南京人，他又向这三位南京同学学会了地道的南京话。有一次，他同客人同桌就餐，这些客人恰好来自四面八方，赵元任居然能用8种方言与同桌人交谈。听他的家人说，他从小就喜欢学别人说话，并善于辨别出各地方言和语音特点。

这段家史说明，赵元任幼年就经过多种方言的训练，开始掌握了学习语言的本领。1910年，他17岁时，由江苏南京高等学校预科考入清华留美研究生班，在录取的72名官费生中，他总分名列第二（胡适名列55）。先在康奈尔大学读数学、物理，后入哈佛攻哲学，继而又研究语言学。1920年回到祖国，在清华大学任教。当时适逢美国教育家杜威和英国哲学家罗素来中国讲学，清华大学派他给罗素当翻译。他在陪同罗素去湖南长沙途中又学会了讲湖南话。由于他口齿清晰，知识渊博，又能用方言翻译，因而使当时罗素的讲学比杜威获得更好的效果。从此，赵元任的语言天才得到了公认，他自己也决定将语言学作为终身的主要职业。

1925年，清华大学增设"国学研究院"，他与梁启超、王国维、陈寅恪被聘为导师，他教授《方音学》、《普通语言学》、《中国音韵学》、《中国现代方言》等课程。1929年，他又受聘为中央研究院历史语言研究所所长兼语言组主任。到1938年，他再度去美国哈佛大学攻读语言学，经过6年潜心研究，成为名闻世界的语言学家。1945年他被任命为美国语言学会会长，1960年任美国东方学会会长。他先后获得美国三个大学的名誉博士称号。

（部分文字来自《应用写作》）

胡适：汉族，安徽绩溪上庄村人。现代著名学者、诗人、历史家、文学家、哲学家。因提倡文学革命而成为新文化运动的领袖之一。其中，适与适之之名与字，乃取自当时盛行的达尔文学说"物竞天择适者生存"典故。在文学史上的主要功绩在于倡导文学革命和白话文运动，在白话诗、话剧等方面有开创性贡献。他的《文学改良刍议》是倡导文学改革的第一篇文章，提出文学改良"八事"。他率先发表《白话诗八首》。《尝试集》是中国现代文学史上第一本白话诗集。独幕剧《终身大事》是现代第一部创作话剧。

左联五烈士：即殷夫（白莽、原名徐祖华，有《别了，哥哥》），柔石（原名赵平复，有《二月》、《为奴隶的母亲》）、李伟森、胡也频和冯铿。

鲁迅：原名周树人，字豫才，我国现代伟大的文学家、思想家、革命家，中国现代文学的奠基者，新文化运动的主将。他的主要作品如下：

1. 散文集一部：《朝花夕拾》（1928，原名《旧事重提》）。

2. 散文诗集一部：《野草》（1927）。

3. 诗歌：《自题小像》、《赠画师》、《无题》（运交华盖欲何求）、《无题》（惯于长夜过春时）。

4. 杂文集16部。

（1）《热风》；（2）《坟》；（3）《华盖集》；（4）《华盖集续编》（1926）；（5）《而已集》；（6）《介亭杂文二集》等。

5. 鲁迅小说集所收作品如下。

（1）《呐喊》：《狂人日记》、《孔乙己》、《药》、《明天》、《一件小事》、《头发的故事》、《风波》、《故乡》、《阿Q正传》、《端午节》、《白光》、《兔和猫》、《鸭的喜剧》、《社戏》。（2）《彷徨》：《祝福》、《在酒楼上》、《幸福的家庭》、《肥皂》、《长明灯》、《示众》、《高老夫子》、《孤独者》、《伤逝》、《弟兄》、《离婚》。

（2）《故事新编》：《序言》、《补天》、《奔月》、《理水》、《采薇》、《铸剑》、《出关》、《非攻》、《起死》、《怀旧》。

6. 学术著作有：《摩罗力诗说》、《文化偏至论》、《唐宋传奇集》、《中国小说史略》、《汉文学史纲》。

郭沫若：原名开贞，号尚武。杰出的作家、诗人和戏剧家，也是历史学家和古文字学家，是继鲁迅之后中国文化战线上的又一面旗帜。主要作品有1921年出版的诗集《女神》（包括《凤凰涅槃》、《女神之再生》、《炉中煤》等）；历史剧作有《棠棣之花》、《屈原》、《虎符》、《高渐离》、《孔雀胆》、《蔡文姬》、《武则天》等。《女神》是一部杰出的浪漫主义诗集，是我国新文学史上第一部不朽的诗歌作品，开了一代新诗风，奠定了

新诗运动的基础。

叶圣陶：名绍钧。现代作家，教育家。主要作品有长篇小说《倪焕之》，短篇小说有《多收了三五斗》、《夜》等，童话集有《稻草人》、《古代英雄的石像》。他是中国现代文学史上最早写童话的作家。

茅盾：原名沈德鸿，字雁冰，茅盾是笔名。现代杰出作家，五四新文学运动的先驱之一。主要作品有"蚀"三部曲（《幻灭》、《动摇》、《追求》）和农村三部曲（《春蚕》、《秋收》、《残冬》），散文《风景谈》、《白杨礼赞》。《子夜》是我国现代文学史上第一部现实主义长篇杰作，显示了"左翼"文学阵营的战斗实绩。

朱自清：现代作家。主要作品有诗和散文合集《踪迹》，散文集《背影》、《欧游杂记》、《你我》，学术著作《经典常谈》，著名篇目有《背影》、《绿》、《荷塘月色》、《桨声灯影里的秦淮河》、《生命的价格——七毛钱》等。

闻一多：著名爱国诗人、学者。主要作品有诗集《红烛》、《死水》。著名篇目有《太阳吟》、《洗衣歌》、《发现》、《一句话》、《死水》等，学术著作有《神话与诗》、《古典新义》等。

老舍：原名舒庆春，字舍予，满族人。1950年获"人民艺术家"称号。主要作品有长篇小说《骆驼祥子》、《四世同堂》，剧本《茶馆》、《龙须沟》、《西望长安》等。浓郁的地方色彩，生动活泼的北京口语的运用，通俗而不乏幽默，形成了老舍的风格，也是"京味小说"的开创者。

冰心：原名谢婉莹，著名女作家。主要作品有诗集《繁星》、《春水》，散文集《寄小读者》、《樱花赞》等。用格言式诗句咏唱母爱、童贞、大海。散文也表现"爱的哲学"，被誉为"美文"的代表。

沈从文：现代作家，曾参加"新月社"，代表作有中篇《边城》、短篇集《沈从文短篇小说习作选》，散文《湘西散记》等。

钱钟书：原名仰先，字哲良，字默存，号槐聚，曾用笔名中书君，中国现代著名作家、文学研究家。书评家夏志清先生认为小说《围城》是"中国近代文学中最有趣、最用心经营的小说，可能是最伟大的一

青少年应该知道的文学知识

部"。钱钟书在文学、国故、比较文学、文化批评等领域的成就，推崇者冠以"钱学"。其夫人杨绛也是著名作家。

田汉：著名戏剧家，我国革命戏剧的奠基人。主要剧作有《咖啡店之一夜》、《名优之死》、《丽人行》、《关汉卿》、《文成公主》，有京剧《白蛇传》、《谢瑶环》等。他是"五四"以后最有成就的剧作家之一。歌词《义勇军进行曲》经聂耳谱曲后广为流传，现定为国歌。

夏衍：原名沈端先，著名剧作家。主要作品有剧本《秋瑾传》、《上海屋檐下》、《法西斯细菌》，改编的电影剧本有《祝福》、《林家铺子》、《我的一家》等，报告文学《包身工》。创作了我国最早的电影文学剧本《狂流》。

巴金：原名李尧棠。主要作品有长篇小说激流三部曲（《家》、《春》、《秋》）和爱情三部曲（《雾》、《雨》、《电》），中篇小说《寒夜》、《憩园》等，散文集《保卫和平的人们》、《随想录》等。《家》等为我国现代文学史上描写封建家庭历史的最成功的作品。1982年获意大利"但丁国际奖"。

赵树理：原名赵树礼，小说家。主要作品有小说《小二黑结婚》、《李有才板话》、《李家庄的变迁》等。《小二黑结婚》被茅盾誉为"解放区文艺的代表作之一"；《李有才板话》被茅盾誉为"走向民族形式的里程碑"，是"山药蛋派"的代表作。

曹禺：原名万家宝，戏剧家。主要作品有剧本《雷雨》、《日出》、《原野》、《北京人》、《明朗的天》、《胆剑篇》、《王昭君》等。

艾青：原名蒋海澄，著名诗人。主要作品有《大堰河——我的保姆》、《黎明的通知》、《雪落在中国的土地上》、《北方》、《手推车》、《光的赞歌》等。他的作品标志着"五四"以后自由体诗发展的一个重要阶段，又给以后的新诗创作带来很大影响。

周立波：主要作品有《暴风骤雨》、《山乡巨变》。《暴风骤雨》是我国解放战争时期出现的最成功的文学作品之一，获斯大林文学奖。

孙犁：原名孙树勋，主要作品有长篇小说《风云初记》，短篇小说《荷花淀》等。作品充满诗情画意，有"诗体小说"之称。"白洋淀派"

创始人。

　　梁斌：主要作品有长篇小说《红旗谱》、《播火记》，作品是概括我国新民主主义革命时期北方农民生活和斗争的史诗。

　　柳青：主要作品有长篇小说《种谷记》、《铜墙铁壁》、《创业史》。

　　杜鹏程：主要作品《保卫延安》，是我国第一部大规模正面描写解放战争的长篇小说。

　　李季：主要作品有长诗《王贵与李香香》，长篇叙事诗《杨高传》。前者以信天游形式歌颂陕北人民的革命斗争，在我国现代诗歌史上占有重要地位。

　　杨沫：主要作品有长篇小说《青春之歌》，反映了20世纪30年代我国知识分子的历史命运和成长道路。

　　曲波：主要作品有长篇小说《林海雪原》，故事惊险紧张，富有传奇色彩。

　　罗广斌、杨益言：主要作品有长篇小说《红岩》。

　　沙汀：四川安县人，现代小说家，代表作为《在其香居茶馆里》、另有长篇小说《还乡记》、《淘金记》、《困兽记》。

　　吴伯箫：原名吴熙成，现代著名散文家，代表作为《北极星》，课文有《菜园小记》、《早》、《记一辆纺车》、《猎户》、《难老泉》。

　　杨朔：当代著名散文家、名作有《茶花赋》、《香山红叶》、《海市》、《荔枝蜜》，小说有《三千里江山》。

　　魏巍：当代著名作家，代表作为长篇小说《东方》。

　　贺敬之：当代诗人，他和丁毅执笔的《白毛女》曾获得斯大林文学奖。代表作为长诗《雷锋之歌》。

　　秦牧：原名林觉夫，当代著名作家，名作有散文《土地》、《花城》、《社稷坛抒情》。

　　峻青：原名孙俊卿，当代著名作家，代表作为小说《黎明的河边》，名作有《海啸》、《党员登记表》。

　　碧野：原名黄潮洋，现代散文家，代表作为《阳光灿烂照天山》、散文有《天山景物记》。

张天翼：现代作家。代表作为讽刺短篇《华威先生》。长篇小说《鬼土日记》，短篇小说有《从空虚到充实》，儿童文学作品有《大林和小林》、《宝葫芦的秘密》、《大灰狼》等。

茹志鹃：现代女作家，其代表作有短篇小说《百合花》、《静静的产院》、《剪辑错了的故事》，其中《剪辑错了的故事》荣获 1979 年全国优秀短篇小说创作奖。

李准：现代作家，其代表作有短篇小说《不能走那条路》、《李双双小传》，长篇小说有《黄河东流去》。由他改编的电影剧本有《高山下的花环》、《牧马人》、《老兵新传》等，其中《老兵新传》摄成电影后，曾荣获 1959 年莫斯科国际电影节银质奖。

宗璞：当代女作家。原名冯钟璞。1978 年写的《弦上的梦》获全国优秀短篇小说奖。

王蒙：当代作家。其处女作是长篇小说《青春万岁》。他的短篇小说《组织部来了悠寸草心》、《春之声》分获 1978、1979、1980 年全国优秀短篇小说奖。中篇小说《蝴蝶》获全国优秀中篇小说奖。

蒋子龙：当代作家。其成名作是《机电局长的一天》。短篇小说《乔厂长上任记》，荣获 1979 年全国优秀短篇小说一等奖，《开拓者》获全国优秀小说奖。

刘心武：当代作家。其短篇小说《班主任》荣获 1978 年全国优秀短篇小说一等奖，长篇小说《钟鼓楼》荣获第二届茅盾文学奖。

张洁：当代女作家。其处女作《从森林里来的孩子》和后来写的《谁生活得更美好》分别获 1978、1979 年全国优秀短篇小说奖。长篇小说《沉重的翅膀》荣获第二届茅盾文学奖。

高晓声：当代作家。代表作《李顺大造屋》、《陈奂生上城》分别获 1979、1980 年全国优秀短篇小说奖。

四、港台文学（该部分高考未有涉及，只作一般性了解）

1. 香港作家作品

唐人：原名严庆澎，江苏苏州人，香港著名报人和作家。代表作为长篇历史演义体小说《金陵春梦》八卷，写蒋介石从发迹、上台到失败的经历。另有《草山残梦》八卷，写蒋介石到台湾以后的生活，《蒋后主秘录》写蒋经国，《苍天》写香港两个家庭的变迁。以阮朗的笔名著有《香港风情》，以颜开的笔名著有《诗人郁达夫》等小说、剧本数十种。

金庸：原名查良镛，浙江海宁人，香港著名报人、学者和作家。他一共写了十四部长篇武侠小说，每部第一个字能凑成对联"飞雪连天射白鹿，笑书神侠倚碧鸳"。代表作为《射雕英雄传》写宋、金、蒙古之间的冲突，塑造了郭靖、黄蓉等侠客形象。另有《天龙八部》、《鹿鼎记》等。他的武侠小说有深厚的历史文化底蕴，曲折离奇的故事情节，刀光剑影的武打场面，极富戏剧性和传奇色彩，发行量、读者数在整个华人世界都居最前列。

梁羽生：香港著名武侠小说家，与金庸、古龙（台湾）并称"新武侠小说三大掌门人"。代表作有《萍踪侠影》、《七剑下天山》、《白发魔女传》等。

另外，张爱玲写有《金锁记》，岑凯伦有《三个佳人》、《青春恋歌》等言情小说，梁凤仪写了许多"商界小说"，钟晓阳写了《停车暂借问》。其它长篇有徐訏的《江湖行》，刘以鬯的《酒徒》，西西的《我城》，舒巷城的《太阳下山了》。

著名诗歌集有舒巷城的《我的抒情诗》，何达的《长跑者之歌》

2. 台湾作家作品

台湾女作家群：琼瑶（原名陈喆，湖南衡阳人。琼瑶写过几一卜部言情小说，如《窗外》、《几度夕阳红》、《碧云天》、《在水一方》、《庭院深深》、《彩霞满天》等。近年她又投身影视界，创作了多部电视连续剧本，如《六个梦》、《梅花三弄》、《还珠格格》等。琼瑶的作品大多写错综复杂的男女恋情，故事哀婉动人，情调浪漫缠绵，描写生动细腻，充满诗情画意和理想色彩。），聂华苓（长篇小说《桑青与桃红》、《王大年的几件喜事》），於梨华（【美籍】写有《又见棕榈，又见棕榈》），三毛（《撒哈拉的故事》、剧本《滚滚红尘》），林海音（《城南旧事》），罗兰（《罗兰小语》、《飘雪的春天》、《绿色小屋》），席慕蓉写有许多散文诗，龙应台写有许多精彩的杂文。

诗歌：余光中《乡愁》、《月光光》；洛夫《石室之死亡》。

小说：白先勇（白崇禧之子）《台北人》、《玉卿嫂》，钟理河《笠山农场》，李敖历史小说《北京法源寺》。

杂文：柏杨《丑陋的中国人》。

第二章　中国文化常识

人的称谓

　　中国，四大文明古国之一，世人誉之为礼仪之邦、君子之国，即使是在唇枪舌剑的论战中，我们的先人也同样讲究语言美。《礼记·仪礼》道："言语之美，穆穆皇皇。"就是说，对人说话要尊敬、和气，谈吐文雅。

【谦称】

　　1. 表示谦逊的态度，用于自称。愚，谦称自己不聪明。鄙，谦称自己学识浅薄。敝，谦称自己或自己的事物不好。卑，谦称自己身份低微。窃，有私下、私自之意，使用它常有冒失、唐突的含义在内。臣，谦称自己不如对方的身份地位高。仆，谦称自己是对方的仆人，使用它含有为对方效劳之意。

　　2. 古代帝王的自谦词有孤（小国之君）、寡（少德之人）、不谷（不善）。

3. 古代官吏的自谦词有下官、末官、小吏等。

4. 读书人的自谦词有小生、晚生、晚学等，表示自己是新学后辈；如果自谦为不才、不佞、不肖，则表示自己没有才能或才能平庸。

5. 古人称自己一方的亲属朋友时，常用"家"、"舍"等谦词。"家"是对别人称自己的辈份高或年纪大的亲属时用的谦词，如家父、家母、家兄等。"舍"用以谦称自己的家或自己的卑幼亲属，前者如寒舍、敝舍，后者如舍弟、舍妹、舍侄等。

6. 其他自谦词有：因为古人坐席时尊长者在上，所以晚辈或地位低的人谦称在下；小可是有一定身份的人的自谦，意思是自己很平常、不足挂齿；小子是子弟晚辈对父兄尊长的自称；老人自谦时用老朽、老夫、老汉、老拙等；女子自称妾；老和尚自称老衲；对别国称自己的国君为寡君。

【敬称】

表示尊敬客气的态度，也叫"尊称"。

1. 对帝王的敬称有万岁、圣上、圣驾、天子、陛下等。驾，本指皇帝的车驾。古人认为皇帝当乘车行天下，于是用"驾"代称皇帝。古代帝王认为他们的政权是受命于天而建立的，所以称皇帝为天子。古代臣子不敢直达皇帝，就告诉在陛（宫殿的台阶）下的人，请他们把意思传达上去，所以用陛下代称皇帝。

2. 对皇太子、亲王的敬称是殿下。

3. 对将军的敬称是麾下。

4. 对有一定地位的人的敬称：对使节称节下；对三公、郡守等有一定社会地位的人称阁下，现在多用于外交场合，如大使阁下。

5. 对于对方或对方亲属的敬称有令、尊、贤等。令，意思是美好，用于称呼对方的亲属，如令尊（对方父亲）、令堂（对方母亲）、令阃（对方妻子）、令兄（对方的哥哥）、令郎（对方的儿子）、令爱（对方的女儿）。尊，用来称与对方有关的人或物，如尊上（称对方父母）、尊公、尊君、尊府（皆称对方父亲）、尊堂（对方母亲）、尊亲（对方亲戚）、尊驾

（称对方）、尊命（对方的嘱咐）、尊意（对方的意思）。贤，用于称平辈
或晚辈，如贤家（称对方）、贤郎（称对方的儿子）、贤弟（称对方的弟
弟）。仁，表示爱重，应用范围较广，如称同辈友人中长于自己的人为仁
兄，称地位高的人为仁公等。

6. 称年老的人为丈、丈人，如"子路从而后，遇丈人"（《论语》）。
唐朝以后，丈、丈人专指妻父，又称泰山，妻母称丈母或泰水。

7. 称谓前面加"先"，表示已死，用于敬称地位高的人或年长的人，
如称已死的皇帝为先帝，称已经死去的父亲为先考或先父，称已经死去的
母亲为先慈或先妣，称已死去的有才德的人为先贤。称谓前加"太"或
"大"表示再长一辈，如称帝王的母亲为太后，称祖父为大（太）父，称
祖母为大（太）母。唐代以后，对已死的皇帝多称庙号，如唐太宗、唐玄
宗、宋太祖、宋仁宗、元世祖、明太祖等；明清两代，也用年号代称皇
帝，如称朱元璋为洪武皇帝，称朱由检为崇祯皇帝，称玄烨为康熙皇帝，
称弘历为乾隆皇帝。

8. 对尊长者和用于朋辈之间的敬称有君、子、公、足下、夫子、先
生、大人等。

"先生"，始见于春秋《论语·为政》："有酒食'先生'馔。"注解
曰："先生指父兄而言也。"到了战国，"先生"泛指有德行有学问的长辈。
历史上第一次用"先生"称呼老师，始见于《曲礼》。唐、宋以来，多称
道士、医生、占卦者、卖草药的、测字的为先生。清朝以来，"先生"的
称呼在人们的脑海里已开始淡薄，至辛亥革命之后，"先生"的称呼才又
广为流传。"小姐"，最实是宋代王宫中对地位低下的宫婢、姬、艺人等的
称谓。到了元代，"小姐"逐渐上升为大家贵族未婚女子的称谓，如《西
厢记》中："只生得个小姐，字莺莺。"至明、清两代，"小姐"一词终于
发展成为贵族大家未婚女子的尊称，并逐渐传到了民间。"女士"，始见于
《诗经·大雅·既醉》："厘尔女士。"这儿的"女士"指有德行的女子，
和后来说的"千金"一样，用以对妇女和未婚女子的敬称。

9. 君对臣的敬称是卿或爱卿。

青少年应该知道的文学知识

10. 对品格高尚、智慧超群的人用"圣"来表敬称，如称孔子为圣人，称孟子为亚圣。后来，"圣"多用于帝王，如圣上、圣驾等。

11. 常用敬词。赐教：请人给予指教。高见（高论）：称对方的看法、见解。贵姓（尊姓）大名：询问对方姓中。贵庚（芳龄）：询问对方年龄。高寿（高龄）用于问老年人的年龄。尊府（府上、尊寓、华居）：称对方的住处。拜望：探望。拜访：访问。拜托：托人办事。拜辞：告别。敬请：恭敬地请求。恭候：恭敬地等候。光临：客人到来。光顾（惠顾）：商店欢迎顾客前来。晚安：晚上道别。奉陪：陪伴。（自己的举动涉及对方的用"奉字"）奉送：赠送。奉还：归还。奉告：告诉。奉劝：劝告。奉养：侍奉和赡养（尊亲）。恭喜：祝贺对方已经取得成功。雅正：把自己的诗文、书画、作品赠人时用此辞，表示请对方指教。斧正（指正）：请人对自己的诗文、书画、作品加以修改、指教。

12. 常用客气语。恕：请求别人谅解，不要计较。有劳：用于拜托或答谢对方帮助做事。相扰：打扰。难为：感谢对方的帮助。久仰：敬仰思慕已久。久违：很久未见。劳驾：用于请对方做某事。劳神：耗费精神。借光：请人给予方便。包涵：请人宽容或原谅。指教：敬请指教。多谢：很感谢。失敬：责备自己礼貌不周。失礼：自己感到礼貌不周。失陪：表示因故而不能陪伴别人。留步：请等一等或不必再送行。

链接一：书信问候语的变迁

旧时写信，未了要向对方问候，这是个不可少的礼节。那时候，书信的问候用语很繁琐，延续到今天，又是怎样由繁而简的呢？下面就谈一谈这个问题。

最早的书信绪集，当推《苏黄尺牍》为代表，这是宋代苏轼和黄庭坚与人的书信，那末尾请安，并不具一定的程式，是纯任自然的。宜至清朝嘉庆、道光年间，流行的袁子才《小仓山房尺牍》，也还没有什麽固定框框。

大约在光绪宣统间，书坊刊印了什麽《尺牍初桄》《书翰津梁》等书，书信末尾的请安才定型化了，如写给父母及长辈的信，称金安、钧安、崇

安、颐安等，按《说文》："钧，三十斤也"，《礼记》："百年曰期颐"，凡此都属贵重隆高及寿考之意。

官场间写信，彼此称升安、勋安，无非祝颂对方升阶进爵，在功名上有所发展。甚至有称觐安的，按《周礼》："诸侯秋见天子曰觐"，则受信人必然是重臣大员无疑。又有辂安，辂，为贵族所来的车辆，是写给出使官员的。

和一般朋友通问，请安随著时令而变化，称春安、夏安、秋安、冬安，气候炎热称暑安，气候寒冷称炉安，指的是围炉取暖。逢到过年，那就有年禧、年厘之称，《尔雅》："禧，福也"。厘通禧或熙，若读作里，那音和义都错了。也有称大安、时安、近安、台安的。给商人称筹安、财安，取意筹措获利。给士人称道安、文安、善安、撰安，那是敬祝对方文以载道，撰述日丰。

给病人称痊安。给作客他乡者称旅安。给丧家称礼安，原来古有居丧守礼之说。给女戚称坤安、闺安，或壶安，《易经》："坤，顺也，以喻妇德"。闺为内室，乃妇女所居。壶音悃，宫中的通道，以比妇女深处闺阁，这个壶字比壶字多一划，不能写错，倘误写为壶安，那对像就应属於医家了。凡行医称悬壶，壶为壶卢，即今之葫芦，中空可且药剂。

对方夫妇共同生活的称双安。对方上有父母，称侍安，乃侍奉晨昏之意。给教师称铎安，铎，金口木舌，为施政教时所用的铃。此外，尚有不用安的字面而寓安的意义的，如时祺、文扯、大绥、曼槁、潭吉等，潭有深广之意，因此称人居宅为潭第，无非祝人全家安好。总之，请安种种，不胜枚举。且思想意识上，含有陈腐气息，不符合新时代的要求。

解放后把这许多老调儿一扫而空，仅用"此致敬礼"四字概括一切，不分等级，到处通行，便利极了。但其中有一小小问题，敬礼和闺安，辨别一下，稍微有些区别，什么安是属於对方的，所以写到这儿，例须另起一行，作为抬头。至于敬礼，却是自己的行动。

可是现今写信，大都把敬礼也另行抬头，那麼反而属於对方的了。既属对方，那就不是我向人致敬，而是强迫人向我致敬了。所以笔者认为，敬礼二字应当连著上文写，不宜另行抬头，这个建议，是否合理，有待知者商榷。另外，结尾时要把"此致"写在正文后下一行空两格处，而"敬礼"要另提一行，可顶格写。（作者：郑逸梅）

【贱称】

表示轻慢斥骂的态度。如《荆轲刺秦王》："今往而不反者，竖子也。"《毛遂自荐》："白起，小竖子耳。"《鸿门宴》："竖子不足与谋!"《孔雀东南飞》："小子无所畏，何敢助妇语!"

【特殊称谓】

主要有以下四种：

1. 百姓的称谓

常见的有布衣、黔首、黎民、生民、庶民、黎庶、苍生、黎元、氓等。

2. 职业的称谓

对一些以技艺为职业的人，称呼时常在其名前面加一个表示他的职业的字眼，让人一看就知道这人的职业身份。如《庖丁解牛》中的"庖丁"，"丁"是名，"庖"是厨师，表明职业。《师说》中的"师襄"和《群英会蒋干中计》中提到的"师旷"，"师"，意为乐师，表明职业。《柳敬亭传》中的"优孟"，是指名叫"孟"的艺人。"优"，亦称优伶、伶人，古代用以称以乐舞戏谑为职业的艺人，后亦称戏曲演员。

3. 朋友的称谓

贫贱而地位低下时结交的朋友叫"贫贱之交"；情谊契合、亲如兄弟的朋友叫"金兰之交"；同生死、共患难的朋友叫"刎颈之交"；在遇到磨难时结成的朋友叫"患难之交"；情投意合、友谊深厚的朋友叫"莫逆之交"；从小一块儿长大的异性好朋友叫"竹马之交"；以平民身份相交往的朋友叫"布衣之交"；仅仅相识，但不甚了解叫"一面之交"。辈份不同、年龄相差较大的朋友叫"忘年交"；不拘于身份、形迹的朋友叫"忘形交"；不因贵贱的变化而改变深厚友情的朋友叫"车笠交"；古时以做买卖的手段结交的朋友，因其重利而忘义，后称小人之交叫"市道交"；在道

义上彼此支持的朋友叫"君子交";心意相投、相知很深的朋友叫"神交"（"神交"也指彼此慕名而未见过面的朋友）；友谊最深的朋友叫"至交"；称世谊、世好，泛指两家世代交情叫"世交"；故旧、旧交、故人，泛指有旧的交情叫"故交"。

4. 年龄的称谓

古人对于不同的年龄，有不同的代称。

总角：幼年的儿童，头发上绾成小髻髻。《礼记·内则》"拂髻，总角。"郑玄注："总角，收发结之。"后来就称儿童的幼年时代为"总角"。陶潜《荣木》诗序："总角闻道，白者无成。"这里的"白首"代称老年。

垂髫：也指儿童幼年。古时儿童未成年时，不戴帽子，头发下垂，所以"垂髫"代称儿童的幼年。陶潜《桃花源记》："黄发垂髫，并怡然自乐。"这里的"黄发"也代称老年。

束发：古代男子成童时把头发束成髻，盘在头顶，后来就把"束发"代称成童的年龄。《大戴礼记·保傅》："束发而就大学，学大艺焉，履大节焉。"归有光《项脊轩志》："余自束发，读书轩中。"

成童：古时称男子年达十五为"成童"。《礼心·内侧》："成童，舞象，学射御。"郑玄注："成童，十五以上。"《后汉书·李固传》："固弟子汝南郭亮，年始成童，游学洛阳。"李贤注："成童，年十五也。"又，《谷梁传·昭公十九年》："羁贯成童，不就师傅，父之罪也。"范宁注："成童，八岁以上。"可见，成童到底是几岁，也有不同的说法。

及笄（jī）：古时称女子年在十五为"及笄"，也称"笄年"。笄是簪子，及笄，就是到了可以插簪子的年龄了，《仪礼·土昏礼》："女子许嫁，笄而醴之，称字。"《礼记·内则》："女子许嫁，……十有五年而笄。"则又指出嫁的年龄。《聊斋志异·胭脂》："东昌卜氏，业牛医者，有女，小字胭脂，……以故及笄未字。"

破瓜：旧时文人把"瓜"字拆开，成为两个"八"字，称 16 岁为"破瓜"，在诗文中多用于女子。又因八乘八为六十四，也称 64 岁为"破瓜"。吕岩《赠张泊诗》："攻成当在破瓜年。"

青少年应该知道的文学知识

弱冠：古代男子 20 岁行冠礼。所以主以"弱冠"代称 20 岁，弱是年少，冠是戴成年人的帽子，还要举行大礼。左思《咏友》诗："弱冠弄柔翰，旧荦观群书。"

《论语·为政》有"子曰：'吾十有五而志于学，三十而立，四十而不惑，五十而知天命，六十而耳顺，七十而从心所欲，不逾矩'"之语，后来就以"而立"代称 30 岁，《聊斋志异·长清僧》："友人或至其乡，敬造之，见其人默然成笃，年仅而立"；以"不惑"代称 40 岁，应璩《答韩文宪书》："足下之年，甫在不惑"；以"知命"为 50 岁的代称，潘岳《闲居赋》序："自弱冠涉乎知命之年，八徙官而一进阶。"以"耳顺"为 60 岁的代称，庾信《伯母李氏墓南铭》："夫人年逾耳顺，视听不衰。"

古人又称 50 岁为"艾"，60 岁为"耆"，《礼记·曲礼》："五十曰艾……六十为耆……"也可以泛指老年，《荀子·致士》："耆艾而信，可以为师。"

古稀：杜甫《曲江》诗："酒债寻常行处有，人生七十古来稀。"后来就拿"古稀"为 70 岁的代称。

耄（mào）：《礼记·曲礼上》："八十、九十曰耄。"桓宽《盐铁论·孝养》亦称"八十曰耄。"期熙：《礼心·曲礼上》："百年曰期颐。"郑玄注："期，犹在也；颐，养也。"孔希旦集解："百年者饮食、居处、动作，无所不待于养。"后来就拿"期颐"代表百岁。苏轼《次韵子由三首》："到处不妨闲卜筑，流年自可数期颐。"

耋（dié）：《诗·秦风·车邻》："逝者其耋。"毛传："耋，老也。八十曰耋。"《左传·僖公九年》："以伯舅耋老，如劳，赐一级，无下拜。"杜预注："八十曰耋。"

另有"丁年"之说，泛指成丁之年，即壮年，温庭筠《苏武庙》诗："回首楼台非甲帐，去时冠剑是丁年。"可是成丁之年各个朝代规定不同，如惰朝以 20 岁为成丁，唐玄宗天宝年间以 23 岁为成丁。

5. 妻子的称谓

小君、细君：最早是称诸侯的妻子，后来作为妻子的通称。

内子：从前丈夫对别人称自己的妻子，其根源出于旧观念，认为男子主外，女子主内。

室人：多数是对别人妻子的称呼。

拙荆、山荆：源出"荆钗布裙"，本是指东汉梁鸿妻子孟光相素的服饰，后人用作妻之谦词。

荆妻、刑室：表示自谦，贫寒之意。

发室：原配妻子。

继室、续弦：因古人常以琴瑟比喻夫妻关系，故将妻殁再取称为"续弦"。妾、姬、小妻、小星、如妻、如夫人、侧室、偏房、室、副妻等均为小老婆。

【称姓名】

大致有三种情况：

1. 自称姓名或名。如"五步之内，相如请得以颈血溅大王矣"，"庐陵文天祥自序其诗"。

2. 用于介绍或作传。如"遂与鲁肃俱诣孙权"，"柳敬亭者，扬之泰州人"。

3. 称所厌恶、所轻视的人。如"不幸吕师孟构恶于前，贾余庆献谄于后"。

【称字】

古人幼时命名，成年（男 20 岁、女 15 岁）取字，字和名有意义上的联系。字是为了便于他人称谓，对平辈或尊辈称字出于礼貌和尊敬。如称屈平为屈原，司马迁为司马子长，陶渊明为陶元亮，李白为李太白，杜甫为杜子美，韩愈为韩退之，柳宗元为柳子厚，欧阳修为欧阳永叔，司马光为司马君实，苏轼为苏子瞻，苏辙为苏子由等。

【称号】

号又叫别号、表号。名、字与号的根本区别是：前者由父亲或尊长取定，后者由自己取定。号，一般只用于自称，以显示某种志趣或抒发某种情感；对人称号也是一种敬称。如：陶潜号五柳先生，李白号青莲居士，杜甫号少陵野老，白居易号香山居士，李商隐号玉溪生，贺知章晚年自号四明狂客，欧阳修号醉翁、晚年又号六一居士，王安石晚年号半山，苏轼号东坡居士，陆游号放翁，文天祥号文山，辛弃疾号稼轩，李清照号易安居士，杨万里号诚斋，罗贯中号湖海散人，关汉卿号已斋叟，吴承恩号射阳山人，方苞号望溪，吴趼人号我佛山人，袁枚号随园老人，刘鹗号洪都百炼生。

【称谥号】

古代王侯将相、高级官吏、著名文士等死后被追加的称号叫谥号。如称陶渊明为靖节征士，欧阳修为欧阳文忠公，王安石为王文公，范仲淹为范文正公，王翱为王忠肃公，左光斗为左忠毅公，史可法为史忠烈公，林则徐为林文忠公。而称奸臣秦桧为缪丑则是一种"恶谥"。

【称斋名】

指用斋号或室号来称呼。如南宋诗人杨万里的斋名为诚斋，人们称其为杨诚斋；姚鼐因斋名为惜抱轩而被称为姚惜抱、惜抱先生。再如称蒲松龄为聊斋先生，梁启超为饮冰室主人，谭嗣同为谭壮飞（其斋名为壮飞楼）。

【称籍贯】

如唐代诗人孟浩然是襄阳人，故而人称孟襄阳；张九龄是曲江人，故而人称张曲江；柳宗元是河东（今山西永济）人，故而人称柳河东；北宋王安石是江西临川人，故而人称王临川；明代戏曲家汤显祖被称为汤临川（江西临川人）；清初学者顾炎武是江苏昆山亭林镇人，被称为顾亭林；康有为是广东南海人，人称康南海；北洋军阀首领袁世凯被称为袁项城（河南项城人）。清末有一副饱含讥刺的名联："宰相合肥天下瘦，司农常熟世间荒。"上联"合肥"指李鸿章（安徽合肥人），下联"常熟"即指出生江苏常熟的翁同解。

【称郡望】

韩愈虽系河内河阳（今河南孟县）人，但因昌黎（今辽宁义县）韩氏为唐代望族，故韩愈常以"昌黎韩愈"自称，世人遂称其为韩昌黎。再如

苏轼本是四川眉州人，可他有时自己戏称"赵郡苏轼"、"苏赵郡"，就因为苏氏是赵郡的望族。

【称官名】

如"孙讨虏聪明仁惠"，"孙讨虏"即孙权，因他曾被授讨虏将军的官职，故称。《梅花岭记》有"经略从北来"、"谓颜太师以兵解，文少保亦以悟大光明法蝉脱"句，"经略"是洪承畴的官职，"太师"是颜真卿官职"太子太师"的省称，"少保"则是文天祥的官职。《与妻书》："司马春衫，吾不能学太上之忘情也。""司马"指白居易，曾任江州司马。把官名用作人的称谓在古代相当普遍，如称贾谊为贾太傅；"竹林七贤"之一的阮籍曾任步兵校尉，世称阮步兵；嵇康曾拜中散大夫，世称嵇中散；东晋大书法家王羲之官至右军将军，至今人们还称其王右军；王维曾任尚书右丞，世称王右丞；杜甫曾任左拾遗，故而被称为杜拾遗，又因任过检校工部员外郎，故又被称为杜工部；刘禹锡曾任太子宾客，被称为刘宾客；柳永曾任屯田员外郎，被称为柳屯田；苏轼曾任端明殿翰林学士，被称为苏学士。

【称爵名】

《训俭示康》"近世寇莱公豪侈冠一时"，寇准的爵号是莱国公，莱公是省称。《梅花岭记》"和硕豫亲王以先生呼之"，清代多铎被封为豫亲王。《柳敬亭传》"宁南南下，皖帅欲结欢宁南，致敬亭于幕府"，宁南是明末左良玉爵号宁南侯的省称。再如诸葛亮曾封爵武乡侯，所以后人以武侯相称；南北朝诗人谢灵运袭其祖谢玄的爵号康乐公，故世称谢康乐；唐初名相魏徵曾封爵郑国公，故世称魏郑公；名将郭子仪在平定"安史之乱"中因功封爵汾阳郡王，世称郭汾阳；大书法家褚遂良封爵河南郡公，世称褚河南；北宋王安石封爵荆国公，世称王荆公；司马光曾封爵温国公，世称司马温公；明初朱元璋的大臣刘基封爵诚意伯，人们以诚意伯相称。

【称官地】

指用任官之地的地名来称呼。如《赤壁之战》："豫州今欲何至"因刘备曾任豫州刺史,故以官地称之。再如贾谊曾贬为长沙王太傅,世称贾长沙;"建安七子"之一的孔融曾任北海相,世称孔北海;陶渊明曾任彭泽县令,世称陶彭泽;骆宾王曾任临海县丞,世称骆临海;岑参曾任嘉州刺史,世称岑嘉州;韦应物曾任苏州刺史,世称韦苏州;柳宗元曾任柳州刺史,世称柳柳州;贾岛曾任长江县主簿,世称贾长江,他的诗集就叫《长江集》。

【兼称】

如《游褒禅山记》"四人者,庐陵萧君圭君玉,长乐王回深父,余弟安国平父、安上纯父",前两人兼称籍贯、姓名及字,后两人先写与作者关系,再称名和字;《五人墓碑记》"贤士大夫者,冏卿因之吴公,太史文起文公,孟长姚公也",前两人兼称官职、字和姓,后一人称字和姓;《梅花岭记》"督相史忠烈公知势不可为",兼称官职与谥号,"马副使鸣騄、任太守民育及诸将刘都督肇基等皆死",兼称姓、官职和名;《促织》"余在史馆,闻翰林天台陶先生言博鸡者事",兼称官职、籍贯和尊称。

科举制度

【察举】

汉代选拔官吏制度的一种形式。察举有考察、推举的意思,又叫荐举。由侯国、州郡的地方长官在辖区内随时考察、选取人才,推荐给上级或中央,经过试用考核,再任命官职。察举的主要科目有孝廉、贤良文学、茂才等。《张衡传》:"永元中,举孝廉不行。"《陈情表》:"前太守臣逵,察臣孝廉;后刺史臣荣,举臣秀才。"(汉代避刘秀讳,称秀才为茂才)

【征辟】

也是汉代选拔官吏制度的一种形式。征,是皇帝征聘社会知名人士到

朝廷充任要职。辟，是中央官署的高级官僚或地方政府的官吏任用属吏，再向朝廷推荐。《张衡传》："连辟公府，不就。""安帝雅闻衡善术学，公车特征拜郎中。"

【孝廉】

汉代察举制的科目之一。孝廉是孝顺父母、办事廉正的意思。实际上察举多为世族大家垄断，互相吹捧，弄虚作假，当时有童谣讽刺："举秀才，不知书；举孝廉，父别居。"

【科举】

指历代封建王朝通过考试选拔官吏的一种制度。由于采用分科取士的办法，所以叫科举。从隋代至明清，科举制实行了'干三百多年。《诗话二则·推敲》"岛（指贾岛）初赴举京师"，意思是说贾岛当初前去长安参加科举考试。到明朝，科举考试形成了完备的制度，共分四级：院试（即童生试）、乡试、会试和殿试，考试内容基本是儒家经义，以"四书"文句为题，规定文章格式为八股文，解释必须以朱熹《四书集注》为准。

【童生试】

也叫"童试"；明代由提学官主持、清代由各省学政主持的地方科举考试，包括县试、府试和院试三个阶段，院试合格后取得生员（秀才）资格，方能进入府、州、县学学习，所以又叫入学考试。应试者不分年龄大小都称童生。《左忠毅公逸事》"及试，吏呼名至史公"，这里就是指童生试，在这次考试中左光斗录取史可法为生员（秀才），当时史可法二十岁。《促织》"邑有成名者，操童子业"，"操童子业"是说正在准备参加童生试。

【乡试】

明清两代每三年在各省省城（包括京城）举行的一次考试，因在秋八月举行，故又称秋闱（闱，考场）。主考官由皇帝委派。考后发布正、副榜，正榜所取的叫举人，第一名叫解元。

【会试】

明清两代每三年在京城举行的一次考试，因在春季举行，故又称春闱。考试由礼部主持，皇帝任命正、副总裁，各省的举人及国子监监生皆可应考，录取三百名为贡士，第一名叫会元。

【殿试】

是科举制最高级别的考试，皇帝在殿廷上，对会试录取的贡士亲自策问，以定甲第。实际上皇帝有时委派大臣主管殿试，并不亲自策问。录取分为三甲：一甲三名，赐"进士及第"的称号，第一名称状元（鼎元），第二名称榜眼，第三名称探花；二甲若干名，赐"进士出身"的称号；三甲若干名，赐"同进士出身"的称号。二、三甲第一名皆称传胪，一、二、三甲统称进士。

【及第】

指科举考试应试中选，应试未中的叫落第、下第。《祭妹文》："逾三年，予披宫锦还家。"古时考中进士要披宫袍，这里"披宫锦"即指中进士。《祭妹文》："大概说长安登科，函使报信迟早云尔。""登科"是及第的别称，也就是考中进士。

【进士】

参见"殿试"条。是科举考试的最高功名。《儒林外史》第十七回："读书毕竟中进士是个了局。"贡士参加殿试录为三甲都叫进士。据统计，在我国一千三百多年的科举制度史上，考中进士的总数至少是98749人。古代许多著名作家都是进士出身，如唐代的贺知章、王勃、宋之问、王昌龄、王维、岑参、韩愈、刘禹锡、白居易、柳宗元、杜牧等，宋代的范仲淹、欧阳修、司马光、王安石、苏轼等。考中进士，一甲即授官职，其余二甲参加翰林院考试，学习三年再授官职。

【状元】

参见"殿试"条。科举制度殿试第一名，又称殿元、鼎元，为科名中最高荣誉。历史上获状元称号的有一千多人，但真正参加殿试被录取的大约七百五十名左右。唐代著名诗人贺知章、王维，宋代文天祥都是经殿试而被赐状元称号的。

【会元】

参见"会试"条。举人参加会试，第一名称会元，其余考中的称贡士。

【解元】

参见"乡试"条。生员（秀才）参加乡试，第一名称解元，其余考中的称举人。

【连中三元】

科举考试以名列第一者为元，凡在乡、会、殿三试中连续获得第一名，被称为"连中三元"。据统计，历史上连中三元的至少有十六人。欧阳修《卖油翁》中提到的"陈康肃公尧咨"，陈尧咨与其兄陈尧叟都曾考中状元，而陈尧叟则是连中三元。

【鼎甲】

指殿试一甲三名：状元、榜眼、探花，如一鼎之三足，故称鼎甲。状元居鼎甲之首，因而别称鼎元。

【贡士】

参见"会试"条。参加会试而被录取的称贡士。

【举人】

参见"乡试"条。参加乡试而被录取的称举人。举人可授知县官职。《儒林外史》第三回写范进中举后，张乡绅立即送贺仪银和房屋，范的丈人胡屠户也立时变了嘴脸吹捧女婿"是天上的星宿"，而范得了消息，高兴得发了疯。说明古代中举后便可升官发财。

【生员】

即秀才，参见"童生试"条。通过院试（童试）的可称为生员或秀才。如王安石《伤仲永》"传一乡秀才观之"。东汉时避光武帝刘秀讳，而称秀才为茂才，《阿 Q 正传》中称赵少爷"茂才公"，表示讽刺。

【八股文】

明清科举考试制度所规定的一种文体，也叫时文、制义、制艺、时艺、四书文、八比文。这种文体有一套固定的格式，规定由破题、承题、起讲、入手、起股、中股、后股、束股八个部分组成，每一部分的句数、句型也都有严格的限定。"破题"规定两句，说破题目意义；"承题"三句或四句，承接"破题"加以说明；"起讲"概括全文，是议论的开始；"入手"引入文章主体；从"起股"到"束股"是八股文的主要部分，尤以"中股"为重心。在正式议论的这四个段落中，每段都有两股相互排比对偶的文字，共为八股，八股文由此得名。八股文的题目，出自《四书》、《五经》，八股文的内容，不许超出《四书》、《五经》范围，要模拟圣贤的口气，传达圣贤的思想，考生不得自由发挥。无论是内容还是形式，八股文起到了束缚思想、摧残人才的作用。

【金榜】

古代科举制度殿试后录取进士，揭晓名次的布告，因用黄纸书写，故而称黄甲、金榜。多由皇帝点定，俗称皇榜。考中进士就称金榜题名。

【同年】

科举时代同榜录取的人互称同年。《训俭示康》："同年曰：'君赐不可违也。'"

【校】

夏代学校的名称，举行祭祀礼仪和教习射御、传授书数的场所。

【庠】

殷商时代学校的名称。《孟子·齐桓晋文之事》："谨庠序之教，申之以孝悌之义。"

【序】

周代学校的名称。《孟子·滕文公》："设为庠序学校以教之。"古人常以庠序称地方学校，或泛指学校或教育事业。

【国学】

先秦学校分为两大类：国学和乡学。国学为天子或诸侯所设，包括太学和小学两种。太学、小学教学内容都是"六艺"（礼、乐、射、御、书、数）为主，小学尤以书、数为主。

【乡学】

与国学相对而言，泛指地方所设的学校。

【稷下学宫】

战国时期齐国的高等学府，因设于都城临淄稷下而得名。当时的儒、法、墨、道、阴阳等各学派都汇集于此，他们兴学论战、评论时政和传授生徒，孟子和荀子等大师都曾来此讲学，是战国时期"百家争鸣"的重要园地。

【太学】

中国封建时代的教育行政机构和最高学府。魏晋至明清或设太学，或设国子学（监），或两者同时设立，名称不一，制度也有变化，但都是教授王公贵族子弟的最高学府，就学的生员皆称太学生、国子生。《张衡传》："因入京师，观太学。"《送东阳马生序》："东阳马生君则在太学已二年。"

【国子监】

参见"太学"条。汉魏设太学，西晋改称国子学，隋又称国子监，从此国子监与太学互称，都是最高学府兼有教育行政机构的职能。如明代设"国子监"，而《送东阳马生序》中则称之为"太学"。

【书院】

唐宋至明清出现的一种独立的教育机构，是私人或官府所设的聚徒讲授、研究学问的场所，宋代著名的四大书院是：江西庐山的白鹿洞书院、湖南善化的岳麓书院、湖南衡阳的石鼓书院和河南商丘的应天府书院。明代无锡有"东林书院"，曾培养了杨涟、左光斗这样一批不畏阉党权势、正直刚硬廉洁的进步人士，他们被称为"东林党"。

【学官】

古代主管学务的官员和官学教师的统称。如祭酒、博士、助教、提学、学政、教授和教习、教谕等。

【祭酒】

古代主管国子监或太学的教育行政长官。战国时荀子曾三任稷下学宫的祭酒，相当于现在的大学校长。唐代的韩愈、明代的崔铣（《记王忠肃公翱事》的作者）都曾任过国子监祭酒。

【司业】

学官名。为国子监或太学副长官，相当于现在的副校长，协助祭酒主管教务训导之职。

【学政】

学官名。"提督学政"的简称，是由朝廷委派到各省主持院试，并督察各地学官的官员。学政一般由翰林院或进士出身的京官担任。《促织》："又嘱学使俾入邑庠。"学使即学政的别称。《左忠毅公逸事》："乡先辈左忠毅公视学京畿。"指左光斗任京城地区的学政。

【博士】

古为官名，现为学位名称。秦汉时是掌管书籍文典、通晓史事的官职，后成为学术上专通一经或精通一艺、从事教授生徒的官职。《三国志·吕蒙传》："孤岂欲卿治经为博士邪！"《送东阳马生序》："有司业、博士为之师。"

【教授】

原指传授知识、讲课授业，后成为学官名。汉唐以后各级学校均设教授，主管学校课试具体事务。

【助教】

学官名。是国子监或太学的学官，协助国子祭酒和国子博士教授生徒，又称国子助教。

【监生】

国子监的学生。或由学政考取，或地方保送，或皇帝特许，后来成为虚名，捐钱就能取得监生资格。《祝福》中的"四叔"就是"一个讲理学的老监生"，《儒林外史》中的严监生则是一个吝啬鬼的典型。

【诸生】

明清时期经考试录取而进入府、州、县各级学校学习的生员。生员有增生、附生、廪生、例生等，统称诸生。《送东阳马生序》"今诸生学于太学"，则是指在国子监学习的各类监生。

古代职官

【爵】

即爵位、爵号，是古代皇帝对贵戚功臣的封赐。旧说周代有公、侯、伯、子、男五种爵位，后代爵称和爵位制度往往因时而异。如汉初刘邦既封皇子为王，又封了七位功臣为王，彭越为梁王，英布为淮南王等；魏曹植曾封为陈王；唐郭子仪被封为汾阳郡王；清太祖努尔哈赤封其子阿济格为英亲王，多铎为豫亲王，豪格为肃亲王。再如宋代寇准封莱国公，王安石封荆国公，司马光为温国公；明代李善长封韩国公，李文忠封曹国公，刘基封诚意伯，王阳明封新建伯；清代曾国藩封一等毅勇侯，左宗棠封二等恪靖侯，李鸿章封一等肃毅伯。

【丞相】是封建官僚机构中的最高官职，是秉承君主旨意综理全国政务的人。有时称相国，常与宰相通称，简称"相"。如《陈涉世家》："王侯将相宁有种乎"，《廉颇蔺相如列传》："且庸人尚羞之，况于将相乎!"《蜀相》："丞相祠堂何处寻，锦官城外柏森森。"《后序》中的"于是辞相印不拜"，就是没有接受丞相的印信，不去就职。

1. 拜。用一定的礼仪授予某种官职或名位。如《〈指南录〉后序》中的"于是辞相印不拜"，就是没有接受丞相的印信，不去就职。

2. 除。拜官授职，如"予除右丞相兼枢密使"（《〈指南录〉后序）》一句中的"除"，就是授予官职的意思。

3. 擢。提升官职，如《战国策·燕策》："先王过举，擢之乎宾客之中，而立之乎群臣之上。"

4. 迁。调动官职，包括升级、降级、平级转调三种情况。为易于区分，人们常在"迁"字的前面或后面加一个字，升级叫迁升、迁授、迁叙，降级叫迁削、迁谪、左迁，平级转调叫转迁、迁官、迁调，离职后调复原职叫迁复。

5. 谪。降职贬官或调往边远地区。《岳阳楼记》"滕子京谪守巴陵郡"中的"谪"就是贬官。

6. 黜。"黜"与"罢、免、夺"都是免去官职。如《国语》："公将黜太子申生而立奚齐。"

7. 去。解除职务，其中有辞职、调离和免职三种情况。辞职和调离属于一般情况和调整官职，而免职则是削职为民。

8. 乞骸骨。年老了请求辞职退休，如《张衡传》："视事三年，上书乞骸骨，征拜尚书。"

天文历法

【星宿】

宿，古代把星座称作星宿。《范进中举》："如今却做了老爷，就是天上的星宿。""天上的星宿是打不得的。"古人认为人间有功名的人是天上星宿降生的，这是迷信说法。

【二十八宿】

又叫二十八舍或二十八星，是古人为观测日、月、五星运行而划分的二十八个星区，用来说明日、月、五星运行所到的位置。每宿包含若干颗恒星。二十八宿的名称，自西向东排列为：东方苍龙七宿（角、亢、氐、房、心、尾、箕）；北方玄武七宿（斗、牛、女、虚、危、室、壁）；西方白虎七宿（奎、娄、胃、昴、毕、觜、参）；南方朱雀七宿（井、鬼、柳、星、张、翼、轸）。唐代温庭筠的《太液池歌》："夜深银汉通柏梁，二十八宿朝玉堂。"夸饰地描写星光灿烂、照耀宫阙殿堂的景象。王勃《滕王阁序》："物华天宝，龙光射斗牛之墟。"是说物产华美有天然的珍宝，龙泉剑光直射斗宿、牛宿的星区。刘禹锡诗："鼙鼓

夜闻惊朔雁，旌旗晓动拂参星。"形容雄兵出师惊天动地的场面，参星即参宿。

【四象】

古人把东、北、西、南四方每一方的七宿想象为四种动物形象，叫作四象。东方七宿如同飞舞在春天夏初夜空的巨龙，故而称为东官苍龙；北方七宿似蛇、龟出现在夏天秋初的夜空，故而称为北官玄武；西方七宿犹猛虎跃出深秋初冬的夜空，故而称为西官白虎；南方七宿像一展翅飞翔的朱雀，出现在寒冬早春的夜空，故而称为南官朱雀。

【分野】

古代占星家为了用天象变化来占卜人间的吉凶祸福，将天上星空区域与地上的国州互相对应，称作分野。具体说就是把某星宿当作某封国的分野，某星宿当作某州的分野，或反过来把某国当作某星宿的分野，某州当作某星宿的分野。如王勃《滕王阁序》："豫章故郡，洪都新府。星分翼轸，地接衡庐。"是说江西南昌地处翼宿、轸宿分野之内。李白《蜀道难》："扪参历井仰胁息，以手抚膺坐长叹。"参宿是益州（今四川）的分野，井宿是雍州（今陕西、甘肃大部）的分野，蜀道跨益、雍二州。扪参历井是说入蜀之路在益、雍两州极高的山上，人们要仰着头摸着天上的星宿才能过去。

【昴宿】

西方白虎七宿的第四宿，由七颗星组成，又称旄头（旗头的意思）。唐代李贺诗"秋静见旄头"，旄头指昴宿。唐代卫象诗"辽东老将鬓有雪，犹向旄头夜夜看"，旄头亦指昴宿，诗句表现了一位老将高度警惕、细心防守的情景。

【参商】

参指西官白虎七宿中的参宿，商指东官苍龙七宿中的心宿，是心宿的别称。参宿在西，心宿在东，二者在星空中此出彼没，彼出此没，因此常用来喻人分离不得相见。如曹植"面有逸景之速，别有参商之阔"，杜甫诗"人生不相见，动如参与商"。

【壁宿】

指北官玄武七宿中的第七宿，由两颗星组成，因其在室宿的东边，很像室宿的墙壁，又称东壁。唐代张说诗"东壁图书府，西园翰墨林"，形容壁宿是天上的图书库。

【流火】

流，下行；火，指大火星，即东官苍龙七宿中的心宿。《诗经·七月》："七月流火，九月授衣。"七月相当于公历的八月，流火是说大火星的位置已由中天逐渐西降，表明暑气已退。

【北斗】

又称"北斗七星"，指在北方天空排列成斗形（或杓形）的七颗亮星。七颗星的名称是：天枢、天璇、天玑、天权、玉衡、开阳、摇光。排列如斗杓，故称"北斗"。根据北斗星便能找到北极星，故又称"指极星"。屈原《九歌》："操余弧兮反沦降，援北斗兮酌桂浆。"《古诗十九首》："玉衡指孟冬，众星何历历。"玉衡是北斗星中的第五星。《小石潭记》中用"斗折蛇行"，形容像北斗星的曲线一样弯弯曲曲。

【北极星】

星座名，是北方天空的标志。古代天文学家对北极星非常尊崇，认为它固定不动，众星都绕着它转。其实，由于岁差的原因，北极星也在变更。三千年前周代以帝星为北极星，隋唐宋元明以天枢为北极星，一万二千年以后，织女星将会成为北极星。

【彗星袭月】

彗星俗称扫帚星，彗星袭月即彗星的光芒扫过月亮，按迷信的说法是重大灾难的征兆。如《唐雎不辱使命》："夫专诸之刺王僚也，彗星袭月。"

【白虹贯日】

"虹"实际上是"晕"，大气中的光学现象。这种现象的出现，往往是天气将要变化的预兆，可是古人却把这种自然现象视作人间将要发生异常事情的预兆。如《唐雎不辱使命》："聂政之刺韩傀也，白虹贯日。"汉代邹阳《狱中上梁王书》："昔荆轲慕燕丹之义，白虹贯日，太子畏之。"燕

太子丹厚养荆轲，让其刺秦王，行前已有天象显现，太子丹却畏其不去。

【运交华盖】

华盖，星座名，共十六星，在五帝座上，今属仙后座。旧时迷信，以为人的命运中犯了华盖星，运气就不好。鲁迅《自嘲》诗："运交华盖欲何求，未敢翻身已碰头。"

【月亮的别称】

月亮是古诗文提到的自然物中最突出的被描写的对象。它的别称可分为：

1. 因初月如钩，故称银钩、玉钩。

2. 因弦月如弓，故称玉弓、弓月。

3. 因满月如轮如盘如镜，故称金轮、玉轮、银盘、玉盘、金镜、玉镜。

4. 因传说月中有兔和蟾蜍，故称银兔、玉兔、金蟾、银蟾、蟾宫。

5. 因传说月中有桂树，故称桂月、桂轮、桂宫、桂魄。

6. 因传说月中有广寒、清虚两座宫殿，故称广寒、清虚。

7. 因传说为月亮驾车之神名望舒，故称月亮为望舒。

8. 因传说嫦娥住在月中，故称月亮为嫦娥。

9. 因人们常把美女比作月亮，故称月亮为婵娟。

【东曦】

古代神话说太阳神的名字叫曦和，驾着六条无角的龙拉的车子在天空驰骋。东曦指初升的太阳。《促织》："东曦既驾，僵卧长愁。""东曦既驾"指东方的太阳已经出来了。

【天狼星】

为全天空最明亮的恒星。苏轼《江城子》词："会挽雕弓如满月，西北望，射天狼。"其中用典皆出自星宿，雕弓指弧矢星，天狼即天狼星。屈原《九歌》中也有"举长矢兮射天狼"，长矢即弧矢星。

【老人星】

为全天空第二颗最明亮的星，也是南极星座最亮的星。民间把它称作寿星。北方的人若能见到它，便是吉祥太平的事。杜甫诗云："今宵南极外，甘作老人星。"

【牵牛织女】

"牵牛"即牵牛星，又叫牛郎星，是夏秋夜空中最亮的星，在银河东。"织女"即织女星，在银河西，与牵牛星相对。《古诗十九首》："迢迢牵牛星，皎皎河汉女。"唐代诗人曹唐《织女怀牵牛》："北斗佳人双泪流，眼穿肠断为牵牛。"

【银河】

又名银汉、天河、天汉、星汉、云汉，是横跨星空的一条乳白色亮带，由一千亿颗以上的恒星组成。曹操《观沧海》："星汉灿烂，若出其里。"陈子昂《春夜别友人》："明月隐高树，长河没晓天。"苏轼《阳关曲》："暮云收尽溢清寒，银汉无声转玉盘。"秦观《鹊桥仙》词："纤云弄巧，飞星传恨，银汉迢迢暗渡。"

【文曲星】

星宿名之一。旧时迷信说法，文曲星是主管文运的星宿，文章写得好而被朝廷录用为大官的人是文曲星下凡。如吴敬梓《范进中举》："这些中老爷的都是天上的文曲星。"

【天罡】

古星名，指北斗七星的柄。道教认为北斗丛星中有三十六个天罡（gāng）星、七十二个地煞星。小说《水浒》受这种迷信说法的影响，将梁山泊108名大小起义头领附会成天罡星、地煞星降生。

【云气】

古代迷信说法，龙起生云，虎啸生风，即所谓"云龙风虎"。又说真龙天子所产生的地方，天空有异样云气，占卜测望的人能够看出。如《鸿门宴》："吾令人望其气，皆为龙虎，成五彩，此天子气也。"

【农历】

我国长期采用的一种传统历法，它以朔望的周期来定月，用置闰的办法使年平均长度接近太阳回归年，因这种历法安排了二十四节气以指导农

业生产活动，故称农历，又叫中历、夏历，俗称阴历。古人写文章，凡用序数纪月的，大多以农历为据。如《游褒禅山记》"至和元年七月某日"，《石钟山记》"元丰七年六月丁丑"，农历的六月、七月相当于公历的七月、八月。

【二十四节气】

是我国古代历法的重要组成部分。古人根据太阳一年内的位置变化以及所引起的地面气候的演变次序，把一年三百六十五又四分之一的天数分成二十四段，分列在十二个月中，以反映四季、气温、物候等情况，这就是二十四节气。每月分为两段，月首叫"节气"，月中叫"中气"。二十四节气的名称和顺序为：

正月 立春、雨水 二月 惊蛰、春分

三月 清明、谷雨 四月 立夏、小满

五月 芒种、夏至 六月 小暑、大暑

七月 立秋、处暑 八月 白露、秋分

九月 寒露、霜降 十月 立冬、小雪

十一月 大雪、冬至 十二月 小寒、大寒

为了便于记忆，人们编出了歌谣："春雨惊春清谷天，夏满芒夏暑相连，秋处露秋寒霜降，冬雪雪冬小大寒。"古诗文中常用二十四节气来纪日，如《扬州慢》："淳熙丙申至日，予过维扬。"夏至白天最长，冬至白天最短，因而古人称夏至、冬至为至日，这里指冬至。

【天干地支纪年】

以十个天干与十二个地支相配纪年，是我国传统的纪年法。

到了近代又有用干支年表示重大历史事件的习惯，如甲午战争（1894年）、戊戌变法（1898年）、《辛丑条约》（1901年）、辛亥革命（1911年），等。时至今日，仍有壬戌年、癸亥年等说法。这里向大家介绍一种简便的把公元年换算成干支年的方法。其步骤是：

先求公元年的天干。凡公元年个位数是4，天干为甲；个位数是5，天干为乙。以此类推，于是就有：

甲 乙 丙 丁 戊 己 庚 辛 壬 癸

4 5 6 7 8 9 0 1 2 3

记住甲是 4，其他可以按顺序推算。这样，只要看公元年的个位数，天干就知道了。

再求公元年的地支。用公元年数除以 12。余数是 4 的，地支为子；余数是 5 的，地支为丑。以此类推，于是就有：

子 4　丑 5　寅 6　卯 7　辰 8　巳 9　午 10　未 11　申 0　酉 1　戌 2　亥 3

鼠　牛　虎　兔　龙　蛇　马　猴　鸡　狗　猪

记住子是 4，其他可以按顺序推算。

天干和地支合在一起，干支年就可求出来。例如：求 1894 年的干支。先求天干。看个位数是 4，那么天干就是甲。再求地支，1894 除以 12，余数为 10，那么地支就是午。天干地支合起来，就可知道 1894 年为甲午年。同理可算得 2001 年为辛巳年，2002 年为壬午年。

古代地理

【中国】

现为中华人民共和国简称。但在古代文献中它是一个多义性的词组。从春秋战国至宋元明清，多用来泛指中原地区。如孟子《齐桓晋文之事》："莅中国而抚四夷也。"司马迁《孔子世家》："自天子王侯，中国言六艺者折中于夫一阵子，可谓至圣矣！"司马光《赤壁之战》："若能以吴、越之众与中国抗衡，不如早与之绝。""驱中国士众远涉江湖之间。"

【中华】

族居四方之中的黄河流域一带，故称"中华"，后常用来泛指中原地区。如《三国志》："其地东接中华，西通西域。"今已成为中国的别称。

【九州】

传说中的我国上古时期划分的九个行政区域，州名分别为：冀、兖、青、徐、扬、荆、豫、梁、雍。后成为中国的别称。陆游诗云："死去元知万事空，但悲不见九州同。"《过秦论》"序八州而朝同列"，秦居雍州，加上八州即九州。

【赤县】

古人把中国称作"赤县神州"。毛泽东词《浣溪沙·和柳亚子先生》："长夜难明赤县天。"辛弃疾词《南乡子》："何处望神州，满眼风光北固楼。"

【中原】

又称中土、中州。狭义的中原指今河南省一带，广义的中原指黄河中下游地区或整个黄河流域。如《出师表》："当奖率三军，北定中原。"陆游《示儿》诗："王师北定中原日，家祭无忘告乃翁。"指整个黄河流域。

【海内】

古代传说我国疆土四面环海，故称国境之内为海内。王勃《杜少府之任蜀州》："海内存知己，天涯若比邻。"司马光《赤壁之战》："海内大乱，将军起兵江东。"

【四海】

参见"海内"条。指天下、全国。如贾谊《过秦论》"有席卷天下，包举宇内，囊括四海之意"。《赤壁之战》："遂破荆州，威震四海。"《阿房宫赋》："六王毕，四海一。"《五人墓碑记》："四海之大，有几人欤？"

【六合】

上下和四方，泛指天下。如《过秦论旷履至尊而制六合》，"然后以六合为家，殽函为宫"。李白《古风》诗："秦王扫六合，虎视何雄哉！"

【八荒】

四面八方遥远的地方，犹称"天下"。《过秦论》："囊括四海之意，并吞八荒之心。"梁启超《少年中国说》："纵有千古，横有八荒。"

【江河】

古代许多文章中专指长江、黄河。如《鸿门宴》："将军战河南，臣

战河北。"《过秦论》："然后践华为城，因河为池。"《殽之战》："公使
阳处父追之，及诸河。"再如《祭妹文》"先茔在杭，江广河深"，此处
"江"即指长江，"河"则指运河。

【西河】

又称河西，黄河以西的地区。如《廉颇蔺相如列传》："会于西河外渑
池。"《过秦论》："于是秦人拱手而取西河之外。"

【江东】

因长江在安徽境内向东北方向斜流，而以此段江为标准确定东西和左
右。所指区域有大小之分，可指南京一带，也可指安徽芜湖以下的长江下
游南岸地区，即今苏南、浙江及皖南部分地区称作江东。《史记·项羽本
纪》："且籍与江东子弟八千人渡江而西，今无一人还，纵江东父兄怜而王
我，我何面目见之！"李清照诗云："至今思项羽，不肯过江东。"《赤壁之
战》："兼仗父兄之烈，割据江东。"

【江左】

即江东。古人以东为左，以西为右。《群英会蒋干中计》："即传令悉
召江左英杰与子翼相见。"

【江表】

长江以南地区。《赤壁之战》："江表英豪，咸归附之。"

【江南】

长江以南的总称，所指区域因时而异。白居易词云："江南好，风景
旧曾谙。"王安石诗云："春风又绿江南岸，明月何时照我还。"

【淮左】

淮水东面。《扬州慢》"淮左名都，竹西佳处"，扬州在淮水东面。

【山东】

顾名思义，在山的东面。但需注意的是，因"山东"之"山"，可指
崤山、华山、太行山、泰山等数种不同的山，而所指地域不尽相同。下面
是以崤山为标准的"山东"。如《汉书》曾提到"山东出相，山西出将"。
《鸿门宴》："沛公居山东时，贪于财货。"《过秦论》："山东豪俊遂并起而

亡秦族矣。"

【关东】

古代指函谷关或潼关以东地区，近代指山海关以东的东北地区。曹操《蒿里行》："关东有义士，兴兵讨群凶。"指潼关以东地区。

【关西】

指函谷关或潼关以西地区。《赤壁之战》："马超、韩遂尚在关西，为操后患。"

【关中】

所指范围不一，古人习惯上将函谷关以西地区称为关中。《鸿门宴》："沛公欲王关中，使子婴为相。"《过秦论》："始皇之心，自以为关中之固。"

【西域】

古代称我国新疆及其以西地区。《雁荡山》："按西域书，阿罗汉诺矩罗居震旦东南大海际雁荡山芙蓉峰龙湫。"

【岭峤】

五岭的别称，指越城、都庞、萌渚、骑田、大庾等五岭。《采草药》："岭峤微草，凌冬不雕。"（这里特指两广一带）。

【朔漠】

指北方的沙漠，也可单称"朔"，泛指北方。《采草药》："朔漠则桃李夏荣。"《木兰诗》："朔气传金柝，寒光照铁衣。"朔气指北方的风。《林教头风雪山神庙》"仍旧迎着朔风回来"，指北风。

【百越】

又作百粤、诸越。古代越族居住在江浙闽粤各地，统称为百越。古文中常泛指南方地区。《过秦论》"南取百越之地"，《采草药》"诸越则桃李冬实"。

【五岳】

五大名山的总称，即东岳泰山、西岳华山、中岳嵩山、北岳恒山、南岳衡山。《梦游天姥吟留别》："势拔五岳掩赤城。"

【京畿】

国都及其附近的地区。《左忠毅公逸事》："乡先辈左忠毅公视学京畿。"

【三辅】

西汉时本指治理京畿地区的三位官员，后指这三位官员管辖的地区。《张衡传》："衡少善属文，游于三辅。"《记王忠肃公翱事》："公一女，嫁为畿辅某官某妻。"隋唐以后简称"辅"。

【三秦】

指潼关以西的关中地区。项羽灭秦后曾将此地封给秦军三位降将，故得名。《送杜少府之任蜀州》："城阙辅三秦，风烟望五津。"

【郡】

古代的行政区域。秦统一天下设三十六郡，隋唐后州郡互称，明清称府。《过秦论》"北收要害之郡"，《琵琶行》"元和十年予左迁九江郡司马"，《赤壁之战》"已据有六郡，兵精粮多"。

【州】

见"郡"条。《隆中对》："自董卓已来，豪杰并起，跨州连郡者不可胜数。"《赤壁之战》："荆州之民附操者，逼兵势耳。"

【道】

汉代在少数民族聚居区设道，这是一种行政特区，与县相当。唐代的道，先为监察区，后演变为行政区，是州以上一级行政单位。明清在省内设道，其中守道是小行政区，而巡道只有监察区性质。《谭嗣同》"旋升宁夏道"，这里的"道"，指道的长官。

【路】

宋元时期行政区域，相当于现在的省。《〈指南录〉后序》："予除右丞相兼枢密使，都督诸路军马。"《永遇乐·京口北固亭怀古》："望中犹记，烽火扬州路。"

【山水阴阳】

古代以山南、水北为阳，以山北、水南为阴。《愚公移山》："指通豫南，达于汉阴。""汉阴"指汉水南面。《登泰山记》："泰山之阳，汶水西

流；其阴，济水东流。"《游褒禅山记》："所谓华阳洞者，以其乃华山之阳名之也。"

【古称别称】

南京：建康、金陵、江宁、白下。《柳敬亭传》："尝奉命至金陵。"《病梅馆记》："江宁之龙蟠……皆产梅。"《梅花岭记》："吴中孙公兆奎以起兵不克，执至白下。"

扬州：广陵、维扬。李白《送孟浩然之广陵》："烟花三月下扬州。"姜夔《扬州慢》："淳熙丙申至日，予过维扬。"

杭州：临安、武林。《柳敬亭传》："余读《东京梦华录》、《武林旧事》。"

苏州称姑苏。《枫桥夜泊》："姑苏城外寒山寺，夜半钟声到客船。"

福州称三山。《〈指南录〉后序》："自海道至永嘉来三山，为一卷。"

成都称锦官城。《春夜喜雨》："晓看红湿处，花重锦官城。"

风俗礼仪

【春节】

我国传统习俗中最隆重的节日。此节乃一岁之首。古人又称元日、元旦、元正、新春、新正等，而今人称春节，是在采用公历纪元后。古代"春节"与"春季"为同义词。春节习俗一方面是庆贺过去的一年，一方面又祈祝新年快乐、五谷丰登、人畜兴旺，多与农事有关。迎龙舞龙为取悦龙神保佑，风调雨顺；舞狮源于镇慑糟蹋庄稼、残害人畜之怪兽的传说。随着社会的发展，接神、敬天等活动已逐渐淘汰，燃鞭炮、贴春联、挂年画、耍龙灯、舞狮子、拜年贺喜等习俗至今仍广为流行。

【元宵】

我国民间传统节日。又称正月半、上元节、灯节。元宵习俗有赏花灯、包饺子、闹年鼓、迎厕神、猜灯谜等。宋代始有吃元宵的习俗。元宵即圆子，用糯米粉做成实心的或带馅的圆子，可带汤吃，也可炒吃、蒸吃。

【寒食】

我国民间传统节日。节日里严禁烟火，只能吃寒食。在冬至后的105天或106天，在清明前一、二日。相传，春秋时晋公子重耳流亡在外，大臣介子推曾割股啖之。重耳做国君后，大封功臣，独未赏介子推。子推便隐居山中。重耳闻之甚愧，为逼他出山受赏，放火烧山。子推抱木不出而被烧死。重耳遂令每年此日不得生火做饭，追念子推，表示对自己过失的谴责。因寒食与清明时间相近，后人便将寒食的风俗视为清明习俗之一。

【清明】

我国民间传统节日。按农历算在三月上半月，按阳历算则在每年四月五日或六日。此时天气转暖，风和日丽，"万物至此皆洁齐而清明"，清明节由此得名。其习俗有扫墓、踏青、荡秋千、放风筝、插柳戴花等。历代文人都有以清明为题材入诗的。

【端午】

我国民间传统节日。又称端阳、重午、重五。端午原是月初午日的仪式，因"五"与"午"同音，农历五月初五遂成"端午节"。一般认为，该节与纪念屈原有关。屈原忠而被黜，投水自尽，于是人们以吃粽子、赛龙舟等来悼念他。端午习俗有喝雄黄酒、挂香袋、吃粽子、插花和菖蒲、斗百草、驱"五毒"等。

【乞巧】

我国民间传统节日。又称少女节或七夕。相传，天河东岸的织女嫁给河西的牛郎后，云锦织作稍慢，天帝大怒，将织女逐回，只许两人每年农历七月初七夜晚在鹊鸟搭成的桥上相会。或说：天上的织女嫁给了地上的牛郎，王母娘娘将织女抓回天庭，只许两人一年一度鹊桥相会。每年七月初七晚上，妇女们趁织女与牛郎团圆之际，摆设香案，穿针引线，向她乞求织布绣花的技巧。

【中秋】

我国民间传统节日。又称团圆节。农历八月在秋季之中，八月十五又在八月之中，故称中秋。秋高气爽，明月当空，故有赏月与祭月之俗。圆月带来的团圆的联想，使中秋节更加深入人心。唐代将嫦娥奔月与中秋赏月联系起来后，更富浪漫色彩。历代诗人以中秋为题材作诗的很多。中秋节的主要习俗有赏月、祭月、观潮、吃月饼等。

【重阳】

我国民间传统节日。《易经》将"九"定为阳数，两九相重，故农历九月初九为"重阳"。重阳时节，秋高气爽，风清月洁，故有登高望远、赏菊赋诗、喝菊花酒、插茱萸等习俗。唐人有"遍插茱萸少一人"的诗句。

【腊日】

我国民间传统节日。这是古代岁末祭祀祖先、祭拜众神、庆祝丰收的节日。腊日通常在每年的最后一个月（腊月）举行，南北朝时腊日已固定在农历十二月初八。有吃赤豆粥、祭拜祖先等习俗。佛教的腊八粥后也渗入腊日习俗。

【除夕】

我国民间传统节日。农历十二月三十日晚，家家在打扫一清的屋里，摆上丰盛的菜肴，全家团聚吃"年饭"。此夜大家通宵不眠，或喝酒聊天，或猜谜下棋，嬉戏游乐，谓之"守岁"。零点时，众人争相奔出，在庭前拢火燃烧（古称"庭燎"，取其兴旺之意），并在这"岁之元，月之元，时之元"的"三元"之时抢先放出三个"冲天炮"，以求首先发达，大吉大利，一派"爆竹声中除旧岁"的景象。

【伯（孟）仲叔季】

兄弟行辈中长幼排行的次序。伯（孟）是老大，仲是老二，叔是老三，季是老四。古代贵族男子的字前常加伯（孟）、仲、叔、季表示排行，字的后面加"父"或"甫"字表示男性，构成男子字的全称，如伯禽父、仲尼父、叔兴父等。

【十二生肖】

又称属相。古代术数家拿十二种动物来配十二地支，子为鼠，丑为牛，寅为虎，卯为兔，辰为龙，巳为蛇，午为马，未为羊，申为猴，酉为鸡，戌为狗，亥为猪。在古代，十二生肖常被涂上迷信色彩，一遇休戚祸福，往往牵扯起来，特别是在婚配中男女属相很有讲究，有所谓"鸡狗断头婚"、"龙虎不相容"等说法。

【生辰八字】

一个人出生的年、月、日、时，各有天干、地支相配，每项两个字，四项共八个字。根据这八个字，可推算出一个人的命运。遇有大事，都需推算八字。旧俗订婚时，男女双方互换庚帖，上有生辰八字。双方各自卜问对方的生辰八字命相阴阳，以确定能否成婚，吉凶如何。

【孝悌】

孝，指对父母要孝顺、服从；悌，指对兄长要敬重、顺从。孔子非常重视孝悌，把孝悌作为实行"仁"的根本，提出"三年无改于父道"、"父母在，不远游"等一系列孝悌主张。孟子也把孝悌视为基本的道德规范。秦汉时的《孝经》则进一步提出："孝为百行之首。"儒家提倡孝悌的目的，是为了维护宗法等级秩序。

【牺牲】

古代祭祀用的牲畜，色纯为"牺"，体全为"牲"。《左传·曹刿论战》中有这样的话："牺牲玉帛，弗敢加也，必以信。"

【三牲】

一指古代用于祭祀的牛、羊、猪，后来也称鸡、鱼、猪为三牲。一指夏、商、周三代所用牺牲的总称。

【太牢、少牢】

古代帝王祭祀社稷时，牛、羊、豕（猪）三牲全备为"太牢"。古代祭祀所用牺牲，行祭前需先饲养于牢，故这类牺牲称为牢；又根据牺牲搭配的种类不同而有太牢、少牢之分。少牢只有羊、豕，没有牛。由于祭祀者和祭祀对象不同，所用牺牲的规格也有所区别：天子祭祀社稷用太牢，

诸侯祭祀用少牢。

【家祭】

古人在家庙内祭祀祖先或家族守护神的礼仪。唐代即有专人制订家祭礼仪，相沿施行。宋代陆游《示儿》诗中有这么两句："王师北定中原日，家祭无忘告乃翁。"

【朝仪】

古代帝王临朝的典礼。按规定：天子面向南，三公面向北以东为上，孤面向东以北为上，卿大夫面向西以北为上，王族在路门右侧，面向南以东为上，大仆大右及大仆的属官在路门左侧，面向南以西为上。朝仪之位已定，天子和臣子行揖礼，礼毕退朝。后世也称人臣朝君之礼仪为"朝仪"。

【朝聘】

古代宾礼之一。为诸侯定期朝见天子的礼制。诸侯朝见天子有三种形式：每年派大夫朝见天子称为"小聘"；每隔三年派卿朝见天子为"大聘"；每隔五年亲自朝见天子为"朝"。

古代宾礼之一。为周代诸侯朝见天子的礼制。诸侯朝见天子，"春见曰朝，秋见曰觐"，此为定期朝见。春秋两季朝见天子，合称为朝觐。

【揖让】

一指古代宾主相见的礼节。揖让之礼按尊卑分为三种，称为三揖：一为土揖，专用于没有婚姻关系的异姓，行礼时推手微向下；二为时揖，专用于有婚姻关系的异姓，行礼时推手平而致于前；三为天揖，专用于同姓宾客，行礼时推手微向上。

一指禅让，即让位于比自己更贤能的人。

【长揖】

这是古时不分尊卑的相见礼，拱手高举，自上而下。

【拱】

古代的一种相见礼，两手在胸前相合表示敬意。《论语·微子》中有这样的记载："子路拱而立。"

【顿首】

青少年应该知道的文学知识

古时一种拜礼，为"九拜"之一，俗称叩头。行礼时，头碰地即起。因其头接触地面时间短暂，故称顿首。通常用于下对上及平辈间的敬礼，如官僚间的拜迎、拜送，民间的拜贺、拜望、拜别等。也常用于书信中的起头或末尾，如丘迟《与陈伯之书》："迟顿首。陈将军足下无恙，幸甚幸甚……丘迟顿首。"

【稽首】

古代的拜礼，为"九拜"之一。行礼时，施礼者屈膝跪地，左手按右手，拱手于地，头也缓缓至于地。头至地须停留一段时间，手在膝前，头在手后。这是九拜中最隆重的拜礼，常为臣子拜见君王时所用。后来，子拜父，拜天拜神，新婚夫妇拜天地父母，拜祖拜庙，拜师，拜墓等，也都用此大礼。

【九拜】

我国古代特有的向对方表示崇高敬意的跪拜礼。《周礼》谓"九拜"："一曰稽首，二曰顿首，三曰空首，四曰振动，五曰吉拜，六曰凶拜，七曰奇拜，八曰褒拜，九曰肃拜。"这是不同等级、不同身份的社会成员，在不同场合所使用的规定礼仪。

【跪】

两膝着地，挺直身子，臀不沾脚跟，以示庄重。如《廉颇蔺相如列传》："于是相如前进瓿，因跪请秦王。"

【坐】

古代席地而坐，坐时两膝着地，臀部贴于脚跟。为了表示对人尊重，坐法颇有讲究："虚坐尽后，食坐尽前。""尽后"是尽量让身体坐后一点，以表谦恭；"尽前"是尽量把身体往前挪，以免饮食污染坐席而对人不敬。

【座次】

古时官场座次尊卑有别，十分严格。官高为尊居上位，官低为卑处下位。古人尚右，以右为尊，"左迁"即表示贬官。《廉颇蔺相如列传》："以相如功大，拜为上卿，位在廉颇之右。"古代建筑通常是堂室结构，前堂后室。在堂上举行的礼节活动是南向为尊。皇帝聚会群臣，他的座位一

定是坐北向南的。因此，古人常把称王称帝叫做"南面"，称臣叫做"北面"。室东西长而南北窄，因此室内最尊的座次是坐西面东，其次是坐北向南，再次是坐南面北，最卑是坐东面西。《鸿门宴》中有这样几句："项王、项伯东向坐，亚父南向坐……沛公北向坐，张良西向侍。"项王座次最尊，张良座次最卑。

【席次】

古代宴会席次，尊卑很有讲究。一般筵席用的是八仙桌，桌朝大门，其位次如下：位尊者居前，8 是主人席位。如果客多，可设两桌、三桌或更多，有上桌与散座的区别：上桌与单席的位次相同，散座则不分席次。

【冠礼】

古代男子成年时（二十岁）加冠的礼节。冠礼在宗庙中进行，由父亲主持，并由指定的贵宾给行冠礼的青年加冠三次，先后加缁布冠、皮弁、爵弁，分别表示有治人、为国出力、参加祭祀的权力。加冠后，由贵宾向冠者宣读祝辞，并给起一个与俊士德行相当的美"字"，使他成为受人尊敬的贵族成员。因为男子二十岁行冠礼，所以后世将二十岁称作"弱冠"。

【婚冠礼】

《周礼》："以婚冠之礼亲成男女。"古代贵族男子二十岁行冠礼后即可成婚，并享受成人待遇，女子十五岁行笄礼后也可结婚。所以把婚礼、冠礼合称为婚冠礼。

【祖道】

古代为出行者祭祀路神和设宴送行的礼仪。《汉书》载，西汉将领李广利率军队出击匈奴之前，"丞相为祖道，送至渭桥"。《荆轲刺秦王》："至易水上，既祖，取道。"文中的"祖"就是"祖道"，临行祭路神，引申为饯行送别。

【斋戒】

古代祭祀或重大事件，事先要沐浴、更衣、独居，戒其嗜欲，以示心地诚敬，这些活动叫"斋戒"。"斋"又称"致斋"，致斋三日，宿于内室，要求"五思"（思其居处、笑语、志意、所乐、所嗜），这主要是为了使思想集中、统一。"戒"又称"散斋"，散斋七日，宿于外室，停止参加一切娱乐活动，也不参加哀吊丧礼，以防"失正"、"散思"。古人斋戒时忌荤，但并非忌食鱼肉荤腥，而是忌食有辛味臭气的食物如葱、蒜等，这主要是为了防止祭祀时口中发出的臭气，对神灵、祖先有所亵渎。

【再拜】

先后拜两次，表示礼节之隆重。旧时书信末尾也常用"再拜"，以表示敬意。

【膜拜】

古代的拜礼。行礼时，两手放在额上，长时间下跪叩头。原专指礼拜神佛时的一种敬礼，后泛指表示极端恭敬或畏服的行礼方式。今人多用"顶礼膜拜"形容对某人崇拜得五体投地。

【折腰】

即拜揖。鞠躬下拜，表示屈辱之意。《晋书·陶潜传》载：陶渊明曾为彭泽县令，州郡派督邮巡视至县，县吏劝陶束带迎见，他感叹地说："吾不能为五斗米折腰，拳拳事乡里小人邪！"李白《梦游天姥吟留别》："安能摧眉折腰事权贵，使我不得开心颜？"后来引申为倾倒、崇拜，如毛泽东《沁园春·雪》："江山如此多娇，引无数英雄竞折腰。"

【六礼】

中国古代婚姻的六种手续和礼仪，即纳采、问名、纳吉、纳征、请期、亲迎。

【秦晋之好】

春秋时，秦、晋两国国君几代都互相通婚，后称两姓联姻为"秦晋之好"。

【举案齐眉】

古代妻子为丈夫捧膳食时要举案于眉，表示相敬。

【以文会友】

古代文人交往、交友的礼俗。文人相交轻财物而重情谊、才学，故多以诗文相赠答，扬才露己，以表心态。唱酬是通行的方式，即以诗词相酬

答。在宴饮等聚会时，更是不可有酒无诗，流行尽觞赋诗之俗。

【讳称】

古人对"死"有许多讳称，主要的有：

1. 天子、太后、公卿王侯之死称：薨、崩、百岁、千秋、晏驾、山陵崩等。

2. 父母之死称：见背、孤露、弃养等。

3. 佛道徒之死称：涅槃、圆寂、坐化、羽化、仙游、仙逝等。"仙逝"现也用于称被人尊敬的人物的死。

4. 一般人的死称：亡故、长眠、长逝、过世、谢世、寿终、殒命、捐生、就木、溘逝、老、故、逝、终等。

链接一："玄"字为何少一笔？

南怀瑾在《老子他说》一书第一章"玄元之妙"中"郑重其事地"讲："唐明皇的庙号叫'玄宗'，所以在唐玄宗以后，所有书写'玄'字的地方，一律要改作'元'字，以免犯'大不敬'的忌讳。"

其实，在过去，只有帝王或尊长的名（甚至不包括字）才应避讳。田文正确地指出，庙号是无须避讳的。但又说"直到唐玄宗去世九百年后，8 岁的康熙皇帝玄烨即位，大小臣工们才忙不迭地将'玄'字换成了意义相近的'元'。"这就是只知其一，不知其二了。

首先，避"玄"字讳并不始于清朝的爱新觉罗·玄烨（当然也不始于唐朝的李隆基）。早在北宋大中祥符五年（1013 年）10 月，崇信道教的宋真宗赵恒仿效李唐王朝尊太上老君李耳为先祖的做法，虚构了一位"上灵高道九天司命保生天尊大帝"，说是赵氏始祖，名玄朗（事见《宋史·礼志七》）。

自此以后，宋朝就开始避"玄"字讳，而代之以"元"字了。善书画的宋徽宗赵佶所书瘦金体《千字文》首句即改作"天地元黄"，而不作原来的"天地玄黄"。

其次，避帝王讳只终其一朝，改朝换代之后就不避讳了。元、明及清康熙年之前就不避"玄"字讳，例如，在元朝做官的赵宋宗室赵孟頫所书《千字文》就不再避"玄"字。所以，严格地讲，历史上只有北宋大中祥符五年

青少年应该知道的文学知识

十月之后至宋亡和清康熙元年之后至清亡这两段时间避"玄"字讳（虽然所讳对象不同），而不是自唐玄宗以后都避，也不是自清康熙起始避。

（摘自《中华读书报》）

饮食器用

【五谷】

古代所指的五种谷物。"五谷"，古代有多种不同说法，最主要的有两种：一种指稻、黍、稷、麦、菽；另一种指麻、黍、稷、麦、菽。两者的区别是：前者有稻无麻，后者有麻无稻。古代经济文化中心在黄河流域，稻的主要产地在南方，而北方种稻有限，所以"五谷"中最初无稻。

【五牲】

五种动物，具体所指说法不一：一种指牛、羊、猪、犬、鸡；一种指麋、鹿、磨、狼、兔；还有一种指磨、鹿、熊、狼、野猪。第一种说法流传较广。

【五味】

指酸、咸、甜（甘）、苦、辣（辛）五种味道。

【六畜】

指六种家畜：马、牛、羊、猪、狗、鸡。

【八珍】

指古代八种珍贵的食品。其具体所指随时代和地域而不同。陶宗仪《南村辍耕录》卷九云："所谓八珍，则醍醐、麆沆、野驼蹄、鹿唇、驼乳麋、天鹅炙、紫玉浆、玄玉浆也。"后世以龙肝、凤髓、豹胎、鲤尾、鸮炙、猩唇、熊掌、酥酪蝉为八珍。

【古代炊具】

我国古代炊具有鼎、镬（huò）、甑 zēng、甗（yǎn）、鬲（gé）等。

鼎，最早是陶制的，殷周以后开始用青铜制作。鼎腹一般呈圆形，下有三足，故有"三足鼎立"之说；鼎的上沿有两耳，可穿进棍棒抬举。可在鼎腹下面烧烤。鼎的大小因用途不同而差别较大。古代常将整个动物放在鼎中烹煮。夏禹时的九鼎，经殷代传至周朝，象征国家最高权力，只有得到九鼎才能成为天子，它是传国之宝。镬是无足的鼎，与现在的大锅相仿，主要用来烹煮鱼肉之类的食物；后来它又发展成对犯人施行酷刑的工具，即将人投入镬中活活煮死。甑，是蒸饭的用具，与今之蒸笼相似，最早用陶制成，后用青铜制作，其形直口立耳，底部有许多孔眼，置于鬲或釜上，甑里装上要蒸的食物，水煮开后，蒸气透过孔眼将食物蒸熟。鬲与鼎相近，但足空，且与腹相通，这是为了更大范围地接受传热，使食物尽快烂熟。鬲与甑合成一套使用称为"甗"。鬲只用作炊具，故体积比鼎小。炊具可分为陶制、青铜制两大类。百姓多用陶制，青铜炊具为贵族所用。

【古代食器】

古代食器种类很多，主要的有：簋（guǐ），形似大碗，人们从甗中盛出食物放在簋中再食用。簠（fǔ），是一种长方形的盛装食物的器具，用途与簋相同，故有"簠簋对举"的说法。豆，像高脚盘，本用来盛黍稷，供祭祀用，后渐渐用来盛肉酱与肉羹了。皿，盛饭食的用具，两边有耳。盂，盛饮之器，敞口，深腹，有耳，下有圆形之足。盆盂，均为盛物之器。案，又称食案，是进食用的托盘，形体不大，有四足或三足，足很矮，古人进食时常"举案齐眉"，以示敬意。古人食肉常用匕把鼎中肉取出，置于俎上，然后用刀割着吃。匕，是长柄汤匙；俎，是长方形砧板，两端有足支地。古人常以刀匕、刀俎并举，并以"俎上肉"比喻受人欺凌、任人宰割的境遇。《鸿门宴》中有这么一句："人为刀俎，我为鱼肉，何辞为？"说的就是这种境遇。箸，夹食的用具，与"住"谐音，含有停步之意，因避讳故取反义为"快"，又因以竹制成，故加个"竹"字头为"筷"，沿用至今。以上食器的质料均可选用竹、木、陶、青铜等。一般百姓大多用竹、木、陶制成，贵族的食器则以青铜居多。古代统治者所用的筷子，有的用金、银或象牙制成。

【古代酒器】

尊，是古代酒器的通称，作为专名是一种盛酒器，敞口，高颈，圈足。尊上常饰有动物形象。壶，是一种长颈、大腹、圆足的盛酒器，不仅装酒，还能装水，故后代用"箪食壶浆"指犒劳军旅。彝、卣、罍、缶，都是形状不一的盛酒器。爵，古代饮酒器的总称，作为专名是用来温酒的，下有三足，可升火温酒。角，口呈两尖角形的饮酒器。觥，是一种盛酒、饮酒兼用的器具，像一只横放的牛角，长方圈足，有盖，多作兽形，觥常被用作罚酒，欧阳修《醉翁亭记》中有这样的描述："射者中，奕者胜，觥筹交错，起坐而喧哗者，众宾欢也。"杯，椭圆形，是用来盛羹汤、酒、水的器物。杯的质料有玉、铜、银、瓷器，小杯为盏、盅。卮，也是一种盛酒器，《鸿门宴》中有"卮酒安足辞"之句。

【羹】

有两种：一种是纯肉汁，供食饮；另一种是肉羹，制成五味调和的浓肉汤，后泛指煮或蒸成的汁状、糊状、冻状的食品。在古代，肉是"肉食者"才能吃到的，贫苦百姓只能用白水煮菜为羹，这就是所谓的菜羹。

【脍炙】

脍，切细的鱼、肉；炙，烤肉。古代鲜肉一般用火炙，干肉则用火烤。"食不厌精，脍不厌细"，可见古代脍食需要很高的刀工技法。脍炙，是人们所共同喜好的，后来把诗文为人所称颂叫做"脍炙人口"。

【古代家具】

我国古代家具主要有席、床、屏风、镜台、桌、椅、柜等。席子，是最古老、最原始的家具，最早由树叶编织而成，后来大都由芦苇、竹篾编成。古人常"席地而坐"，足见席子的应用是很广泛的。床，是席子以后最早出现的家具。一开始，床极矮，古人读书、写字、饮食、睡觉几乎都在床上进行。《孔雀东南飞》："阿母得闻之，槌床便大怒。"诗中的"床"指的是坐具。和这种矮床配合用的家具有几、案、屏风等。还有一种矮榻常与床并用，故有"床榻"之称。魏晋南北朝以后，床的高度与今天的床差不多，成为专供睡觉的家具。唐宋以来，高型家具广泛普及，有床、

桌、椅、凳、高几、长案、柜、衣架、巾架、屏风、盆架、镜台等，种类繁多，品种齐全。各个朝代的家具，都讲究工艺手法，力求图案丰富、雕刻精美，表现出浓厚的中国传统气派，成了我国传统文化的一个组成部分。

音乐文娱

【五声】

也称"五音"，即我国古代五声音阶中的宫、商、角、徵、羽五个音级。五声与古代的所谓阴阳五行、五味、五色、五官、五谷等朴素的理论形式一样，是我国早期整体化的美学观，被西方人看作是整个东方音乐的基本形态。《战国策·荆轲刺秦王》："高渐离击筑，荆轲和而歌，为变徵之声，士皆垂泪涕泣。"文中的"变徵"是角、徵二音之间接近徵音的声音，声调悲凉。

【宫调】

音乐术语。古代称宫、商、角、变徵、徵、羽、变宫为七声，其中以任何一声为音阶的起点，均可构成一种调式。凡以宫声为音阶的起点的调式称"宫"，即宫调式，而以其他各声为主者则称"调"，如商调、角调等，统称为"宫调"。

【十二律】

古代乐律学名词，是古代的定音方法。即用三分损益法将一个八度分为十二个不完全相同的半音的一种律制。各律从低到高依次为：黄钟、大吕、太簇、夹种、姑洗、仲吕、蕤宾、林钟、夷则、南吕、无射、应钟。十二律又分为阴阳两类，凡属奇数的六种律称阳律，属偶数的六种律称阴律。另外，奇数各律称"律"，偶数各律称"吕"，故十二律又简称"律吕"。

【俗乐】

古代各种民间音乐的泛称。宫廷中宴会时所用的俗乐，称为"燕乐"。"雅乐"是统治阶级制定的典礼乐舞，寻根究底，几乎都来自民间音乐。

【雅乐】

古代帝王祭祀天地、祖先及朝贺、宴享等大典时所用的乐舞。周代雅乐是指"六舞"（云门、咸池、大磬、大夏、大镬、大武，前四种属文舞，后两种属武舞）。以后历代统治者都把这奉为乐舞的最高典范，认为它的音乐"中正和平"，歌词"典雅纯正"，故称之为"雅乐"。各个朝代均循礼作乐，歌功颂德，此类乐舞统称为"雅乐"。

【春江花月夜】

乐府《吴声歌曲》名。相传为陈后主（陈叔宝）所创，原词已佚。隋炀帝、温庭筠等都曾作有此曲。唐代张若虚所作的《春江花月夜》最为出名。

【霓裳羽衣舞】

即《霓裳羽衣曲》，简称《霓裳》。唐代宫廷乐舞。其由来传说不一：有的说，唐玄宗登三乡驿，望见女儿山，归而作之；有的说，此曲是《婆罗门曲》之别名；有的说，唐玄宗凭幻想写成前半曲，又将西凉都督杨敬述进《婆罗门曲》改编成后半曲合而制之。白居易有首诗，对此曲的演唱作了详尽的描述。

【十面埋伏】

琵琶大曲。明代后期已在民间流传。乐曲描写公元前202年楚汉战争在垓下最后决战之情景，运用了琵琶特有的表现技巧，表现古代战争中千军万马冲锋陷阵之势，十分生动。此曲是传统琵琶曲的代表作品之一。

【五射】

古代的五种射技。这五种射技为：白矢、参连、剡注、襄尺、井仪。白矢，箭穿靶子而箭头发白，表明发矢准确而有力；参连，前放一矢，后三矢连续而去，矢矢相属，若连珠之相衔；剡注，谓矢行之疾；襄尺，臣与君射，臣与君并立，让君一尺而退；井仪，四矢连贯，皆正中目标。

【文房四宝】

旧时对笔、墨、纸、砚四种文具的总称。文房，即书房。北宋苏易简著有《文房四谱》一书，叙述了四种文具的品类及故实等。这些文具，制作历史悠久，名手辈出，且品类丰富，风格独特。著名的有：安徽泾县的宣纸、安徽歙县的歙墨、广东端州的端砚、浙江吴兴的湖笔。

【书法】

以汉字为表现对象、以毛笔为表现工具的一种线条造型艺术。汉字经历了篆、隶、楷等发展阶段，技法日精，在文字书写的点画篇章之间，表达出作者的性格、情感、意趣、素养、气质等精神因素，遂成为一门独立的艺术。用笔、结构、章法为书法之大要。从商周甲骨文、两周金文、秦篆、汉隶，以及魏晋到唐宋楷、行、草，书体繁复，流派众多，涌现了王羲之、颜真卿、怀素等伟大的书法家，留下了《兰亭序》《自叙帖》等珍贵书法遗产。

【六书】

古人分析汉字的造字方法而归纳出来的六种条例，即象形、指事、会意、形声、转注、假借。今人一般认为后两种与造字无关。象形即描摹事物形状的造字法，如"日、月、山、羊、马"等，象形字全是独体字。指事是以象征性的符号来表示意义的造字法，如"上、下、本、末、中、甘、刃"等，指事字也全是独体字。会意是由两个或多个字合起来表达一个新的意义的造字法，如"明、旦、采、休"等。形声是意符和声符并用的造字法，形声字占汉字的百分之八十左右。

【永字八法】

"永"字具有汉字的八种基本笔画：点、横、竖、撇、捺、折、钩、提。

【阳文阴文】

我国古代刻在器物上的文字，笔画凸起的叫阳文，凹下的叫阴文。

【岁寒三友】

指古诗文中经常提到的松、竹、梅。松，是耐寒树木，经冬不凋，常被看作刚正节操的象征。竹，也经冬不凋，且自成美景，它刚直、谦逊，不亢不卑，潇洒处世，常被看作不同流俗的高雅之士的象征。梅，迎寒而开，美丽绝俗，是坚韧不拔的人格的象征。

【花中四君子】

古诗文中常提到的梅、竹、兰、菊。兰，一则花朵色淡香清，二则多生于幽僻之处，故常被看作是谦谦君子的象征。菊，它不仅清丽淡雅、芳香袭人，而且具有傲霜斗雪的特征；它艳于百花凋后，不与群芳争列，故历来被用来象征恬然自处、傲然不屈的高尚品格。"梅、竹"见上条。

文史典籍

【四书】

《大学》、《中庸》、《论语》、《孟子》的合称。宋人抽出《礼记》中的《大学》、《中庸》两篇，与《论语》、《孟子》配合，至南宋淳熙间，朱熹撰《四书章句集注》，"四书"之名由此而定。此后，"四书"始终是我国封建社会正统教育的必读书和科举取士的初级标准书。

【五经】

《诗》、《书》、《礼》、《易》、《春秋》五部儒家经典的简称，始称于汉武帝时。其中存有中国古代丰富的历史资料，是封建时代教育的必读教科书，并被统治阶级作为宣传宗法封建思想的理论依据。

【六经】

指的是六部儒家经典，即在"五经"外，另加《乐经》。也有称"六经"为"六艺"的，韩愈《师说》中的"六艺经传皆通习之"中的"六艺"即"六经"。

【十三经】

十三部儒家经典。汉代开始，把《诗》、《书》、《礼》、《易》、《春秋》

称为"五经"。唐代把"三礼"(《周礼》、《仪礼》、《礼记》)、"三传"(《公羊传》、《穀梁传》、《左传》),连同《易》、《书》、《诗》称为"九经"。至唐文宗刻石经,将《孝经》、《论语》、《尔雅》列入经部,则为"十二经"。宋代又将《孟子》提升为经,故有"十三经"之称。

【三字经】

旧时蒙学课本。相传为宋代王应麟撰,明清学者陆续增补,至清初的本子为一千一百四十字。内容从阐述教育的重要性开始,进而依次讲述名物常识、经书子书、历史知识及古人勤学的故事等。全部用三言韵语,便于儿童诵读。句法灵活丰富,语言通俗易懂。自编成后广为流传,一直使用至清末民初。

【百家姓】

"姓氏"在现代汉语中是一个词,但在秦汉以前,姓和氏有明显的区别。姓源于母系社会,同一个姓表示同一个母系的血缘关系。中国最早的姓,大都从"女"旁,如:姜;姚,姒,妫,嬴等,表示这是一些不同的老祖母传下的氏族人群。而氏的产生则在姓之后,是按父系来标识血缘关系的结果,这只能在父权家长制确立时才有可能。因此,当我们读到"黄帝轩辕氏,姬姓"以及"炎帝列山氏,姜姓"时,可以明白,中华民族共同始祖炎黄二帝原分属两个按母系血缘关系组织起来的部落或部落联盟,一姓姜,一姓姬,而他们又分别拥有表示自己父权家长制首领的氏称:列山,轩辕。姓和氏有严格区别又同时使用的的局面表明,母权制已让位于父权制;但母系社会的影响还存在,这种影响一直到春秋战国以后才逐渐消亡。

《百家姓》是我国流行最长,流传最广的一种蒙学教材。它的成书和普及要早于《三字经》。据南宋学者王明清考证,该书前几个姓氏的排列是有讲究的:赵是指赵宋,既然是国君的姓理应为首;其次是钱姓,钱是五代十国中吴越国王的姓氏;孙为当时国王钱俶的正妃之姓;李为南唐国王李氏。他判断《百家姓》"似是两浙钱氏有国时小民所著"。所谓"有国"据史书记载,吴越在宋太祖开国后,还存在一段时间,至宋太宗兴国二年才率土归降。可见这本书是北宋初年问世的。

附：《百家姓》正文

赵钱孙李　周吴郑王　冯陈褚卫　蒋沈韩杨　朱秦尤许　何吕施张　孔曹严华　金魏陶姜

戚谢邹喻　柏水窦章　云苏潘葛　奚范彭郎　鲁韦昌马　苗凤花方　俞任袁柳　丰鲍史唐

费廉岑薛　雷贺倪汤　滕殷罗毕　郝邬安常　乐于时傅　皮卞齐康　伍余元卜　顾孟平黄

和穆萧尹　姚邵湛汪　祁毛禹狄　米贝明臧　计伏成戴　谈宋茅庞　熊纪舒屈　项祝董梁

杜阮蓝闵　席季麻强　贾路娄危　江童颜郭　梅盛林刁　钟徐丘骆　高夏蔡田　樊胡凌霍

虞万支柯　昝管卢莫　经房裘缪　干解应宗　丁宣贲邓　郁单杭洪　包诸左石　崔吉钮龚

程嵇邢滑　裴陆荣翁　荀羊於惠　甄麴家封　芮羿储靳　汲邴糜松　井段富巫　乌焦巴弓

牧隗山谷　车侯宓蓬　全郗班仰　秋仲伊宫　宁仇栾暴　甘钭厉戎　祖武符刘　景詹束龙

叶幸司韶　郜黎蓟薄　印宿白怀　蒲邰从鄂　索咸籍赖　卓蔺屠蒙　池乔阴郁　胥能苍双

闻莘党翟　谭贡劳逄　姬申扶堵　冉宰郦雍　郤璩桑桂　濮牛寿通　边扈燕冀　郏浦尚农

温别庄晏　柴瞿阎充　慕连茹习　宦艾鱼容　向古易慎　戈廖庾终　暨居衡步　都耿满弘

匡国文寇　广禄阙东　欧殳沃利　蔚越夔隆　师巩厍聂　晁勾敖融　冷訾辛阚　那简饶空

曾毋沙乜　养鞠须丰　巢关蒯相　查后荆红　游竺权逯　盖益桓公　万俟司马　上官欧阳

夏侯诸葛　闻人东方　赫连皇甫　尉迟公羊　澹台公冶　宗政濮阳　淳于单于

太叔申屠

公孙仲孙 轩辕令狐 钟离宇文 长孙慕容 司徒司空 百家姓终

【复姓】

复姓的来历有几种情况：

1. 由封邑而来。如令狐氏，《百家姓》中记述为：周朝时有个名叫魏颗的人屡立战功，受封于令狐邑，后人遂以"令狐"为姓；又如段干氏，老子裔孙李宗受封于段干，其后人遂以"段干"为姓；此外，还有梁丘、上官、羊舌、钟离等复姓，都属这种情况。

2. 因居地而来。如东郭氏，周朝时齐国公族大夫有居住在国都临淄东郭的，后人遂以"东郭"为姓；又如闾丘氏，齐国有位名婴的大夫居住在闾丘，时称闾丘婴，后人遂以"闾丘"为姓。还有南门、西门、南宫、濮阳等复姓。

3. 由官名、王父之字、爵系、族系而来。如司马、司空、司寇、司徒、太史、即墨、亓官、巫马、乐正、左丘等复姓；公羊、子阳等复姓由王父之字而来；公孙、仲孙等复姓由爵系而来；叔孙等复姓由族系而来。认真揣摩这些复姓，真是一件很有意思的事。比如，司马迁因为"李陵案"而受宫刑，他的2个儿子司马临与司马观怕被株连，就改名换姓，隐居乡里。兄弟俩各取"司马"中的一个字，哥哥在"马"字左边加两点，改姓"冯"；弟弟在"司"字左边加一竖，改姓"同"。又如欧阳这个复姓，有的简化为姓欧，有的简化为姓阳。钟离简化为钟，公孙简化为孙，等等，这可能是一种复姓单音化的趋势吧。

我国现存的复姓有81个：欧阳、太史、端木、上官、司马、东方、独孤、南宫、万俟、闻人、夏侯、诸葛、尉迟、公羊、赫连、澹台、皇甫、宗政、濮阳、公冶、太叔、申屠、公孙、慕容、仲孙、钟离、长孙、宇文、司徒、鲜于、司空、闾丘、子车、亓官、司寇、巫马、公西、颛孙、壤驷、公良、漆雕、乐正、宰父、谷梁、拓跋、夹谷、轩辕、令狐、段干、百里、呼延、东郭、南门、羊舌、微生、公户、公玉、公仪、梁丘、公仲、公上、公门、公山、公坚、左丘、公伯、西门、公祖、第五、公乘、贯丘、公皙、南

青少年应该知道的文学知识

荣、东里、东宫、仲长、子书、子桑、即墨、达奚、褚师。

【千字文】

旧时蒙学课本。南朝梁代周兴嗣编，梁武帝大同年间编成。全书将一千个字，编为四字一句的韵语，介绍有关自然、社会、历史、伦理、教育等方面的知识，基本上无重复的字。

【千家诗】

旧时蒙学读物。有《新镌五言千家诗》、《重订千家诗》两种，前者题王相选注，后者题谢枋得选、王相注，所选均七言诗。两种选本都分绝句、律诗两部分，大都为唐、五代、宋作品，宋诗尤多。

【唐诗三百首】

诗歌总集。清代乾隆年间蘅塘退士孙洙编，实选唐诗三百十首，分五古、七古、五律、七律、五绝、七绝及乐府诸体排列。所选诗作大都艺术性较高，便于吟诵，是流传最广的唐诗选本。

【文选】

现存最早的诗文总集。南朝梁萧统（昭明太子）编选，世称《昭明文选》。选录自先秦至梁的诗文辞赋，共 129 家，七百余篇，分 38 类。选者注意到文学与其他类型著作的区分，故不选经子，史书也仅取论赞，入选作品大多为骈文。

【古文观止】

清代康熙年间吴楚材、吴调侯叔侄二人编选的一部历代文章总集，共 12 卷。全书收录自东周至明末的文章 222 篇，以朝代为序排列。选文多慷慨悲愤之作，语言琅琅上口。每篇的简要评注，颇有见解。

【古文辞类纂】

清代姚鼐编的各类文章总集。全书 75 卷，选录战国至清代的古文，依文体分为论辨、序跋、奏议、书说、赠序、诏令、传状、碑志、杂记、箴铭、颂赞、辞赋、哀祭等 13 类。所选作品主要是《战国策》、《史记》、两汉散文家、唐宋八大家及明代归有光、清代方苞、刘大櫆（"桐城派"）等的古文。书首有序目，略述各类文体的特点、源流及其义例。

【二十四史】

从《史记》到《明史》的二十四部纪传体史书，被称为"正史"，清代乾隆年间编定。全书总计3229卷，记载了从黄帝到明末共四千余年的史事，是史学研究的重要资料，也常以之代称中国历史。其中《史记》是通史，其余的都是断代史。

【四史】

指二十四史的前四史，即《史记》、《汉书》、《后汉书》、《三国志》的总称。《四库全书》，是清代乾隆年间官修的荟萃古代典籍的大型综合丛书。共辑录清代乾隆以前历代重要典籍3461种，73009卷，分装为36000多册，按经（被儒家列为经典和注释经典的著作）、史（记述历史史实、地理疆域、官职等书）、子（战国以来诸子百家的著作及工农、医等各种科学技术著作）、集（历代作家诗文集）四大部分分别编列。

【史记】

在先秦文学分段已作介绍。

【资治通鉴】

北宋司马光撰，全书294卷。宋神宗以其"鉴于往事，有资于治道"，命名为《资治通鉴》。该书取材广泛，除历朝正史外，尚有野史、实录、谱牒、行状、文集等三百余种。剪裁精审，严谨清晰，功力极深，是一部对后代产生很深影响的编年体通史。

【太平广记】

著名类书，由北宋李昉等奉敕编辑。因成书于宋太宗太平兴国年间，故名。全书五百卷，另目录十卷，按题材性质分92大类，150余小类，收录上迄先秦两汉，下及北宋初年的作品约七千则。采录汉代至宋初的小说、笔记、稗史等五百余种，保存了今已亡佚的大量古小说资料。

【诗文集的命名方式】

古人为诗文集命名的方式，主要的有：

1. 以姓名命名。如《孟浩然集》、《李清照集》、《陶渊明集》。

2. 以官爵命名。如《王右丞集》（王维）、《杜工部集》（杜甫）。

3. 以谥号命名。如《范文正公集》（范仲淹）、《欧阳文忠公集》（欧阳修）。

4. 以书斋命名。如《七录斋集》（张溥）、《饮冰室合集》（梁启超）、《惜抱轩文集》（姚鼐）。

5. 以作者字、号命名。如《李太白全集》、《文山先生全集》、《王子安集》（王勃）、《苏东坡全集》、《稼轩长短句》（辛弃疾）、《徐霞客游记》（徐宏祖）。

6. 以居官地或居住地命名。如《樊川文集》（杜牧）、《贾长沙集》（贾谊）、《长江集》（贾岛）、《梦溪笔谈》（沈括）。

7. 以出生地命名。如《临川先生文集》（王安石）、《柳河东集》（柳宗元）。

8. 以帝王年号命名。如《白氏长庆集》（白居易）、《嘉祐集》（苏洵）。

【史书编写方式】

分纪传体、编年体、纪事本末体三种。

1. 纪传体是以人物为中心线索来编写的史书体裁，由司马迁首创。《二十四史》全是纪传体。

2. 编年体是按年月日先后顺序来记述史实的史书体裁，如《左传》、《资治通鉴》。

3. 纪事本末体是以历史事件为中心线索来编写的史书体裁。这种体裁在南宋时才出现，如《通鉴纪事本末》、《宋史纪事本末》。

目录辞书

【目录学】

研究书目的编制、利用并使其在科学文化事业中有效地发挥作用的学

问。西汉时，刘向、刘歆父子就撰有《别录》、《七略》等书，以后历代均有专著。南宋郑樵有《通志·校雠略》，至清代，章学诚著成《校雠通义》，更总结了目录学的丰富经验。反映我国古代著述的规模最大、最全的目录是《四库全书总目提要》和《四库全书简明目录》。

【经史子集】

我国古代图书分类，始于晋荀勖。经，指儒家经典；史，指各种体裁的史学著作；子，指先秦诸子百家的著作及政治、哲学、医学等著作；集，泛指诗词文赋专集等著作。

【类书】

辑录汇集资料，以利寻检、引用的一种古典文献工具书。其体例有集录各科资料于一书的综合类和专收一门资料的专科类两种。编辑方式，一般分类编排，也有按韵、按字分次编排的。现存著名的类书有：唐代的《艺文类聚》、《初学记》，宋代的《太平御览》、《册府元龟》，明代的《永乐大典》，清代的《古今图书集成》。其价值：一为保存我国古代大量的接近原作的珍贵资料，以供校勘典籍、检索诗词文句、查检典故成语出处之用；二为研究者直接提供了专题研究的资料。

【太平御览】

宋初李昉等人奉宋太宗之命辑录。全书一千卷，分五十五部、4558 子目。引书浩博，达 1690 余种。引书较完整，多整篇整段抄录，并注明出处。

【永乐大典】

明代解缙等二千余人奉明成祖之命辑录。该书广泛搜集当时能见到的图书七、八千种，辑成 22877 卷，另凡例、目录 60 卷，共装订 11095 册，约 37000 字，是我国古代最大的一部类书。

【古今图书集成】

清代康熙年间陈梦雷等原辑，初名《古今图书汇编》，康熙改为今名。雍正初年蒋廷锡等人奉命再编，4 年完成，共 10000 卷，目录 40 卷，6109 部，1亿6千万字。每部先列汇考，次列总论，有图表、列传、艺文、选句、纪事、

青少年应该知道的文学知识

杂录、外编等项，取材繁富，脉络清晰，是我国现存规模最大的类书。

【丛书】

按一定的目的，在一个总名之下，将各种著作汇编于一体的一种集群式图书，叫丛书，又称丛刊、丛刻或汇刻等。形式有综合型、专门型两类。世界著名的古代大型综合性丛书，是清代乾隆年简编的《四库全书》，收编古籍达 3461 种，其中有不少罕见的旧刻和旧钞本。丛书的作用：一是集中大量稀见难得的重要图书文献，对保存、流传、校勘古籍具有巨大意义；二是给人们治学以很大方便。

【四库全书】

我国古代最大的一部丛书。纪昀、陆锡熊等四千余人编，清代乾隆 37 年开馆纂修，经十年始成。共收图书 3503 种，79337 卷，约九亿九千七百万字。分经、史、子、集四部，故名四库。每部再分类、细目。内容极为广泛，对整理、保存古代文献有一定的作用。

【四部丛刊】

民国时期张元济主编，分初编、续编、三编，共收书 504 种。我国古代主要经史著作、诸子百家代表作、历朝著名学者文人的别集，大都辑入。全书按经、史、子、集四部排列，有较高的文献价值。

【四部备要】

中华书局自 1924 年起辑印，前后共出五集，收书 336 种，11305 卷。选书以研究古籍常备、常见和带注的为主，有的采用清代学者整理过的本子。该书较《四部丛刊》实用，两书可互为补充。

【尔雅】

我国最早的释问专著，也是世界上第一部成体系的词典。此书是西汉初年的学者们编辑周秦至汉诸书的旧文递相增益而成。全书计 19 篇。累计各篇条目共 2091 条，释词语 4300 多个。书中采用的通用语词与专科语词既结合义分科的编注体系与方式，开创了我国百科词典的先例。它的丰富的词汇训释，是研究古代语言学的重要资料；它的释词方法、编辑体例，对后世训诂学的发展影响很大。

【说文解字】

简称"说文"，是我国第一部系统分析字形和考求字的本义的字典。东汉许慎撰，收字 9353 个，重文（异体字）1163 个。首创了部首分类法，将 10516 个字归入 540 部。每字先解字义，再按六书说解形体构造，并注明读音。

【康熙字典】

清代张玉书、陈廷敬等编纂。在我国字书史上第一次正式使用"字典"为书名。成书于康熙 55 年。全书 42 卷，共收字 47035 个，一般少见的字，大都可以从中查到，是迄清为止我国规模最大的字书。

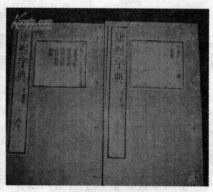

《说文解字注》，清宣统白纸印本，
一函八册全。

同治二年，和本，《康熙字典》
一套四十册全。

【辞源】

我国第一部有现代意义的综合词典。陆尔奎、傅运森、蔡文森等主编，1915 年出版正编，1931 年出续编，1939 年出合订本。此书突破我国旧辞书的传统，吸收现代辞书的优点，以语词为主，兼收百科；以常见为主，强调实用；结合书证，重在溯源。共收单字 11204 个，复词 87790 个，合计词目 98990 条。1979 年出版的《辞源》（修订本）是一部阅读古籍用的工具书和古典文史研究者的参考书。

【辞海】

现代大型综合性百科词典，舒新城等人主编，1936 年中华书局出版。

收单字 13955 个，语词 21724 条，百科词目 50124 条。按部首排列，以字带词，而词又以字数、笔画为序，在引证、释义、体例、收词等方面都较严密。1957 年，毛泽东倡议重新修订《辞海》，先后有九百多人参加工作，1979 年由上海辞书出版社出版三卷本，1980 年出版缩印本。以后，《辞海》不断增补修订。

【中华大字典】

是《汉语大字典》出版前我国大陆上收字最多、规模最大的字典。欧阳溥存等主编，1914 年成书，1915 年由中华书局初版。全书收字 48000 多，按部首分 240 部排列。此书继承《康熙字典》的字汇，又采录近代的方言和翻译中的新字，体例比《康熙字典》先进。

【经传释词】

古汉语虚词研究专著，清代王引之著，共十卷。以经传为主，兼及子史，收周秦两汉古籍中文言虚词 160 个，详加解释。

【文言虚字】

文言虚词研究著作，吕叔湘著。书中选取最常见的 29 个文言虚词，广举例句，详加分析，并附有练习。1944 年开明书店出版。

链接一："曝书"的典故从何来

盛夏时节，烈日炎炎。《左传》云："冬日可爱，夏日可畏。"故《纂要》把夏天的太阳称作"畏日"。

南朝宋刘义庆《世说新语·排调》："郝隆七月七日出日中仰卧。人问其故，答曰：'我晒书。'"原来，古代传说农历七月七日，天门洞开，阳光强烈，是龙王爷"晒鳞日"。人们多在此日暴晒衣服、棉被之类，以防虫蛀。寺院僧人还要举行仪式，暴晒经书，称"晒经法会"。读书人也往往在这一天暴晒书籍。

晋代的郝隆生性狂傲，自诩才高八斗，学富五车，当别人暴晒衣物时，他却在中午时分，敞胸露腹，仰躺在炎炎的烈日之下。别人问其原因，他回答说："我晒书。"意思是他很有学问，满腹诗书，晒肚皮等于晒书。《漳州四时竹枝词》："晒衣六月蠹能除，酷热金乌（太阳）燎太虚。

此日天门开好晒，郝隆惟晒腹中书。"其后便有"曝书"之典，喻指读书人的轻狂与清高。

《太平御览》卷三一引晋王隐《晋书》："时七月七日，高祖方曝书。"宋曾季貍《艇斋诗话》："王平甫在三馆曝书，见韩干所画马，作《画马行》。"曝书另作"晒书"、"曝腹"、"晒腹"、"晒腹中书"、"卧晒书"等。唐杜牧《西山草堂》："晒书秋日晚，洗药石泉香。"宋李处全《再和俞叔夜七夕》："笑曝腹书生风度。河鼓天孙非世俗，纵惊云急雨休轻诉。"刘筠《戊申年七夕》："岂惟蜀客知踪迹，更问庭中晒腹人。"清唐孙华《周砾圃被盗窃书砚作嘲盗诗戏和》："从今腹笥防窥瞰，莫向人前卧晒书。"清孙枝蔚《七夕忆内》："遥怜弄针妇，空嫁晒书人。"毛奇龄《七夕》："向夕陈庭尝下果，连年每晒腹中书。"

第三章 外国文学常识

概说

大致可以分文古代，中古，近代和现代四个阶段。

古代亚非文学主要是指埃及，巴比伦，中国，印度以及希伯来文学。欧洲古代文学主要是指希腊文学和罗马文学。

世界最早编成的诗集是埃及的《亡灵书》和印度的《吠陀》，世界上最早写成飞史诗是巴比伦的《吉尔伽美什》，他代表了巴比伦文学的最高成就。

《梨俱吠陀》、《摩可婆多罗》代表了古代印度文学的最高成就。

希伯来的文学成就主要体现在《旧约》一书中。《旧约》对西方文学产生了深远的影响。

日本古典文学的典范《源氏物语》，他对日本后来的小说，戏剧和诗歌创作影响很大。

古希腊文学可分为荷马时期，城邦时期，古典时期和希腊化时期。史诗以《伊利亚特》和《奥德赛》最为著名。戏剧埃斯库罗斯的《被束缚的普罗米修斯》是著名的悲剧作品。而阿里斯托芬则以喜剧新闻名于世。著名的抒情诗人萨福和品达。

贺拉斯，维吉尔，奥维德是古罗马"奥古斯都"时期的三大著名诗人。其中以维吉尔最为重要。

希伯来人则以《圣经》对人类文明做出贡献。它就是《圣经》中的《旧约》，基督教形成以后又编了《新约》合为《新旧约全书》又称《圣经》，它与古希腊罗马文学一起成为欧洲文学的两个源头。

欧洲中世纪文学主要是指教会文学、骑士文学、英雄史诗和城市文学。

欧洲四大古典文学名著是《荷马史诗》、《神曲》、《哈姆雷特》、《浮士德》。

笛卡尔的理性主义是古典文学的思想基础。法国的古典主义文学创作代表了当时欧洲的最高水平。高乃依是古典主义悲剧的创始人，代表作品是《熙德》，拉辛是当时成就最为突出的悲剧作家，莫里哀是当时最著名的喜剧代表作家，代表作是《伪君子》。

笛福是英国现实主义小说的奠基人，他的代表作《鲁滨逊漂流记》标志着英国现实主义的诞生。菲尔丁是19世纪英国现实主义小说最杰出的代表，他的代表作《弃儿汤姆·琼斯的史》，此外斯威夫特的《格列佛游记》也很有名。

启蒙主义文学首先兴起于法国。在法国，被誉为四大思想家、活动家和文学家的孟德斯鸠、伏尔泰、狄德罗赫鲁索，以他们的作品《波斯人信札》、《老实人》、《拉摩的侄儿》和《新爱洛依斯》（卢梭还有《爱弥儿》和《忏悔录》两部著名的作品，此外，卢梭又被人称作是"浪漫主义之父"）奠定了在文坛上的崇高地位。莱辛是德国启蒙运动的最重要的代表，德国民族文学的奠基人。

"狂飙突进"文学运动发源于德国，希勒是德国文学史上地位仅次于歌德的作家，他的代表作有《强盗》、《阴谋与爱情》。歌德是德国伟大的民族诗人、剧作家，至今为止还是德国文学史最负盛名的作家，他和希勒是德国文学史上的双子星座。歌德的代表作是《少年维特之烦恼》和《浮士德》。

欧洲浪漫主义文学思潮首先产生于德国，英国浪漫主义文学成就很大。英国浪漫主义早期的代表诗人，同时也是"湖畔派"的代表诗人是华兹华斯。浪漫主义后期的代表诗人，也是英国整个浪漫主义的代表诗人是拜伦（《恰尔德哈罗尔德游记》、《唐璜》）和雪莱（《解放了普罗米修斯》、《西风颂》"请你吹起语言的号角，唤醒沉睡着的人类，西风啊，冬天已经来了，春天还会远吗？"）济慈也是浪漫主义文学的著名诗人，作品有《夜莺颂》、《秋颂》、《希腊古瓮颂》。雨果是法国浪漫主义运动的领袖，他的《〈克伦威尔〉序言》是一片法古典主义的檄文和浪漫主义运动的宣言。他的代表作品有《巴黎圣母院》、《悲惨的世界》、《海上劳工》、《笑面人》。

普希金是俄罗斯最伟大的浪漫主义诗人，浪漫主义文学的代表，也是俄罗斯民族文学的奠基者。他的代表作有《叶甫盖尼·奥涅金》（诗体长篇小说）和《上尉的女儿》，其中《叶甫盖尼·奥涅金》还是俄国文学史上最早的经典性的现实主义的长篇小说。

司汤达（法国）的代表作品是《红与黑》，它标志着法国批判现实主义的开始。巴尔扎克的《人间喜剧》（名篇《高老头》、《欧也妮·葛朗台》）则把现实主义推向了高峰。福楼拜（代表作《包法利夫人》）、小仲马（《茶花女》）、莫泊桑（《羊脂球》、《俊友》；短篇小说之王）从不同角度揭露了社会矛盾并取得了高度成就。大仲马《三个火枪手》、《基督山伯爵》；伯德莱尔（《恶之花》）象征主义、现代主义文学的先驱；罗曼·罗兰《约翰·克利斯朵夫》。

狄更斯是19世纪英国最重要的现实主义作家，代表作如《大卫·科波菲尔》、《艰难时世》、《双城记》《远大前程》、《匹克威克先生外传》等。萨克雷也是当时重要的作家，作品有《名利场》。夏洛蒂·勃朗特的

《简·爱》，艾米莉·勃朗特的《呼啸山庄》和安妮·勃朗特的《艾格尼丝·蕾特》，"勃朗特三姐妹"。

海涅是19世纪德国最重要的革命民主主义诗人，也是歌德以后德国最杰出的诗人，代表作有政治长诗《德国，一个冬天的神话》、《西里西亚的纺织工人》等。

萧伯纳是英国写戏剧最多的作家，代表作《伤心之家》；哈代《德伯家的苔丝》。伏尼契的《牛虻》。丹麦最杰出的作家，代表作《玩偶之家》。匈牙利最伟大的诗人是裴多菲。卡夫卡是奥地利最著名的作家，也是现代派文学的经典大师，他的代表作品是《变形记》、《城堡》。

两次世界大战给人们带来心灵的创伤和痛苦的思索，西方现代派文学应运而生。英美的意象派、意大利的未来主义、德国的表现主义、法国的达达主义和超现实主义、美国的"迷茫的一代"以及以英法为中心的意识派等。

第二次世界大战前后，现代派的发展掀起了又一个高潮，40年代法国兴起的存在主义文学，50年代兴起的美国的"垮掉的一代"，法国的"新小说"派和荒诞派戏剧，英国的"愤怒的青年"。60年代美国兴起的黑色幽默，较多地通路消极颓废情绪，有的对社会丑恶现象表象抗议和不满，有的在艺术上进行探索和试验，还有地走上了形式主义、神秘主义的歧途。

链接一：中外文学交流的四个阶段

中国文学是世界历史上最悠久的文学之一，在世界文学发展史上占有重要的地位，产生过很大的世界影响。中国文学的对外影响，有一个从东方逐步扩大到欧洲最后到达美洲的过程。具体可分：

第一阶段是唐代。唐代由于政治经济的发展，中外文化交流也十分广泛频繁，中国以诗歌为主的文学也开始传到国外，主要影响范围是邻近的日本、朝鲜半岛、天竺（今印度）、大食（今阿拉伯）及东南亚各国。中国文学对日本的影响始于秦汉，唐代达到高潮，李白、杜甫、白居易、元稹等诗人的诗作都为日本人所喜爱，影响最大的当属白居易的诗。据《日本国见在书目》记载，当时传到日本的有《白氏文集》（70卷），《白氏长庆集》（29 卷）。平安时代的诗集与《和汉朝咏集》共收录 589 首诗，其中白居易的诗就达 137 首之多。白诗不仅在日本宫廷中流传，曾受到嵯峨天皇的激赏，宫廷女官紫式部所著长篇小说《源氏物语》明显地受白诗影响，贵族文人多喜欢白诗，而且白诗也为平民百姓所欢迎，《长恨歌》、《琵琶行》在日本几乎家喻户晓。其他方面，如南朝梁太子萧统所编《文选》，在文艺思想和编选体例上也给日本诗歌总集《万叶集》以影响。日本奈良时代的文学家阿倍仲麻吕（汉名晁衡），曾被派遣来中国留学，在唐生活 50 余年。日本高僧空海（弘法大师），游学于唐，归国时携回大量中国书籍，其后撰著《文镜秘府论》（6 卷），将中国诗文作品、文学理论介绍给日本人民。

第二阶段是 18 世纪开始对欧洲的影响时期。近代西方人从《马可·波罗游记》中开始对中国发生兴趣，而正式把中国文化传往近代西方的是一些前来中国的传教士，18 世纪形成第一次热潮。明末天启六年（1626），法国人金尼阁把五经译成拉丁文在杭州刊印。此后，法国人宋君容曾译《诗经》和《书经》、《易经》、《礼记》。马若瑟（J. 普雷马雷）亦翻译《诗经》、《书经》刊于 1735 年巴黎出版的《中国通志》。这时中国古典小说、戏剧和寓言也开始进入欧洲。1732 至 1733 年间，马若瑟翻译了元朝纪君祥的杂剧《赵氏孤儿》。从 18 世纪 30 年代中期到 60 年代初期，该剧又先后在英国、德国、俄国翻译出版，法国启蒙思想家伏尔泰还将它改编成一个新剧本《中国孤儿》。此外，1761 年，在英国刊印了第一部英译的中国小说《好逑传》。1781 年，德国诗人 J. W. von 歌德通过杜赫德的德译本，了解到《赵氏孤儿》和《今古奇观》中的 4 篇短篇小说及《诗经》中的一些诗作。同年，他尝试将《赵氏孤儿》改为悲剧《哀兰伯诺》。19世纪初，歌德读了《好逑传》并得出了"世界文学时代已快到来"的结论；而且他还受到清代小说《花笺记》、《玉娇梨》的启发，创作了组诗《中德四季晨昏杂咏》。歌德以中国传奇、小说同法国诗人 P. L. de 贝朗瑞、英国小说家 S. 理查逊及他自己的作了比较。但总的来说，当时欧洲对中国文学的了解还是较为肤浅的。

第三阶段是对美洲的影响。中国文学在美洲产生较大影响始于20世纪10～20年代。这时中国诗的翻译、模仿、评论大量出现在美国刊物上。被称为美国现代诗歌之父的E.庞德，对中国诗含蓄、凝练、意象鲜明和情景交融非常崇尚，并从中吸收了有益的创作营养，他认为，在美国文学所受的外来影响中，"中国是根本性的"。蒙罗也把意象派意义界定为"对中国魔术的追寻"。庞德的长诗《诗篇》中有12章是以中国为题材的。1915年，他根据美国东方学家费罗诺萨的译稿整理出版了译诗集《中国诗抄》，收有《诗经》、汉乐府、《古诗十九首》中的诗以及郭璞、陶渊明、李白的诗共18首。之后，他又翻译出版了多种中国诗的译本。

第四阶段是五四新文化运动以后的现代阶段，这个阶段一直持续到现在。这个阶段由于中西政治、经济、文化已开展了全面的交流，中国文学在西方也得到全面传播。一方面把代表中国文学较高水平的古典小说《水浒传》、《红楼梦》等翻译出国，另一方面世界各国也将五四以后新出现的作家作品，例如鲁迅、郭沫若、茅盾、巴金、老舍等人的作品大量翻译介绍。仅鲁迅的著作，就被40多个国家译成70多种文字。鲁迅生前，《阿Q正传》在日本就有5种译本，逝世后又有近10种新译本。《阿Q正传》传到西方后，法国作家R.罗兰给予了高度的评价。随着中国文学的广泛传播，其价值愈来愈为世界了解，世界文坛也给了中国文学以更高、更科学的评价。

链接二：孔子与柏拉图美育思想比较

孔子与柏拉图的美育理想："放郑声"与"逐诗人"

在孔子看来，治乱之本在于治心，因为天下之乱归于人心之乱，治心之方在于教育，因为人心之仁在于开化。因此，孔子十分重视教育，尤其是审美教育。他将自己美育的教育方针表述为"志于道，据于德，依于仁，游于艺"（《论语·述而》）。

认为"艺"是前三者实现的最重要的工具，并以"六艺"教人，以实现他对人的全面教育。《诗》教人"如何言志"，《书》教人"如何记言"，《礼》教人"如何行事"，《乐》教人"如何正心"，《易》教人"如何知

青少年应该知道的文学知识

孔子（前551年～前479年）　　　柏拉图（约前427年～前347年）

天"，《春秋》教人"如何辨理"。如此教化才能使人心归仁，礼让有节，举止有度，尊卑有序，"长大成人"。

当然，孔子对诗、乐所具有的审美教化作用的认识，也并不是孤立的，而是将诗、乐与《书》、《礼》、《易》等其它社会科学门类加以比较中得以深化的。他认为后者的作用主要在于使人"疏通知远"，"恭俭庄敬"，增进"属辞比事"的能力，亦即提高人的处世能力、认识能力、知识水平和实践才干等。

孔子主张"诗以达意"、"乐以发和"，要通过诗歌、音乐来使人"温柔敦厚"、"广博易良"，以造就"乐而不淫"、"哀而不伤"、"怨而不怒"的恒常心态，在移人性情，感发心志中，最终实现陶冶情操的美育作用。

孔子在谈论同是表达男女之情的《关雎》和"郑声"时说前者"乐而不淫，哀而不伤"，后者则"淫"，因此要"放郑声"。孔子认为郑国的音乐是一种纯粹抒发自然情志而无道德理性节制的音乐，因而是不能教导人们正确表达情志的，是应该被舍弃的淫靡的音乐，而只有那些既出于自然情性又合于道德规范的诗才"乐而不淫，哀而不伤"，也只有这样的诗才能体现儒家"发乎情，止乎礼义"（《毛诗序》）的思想规范，以达到中正、和谐、无邪的境界，才能教导人们如何正确地表情达意，是应该得到大力推广的。

柏拉图在其《大希庇阿斯篇》里提出了三种美的定义，即"美是有用的"，"美就是有益的"和"美就是视觉和听觉所生的快感"，从而提出了美的"效用"的看法。

柏拉图最高的理想人格是"哲学王"。他认为要想培养"理智"、"勇敢"、"节制"相统一的正义的人，即"理想人"——"哲学王"，使他们不受民主思想的感染和影响，必须对理想国里的文艺进行严格的审查。对于不符合他的培养目标的文艺作品要坚决采取排斥态度，毫不留情地把它驱逐出"理想国"，不能让它有任何立足之地。并在《理想国》卷十里，对一直尊为民众之诗的诗人亮起了红灯，列举了诗人两大罪状：

首先，诗不真实，不能给人以真理。现象世界只是理念世界的"摹本"和"影子"，是虚假的，而艺术摹仿现象世界，则成了"摹本的摹本"、"影子的影子"，因而"和真理隔着三层"，就更加虚假、不真实了。

其次，诗扰乱人的心境，使理性屈服于冲动和刺激，产生伤风败俗、毒化心灵的恶果。他在《理想国》卷十中说："摹仿诗人既然要讨好群众，显然就不会费心思来摹仿人性中理性的部分，他的艺术也就不求满足这个理性的部分了：他会看重容易激动情感的和容易变动的性格，因为它最便于摹仿。"

孔子与柏拉图美育实施的途径："诗、礼、乐"与"美形体—美理念"

孔子与柏拉图都非常重视美育教育，更重视对受教育者进行多方面的美育培养。在孔子的"理想国"中，他理想的人格是"仁人"。在《论语》中，"仁"字共出现了109次，其最基本的涵义是"爱人"，一是"己欲立而立人，己欲达而达人"，即要求承认自己欲立欲达的事，也要尊重别人有立、有达的权力和愿望。二是"己所不欲，勿施于人"。

孔子不但崇尚"仁人"，而且还重视对"仁人"的美育教育。在孔子以"仁"为核心，以"礼"为其规范的美育教育中，他不仅重视"诗教"，并且重视"乐教"。他在《泰伯篇》中提出"兴于《诗》，立于礼，成于乐"的命题，就是强调了修身养性要从"诗教"开始，以"乐教"告成。

在孔子的美育过程中，他首先重视"知"的方面的教育，认为认知教育是其人格教育中的一个决定性的起点，只有做到了最起码的"知"，才能更好地对之进行更深入的教育。孔子认为，一个完整的美育过程应该是一个包括认知、情感和意志教育的过程，但仅限于"知"的方面还是不够的。故孔子说："知之者不如好之者，好之者不如乐之者。"

柏拉图也是严格地按照知、情、意的这一认知过程对其理想人格进行美育教育的。柏拉图是深知艺术的强大感染力的，经过他的再三审查，他慎重地提出了"理想国"的教育方案，要求对之进行体育和音乐教育。他说："为了身体的健康而实施体育，为了灵魂的美善而实施音乐教育。"拉图认为教育对人是终身的，尤其是美育，更是伴随人的一生。所以他认为美育从一开始就应该培养儿童对美的爱好，使美从小就浸润他们的心灵，并且要坚持循序渐进的过程。柏拉图指出美育的教育过程应该是一个从个别到一般、从感性到理性、从现象到本质的这样一个知、情、意逐渐发展的过程，他的这一论断具有一定的合理因素。

柏拉图将其美育过程看作是一个由个别到一般、由现象到本质的过程，是一个由浅入深、由低级到高级、不断循序渐进并最后达到庄严华美的最高境界过程。

即对美的认识是先从人世间个别的美的事物开始，逐渐提升到最高境界的美，好像升梯，逐步上进，从一个美形体到两个美形体，从两个美形体到全部的美形体；再从美的形体到美的行为制度，从美的行为制度到美的学问知识，最后再从各种美的学问知识一直到只以美本身为对象的那种学问，彻悟美的本体。

其美育教育便是严格地按照这一过程来进行的。这一点同于孔子，都具有其合理的和积极的因素。

代表国家

一、希腊文学

《希腊神话》：它主要包括神的故事和英雄传说两大类。神的故事包括开天辟地、神的产生，谱系以及人类起源等等。古希腊的神都是自私、任性、爱享乐、爱虚荣，好争权夺利，嫉妒心和复仇心很强，可能是根据奴隶贵族的形象来塑造的。英雄传说：内容是歌颂在同自然和社会斗争中建立过功勋的各氏族部落的英雄，他们体力过人，聪明机智，百折不挠，品德高尚，是古代劳动人民集体力量、智慧和高贵品质的化身。它为希腊文学艺术提供了丰富的素材，对欧洲文学产生过深远的影响。

宙斯（罗马神话称为朱庇特）：希腊神话中最高的天神，掌管雷电云雨，是人和神的主宰。

阿波罗：希腊神话中宙斯的儿子，主管光明、青春、音乐、诗歌等，常以手持弓箭的少年形象出现。

雅典那：希腊神话中的智慧女神，雅典城邦的保护神。

潘多拉：希腊神话中的第一个女人，貌美性诈。私自打开了宙斯送她的一只盒子，里面装的疾病、疯狂、罪恶、嫉妒等祸患，一齐飞出，只有希望留在盒底，人间因此充满灾难。"潘多拉的盒子"成为"祸灾的来源"的同义语。

普罗米修斯：希腊神话中造福人间的神。盗取天火带到人间，并传授给人类多种手艺，触怒宙斯，被锁在高加索山崖，受神鹰啄食，是一个反抗强暴、不惜为人类牺牲一切的英雄。

斯芬克司：希腊神话中的狮身女怪。常叫过路行人猜谜，猜不出即将行人杀害；后因谜底被俄底浦斯道破，即自杀。后常喻"谜"一样的人物。与埃及狮身人面像同名。

荷马：古希腊盲诗人。主要作品有《伊利亚特》和《奥德赛》，被称为荷马史诗。《伊利亚特》叙述十年特洛伊战争。《奥德赛》写特洛伊战争结束后，希腊英雄奥德赛历险回乡的故事。马克思称赞它"显示出永久的魅力"。

链接一：阿基琉斯的脚踵

"阿基琉斯的脚踵"，比喻要害，致命的弱点，是在广泛流行的国际性成语。它源自荷马史诗《伊利亚特》中的希腊神话故事。

阿基琉斯是希腊联军里最英勇善战的骁将，也是荷马史诗《伊利亚特》里的主要人物之一。传说他是希腊密耳弥多涅斯人的国王珀琉斯和海神的女儿西蒂斯所生的儿子。西蒂斯是海中女神，天神宙斯和海神波塞冬对她都有意思，可是都不敢要她，因为命运注定她所生的儿子会比父亲更厉害。最后她下嫁凡人珀琉斯国王，生下阿基琉斯。

阿基琉斯呱呱坠地后，母亲西蒂斯想使儿子健壮永生，把他放在火里锻炼，又捏着他的脚踵倒浸在冥河圣水里浸泡。因此阿基琉斯浑身象钢筋铁骨，刀枪不入，唯有脚踵部位被母亲的手捏住，没有沾到冥河圣水，成为他的唯一要害。

在特洛伊战争中，阿基琉斯骁勇无敌，所向披靡。特洛伊城50个王子之首的赫克托耳是维持特洛伊不倒的人物。他虽勇敢，可是最后面对阿基琉斯决战时，仍被追着绕了城墙好几圈才敢停下来作战。在民间戏剧中，往往把赫克托耳描绘为爱吹牛的角色，所以英文中有一词表示"大吹大擂"、"说大话"。

最后阿基琉斯杀死了特洛伊主将赫克托耳，而特洛伊的任何武器都无法伤害他的身躯。太阳神阿波罗把阿基琉斯的弱点告诉了特洛伊王子帕里斯，阿基琉斯被帕里斯诱到城门口，用暗箭射中他全身唯一的弱——脚踵，阿基琉斯负伤而死。

"阿基琉斯之踵"指某人或某事物最大的或者唯一弱点，即命门关键所在。后来，解剖学上将人体脚踝位置的肌腱（即传说中阿基琉斯被射中

的位置）命名为阿基琉斯腱。

链接二：西西弗神话

160

青少年应该知道的文学知识

　　西西弗神话是一个古希腊的神话故事，出自《荷马史诗》，叫《西西弗的神话》，西西弗触犯了神，受到神的惩罚，诸神商量要给西西弗最严厉的惩罚，最后他们决定让西西弗搬一块巨石上山，当石头到达山顶时再让石头滚落下来，日复一日，年复一年，让西西弗在无意义的重复劳动中痛苦，沮丧，无奈地度过一生。

　　法国的哲学家加谬说：在西西弗身上，我们只能看到这样一幅图画：一个紧张的身体千百次地重复一个动作：搬动巨石，滚动它并把它推至山顶；我们看到的是一张痛苦扭曲的脸，看到的是紧贴在巨石上的面颊，那落满泥土、抖动的肩膀，沾满泥土的双脚，完全僵直的胳膊，以及那坚实的满是泥土的双手。经过被渺渺空间和永恒的时间限制着的努力之后，目的就达到了。

　　西西弗于是看到巨石在几秒钟内又向着下面的世界滚下，而他则必须把这巨石重新推向山顶。他于是又向山下走去。在我看来这个神话就是对人生的一个隐喻，经历的越多这个体会就越深，人的一生其实就是一种负重前行，童年时无忧无虑，少年时渐渐懂得了忧愁，也就背上了西西弗背上的那块石头，到后来，石头越背越重直到生命的尽头，这就是我对人生的看法，人生的底色就是痛苦的，所以佛学中讲到了人为什么一生下来是哭而不是笑，就是因为哭本身昭示着人的一生是痛苦的。

后来我又看到了另一篇文章，这是一篇《西西弗的神话》的续，作者写到有一天诸神想要看看西西弗变成了什么样子，在山腰处他们看到了西西弗，西西弗和他们想象中的完全不一样，西西弗没有痛苦、没有沮丧也没有无奈，虽然他背着很重的石头，但他在向山顶前行的过程中哼着歌，还不时地摆弄摆弄周围的野花，小草，这使我感受到人生原来也可以这样。

所以，我现在非常喜欢中国的一位诗人，学者同时也是一位教师叫叶嘉莹的先生说过的话：以悲观的心情过乐观的生活，正是因为以悲观的心情过乐观的生活，所以我常常微笑，但这并不表示我常常快乐。

二、英国文学

莎士比亚：文艺复兴时期伟大的剧作家和诗人。主要作品有剧本 37 部，悲剧有《哈姆雷特》、《奥赛罗》、《麦克白》、《李尔王》和《罗密欧与朱丽叶》等，喜剧有《威尼斯商人》、《第十二夜》、《皆大欢喜》等，历史剧有《理查二世》、《亨利四世》等。马克思称之为"人类最伟大的戏剧天才"。

笛福：著名小说家。主要作品有《鲁滨逊漂流记》，描写的是资产阶级上升时期的英雄。

拜伦：伟大诗人。代表作诗体小说《唐璜》通过青年贵族唐璜的种种经历，抨击了欧洲反动的封建势力。

雪莱：积极浪漫主义诗人。主要作品有诗剧《解放了的普罗米修斯》，抒情诗《西风颂》、《云雀颂》、《自由颂》等。诗剧表达了反抗专制统治的斗争必将胜利的信念。他是浪漫主义诗人最优秀的代表之一。欧洲文学史上最早歌颂空想社会主义的诗人之一。

狄更斯：作家。主要作品有长篇小说《大卫·科波菲尔》、《艰难时世》、《双城记》。《双城记》揭露资产阶级的贪婪、伪善和司法、行政机构的腐败，是英国批判现实主义文学的重要代表。

柯南道尔：作家。主要作品有侦探小说《福尔摩斯探案集》，是世界上最著名的侦探小说。

肖伯纳：戏剧家。主要作品有《华伦夫人的职业》、《鳏夫的房产》、《巴巴拉少校》、《苹果车》等，揭露了资本主义社会的伪善和罪恶，同情工人阶级。

弥尔顿：《失乐园》、《复乐园》是英国 17 世纪最优秀的作品。

链接一：莎士比亚的常识错误

莎士比亚可以说是世界上最为著名的大文豪，人们称其为语言大师、文学巨匠。他的作品历来为众人所推崇。可是，大师也难免有失误，但即使其宏篇巨著中出现了小小的瑕疵，也并不影响大师的威望。

莎士比亚的代表作《哈姆雷特》是人们十分熟悉的著名悲剧。剧中丹麦国王的弟弟怀有杀兄篡位的阴谋，以水银灌入国王耳中将他毒死，从而引出王子复仇的动人故事。莎翁在这里有个小小的错误：水银不会致人死命。

我们姑且假定国王曾经患过中耳炎并造成耳膜的穿孔，"无孔不入"的水银能通过穿孔流经咽喉而达到胃肠，但分子状态的水银不会产生毒性，更不会将人毒死。一般听说的汞中毒是指汞化合物或汞蒸气的中毒，能由耳道灌入的微量水银在常温下决不会蒸发出足以致命的汞蒸气。

在另一部名剧《裘里斯·凯撒》第二幕第二场中，凯撒问勃鲁托斯："现在几点钟啦？"勃鲁托斯回答说："已经敲过 8 点了。"可是能够敲点报时的钟，是在凯撒被刺后约 1400 年后才发明的，准确点说是 1335 年首次在意大利米兰制造的。以上这些，莎士比亚当时或许没有想到。

链接二：莎士比亚四大悲剧的悲因

莎士比亚中期（1600～1608）的创作，走出喜剧的嬉笑怒骂与历史剧对过往封建时代的批判，转而探讨深刻的人性问题。中期作品中最著名的就是

1786年版《莎士比亚全集》之——麦克白、奥赛罗精美钢板画

四大悲剧《哈姆雷特》、《奥赛罗》、《李尔王》与《麦克白》。古典主义时代最深刻的人性论，在莎士比亚这四大悲剧中彻底的呈现出来，而他每一个悲剧，分别探讨了不同的性格缺陷。

优柔寡断

《哈姆雷特》是四大悲剧中最早完成的作品，在这悲剧中，莎士比亚处理的性格缺陷是道德完美主义因而出现的优柔寡断犹疑不决——这性格在太平盛世无可厚非，但当周围出现很多伪善阴毒的小人，却仍坚持道德的完美、导致过多的自我批判质疑并缺乏行动的决断力，会转而让自己、甚至是无辜的其他人陷入万劫不复的险境。

"……在行动上要作得丝毫不让人指摘……"，正是这种自我期许，哈姆雷特一再错失复仇、还回正义的机会。

"我明明有理由……可是从不曾行动……是我过于审慎，还是我根本是懦弱？……我一再因循隐忍听其自然……却看著他们为空虚的名声视死如归……。"哈姆雷特一再错失机会，但是他面临的环境是如此阴险诡诈，叔叔何能给他宽裕的时间好处理完自我批判反省、确定道德完满，

再满足为父亲复仇、还丹麦正义的计划？

哈姆雷特的叔叔对于害死哈姆雷特，用计之毒、行动之快，哈姆雷特根本不是对手。等哈姆雷特的叔叔终于被哈姆雷特刺死，却赔上了爱人奥菲莉雅、义人雷欧提斯与哈姆雷特自己的性命。整个复仇行动，完全没有彰显出正义的胜利。

妒忌猜疑

奥赛罗是个善妒与容易怀疑的主角。他的善忌与善怀疑，可能源自于他身份地位的暧昧——尽管是个主帅，却是黑皮肤的摩尔人。他知道很多人因他的肤色对他口服心不服，背后叫他黑鬼。

伊阿古这样一个因妒忌而阴狠的人，选用的奸计，是搞出奥赛罗的妒忌。他出于对自己妒忌心的理解，非常善于了解如何让奥赛罗的妒忌日渐澎大，变成怀疑猜忌、最后笃信自己的怀疑：

"像空气一般轻的小事，对于一个嫉妒的人，也会变成天书一样坚强的确证、引起一天大的是非。"

于是奥赛罗就面临到一个严酷的考验：他能不能控制住自己的妒忌性格，不让它恶化成阴毒小人如伊阿古？不幸的悲剧正是在这里产生——奥赛罗没有变成伊阿古，因为他终究懂得负咎自杀，但他自己和深爱他的妻子，却撤彻底地因他的妒忌猜疑日渐膨胀，最终双双毁灭。

世态炎凉中的真情

《李尔王》这出悲剧，性格弱点在戏剧一开始就呈现，不像其他三出戏，性格弱点渐次发展到不可收拾。李尔王最大的弱点，就是长年活在显赫尊贵的地位中，已无法分辨何为虚伪的奉承、何为真实的感情与忠实。

莎士比亚在李尔王最终与三女儿见面之前，穿插了另一个人物作对照，也是一个作太臣的父亲，因相信私生子片面之词，判断错误，认为亲子蓄意加害自己，导致不肖的私生儿子害惨了孝顺的亲儿子。被陷害的儿子为了保护自己只好装疯卖傻，颠沛流离于荒郊野外。等这位大臣终于知道自己误信谎言，两眼已受私生子诬陷处罚变瞎。

于是莎士比亚出现两组人物的对照。装疯与真疯，瞎子与明眼人。

透过这两组人的对照，对白出现很多精辟的箴言：

"我有眼的时候，反而栽了跟头，现在我没有路，所以也不需要眼睛了。我们有能力时常常充满疏忽，直到有残缺时，残缺反倒帮助我们清明。""原来明明白白的受人鄙夷，是比表面上受恭维，真实内里却被鄙夷幸福多了！""其实国王真疯了倒好得无比，不像我，理智如此清明，便得承受这么大的创痛！

而三女儿与李尔王的死，正说明了这样不依权势财富而有的真爱，在这世间是何等难能可贵，甚至稀少到无法容于势利的世间。于是《李尔王》比其他三大悲剧，更强烈地蕴含社会价值批判。

没有节制的野心

《麦克白》，是四大悲剧中最后完成的，在性格描述上，比前面三者更成熟更辛辣更单刀直入。而探讨的主题——一个人是如何从仅只是欲求愿望，到最后会犯下不可赦的罪行的心路历程——也非常的惊心动魄。

这出戏虽然因女巫预言的戏份，比前面三出戏增加了宿命论的色彩，但莎士比亚著易描述的，不是马克白的反抗命运，而是马克白因野心而堕落，犯错后良心不安，却不肯悔罪反而更加选择堕落的人性幽暗。那种欲求追逐、罪恶感、与以更多罪行压抑罪恶感的过程，刻画的非常生动深刻。

三、法国文学

莫里哀：伟大的喜剧家，是世界喜剧作家中成就最高者之一。主要作品有《伪君子》、《悭吝人》（又称《吝啬鬼》）等共37部喜剧。鞭挞了封建制度和丑恶势力，是世界喜剧中最出色的作品。

雨果：伟大作家，欧洲19世纪前期浪漫主义文学最卓越的代表，被人们称为"法兰西的莎士比亚"。主要作品有长篇小说《巴黎圣母院》、《悲惨世界》、《笑面人》、《九三年》等。《悲惨世界》写的是失业短工冉阿让因偷吃一片面包被抓进监狱，后改名换姓，当上企业主和市长，但终不能

摆脱迫害的故事。

司汤达：一译"斯丹达尔"，原名马利亨利·贝尔，19世纪批判现实主义作家。他以准确的人物心理分析和凝练的笔法而闻名，代表作《红与黑》（1830）、《帕尔马修道院》（1839）。《红与黑》写的是不满封建制度的平民青年于连，千方百计向上爬，最终被送上断头台的故事。"红"是将军服色，指"入军界"的道路；"黑"是主教服色，指当神父、主教的道路。

巴尔扎克：19世纪（1799～1850）上半叶法国和欧洲批判现实主义文学的杰出代表。主要作品有《人间喜剧》（共91部小说，写了两千四百多个人物，包括《高老头》、《欧也妮·葛朗台》、《贝姨》、《邦斯舅舅》等）。《人间喜剧》是世界文学中规模最宏伟的创作之一，也是人类思维劳动最辉煌的成果之一。马克思称其"提供了一部法国社会特别是巴黎上流社会的卓越的现实主义历史"。

都德：著名作家。主要作品有长篇小说代表作《小东西》等，短篇小说有《最后一课》、《柏林之围》等。与福楼拜、左拉、龚古尔、屠格涅夫组成文学社团"五人聚餐会"。

莫泊桑：19世纪后半期法国优秀的批判现实主义作家，曾拜法国著名作家福楼拜为师。一生创作了6部长篇小说和350多篇中短篇小说，游记3部。他的文学成就以短篇小说最为突出，与契诃夫和欧·亨利并列世界三大短篇小说巨匠，对后世产生极大影响，被誉为"短篇小说之王"。主要作品有长篇小说《一生》、《漂亮朋友》（《俊友》），短篇小说有《羊脂球》、《我的叔叔于勒》、《项链》。

欧仁·鲍狄埃，工人诗人。主要作品有《国际歌》（工人作曲家比尔·狄盖特谱曲），列宁说他是"一位最伟大的用歌作为工具的宣传家"。

罗曼·罗兰：思想家，批判现实主义作家，诺贝尔文学奖获得者。代表作《约翰·克利斯朵夫》被高尔基称为"长篇叙事诗"，被誉为20世纪最伟大的小说。这部巨著以主人公约翰·克利斯朵夫（贝多芬是其原型）的生平为主线，描述了这位音乐天才的成长、奋斗和终告失败，1915年获该年度诺贝尔文学奖。这位近、现代传记文学大家的《名人传》（《贝多芬传》（1903）、《米开朗基罗传》（1906）和《托尔斯泰传》（1911），对当代传记文学仍然产生巨大影响。

链接一：四大吝啬鬼

欧洲文学长廊中的四个经典人物形象，以吝啬而著称。这四位吝啬鬼，年龄相仿，脾气相似，有共性，又表现出鲜明的个性特征，让人过目不忘。

夏洛克

英国杰出的戏剧大师莎士比亚在《威尼斯商人》中非常成功地塑造了夏洛克这个贪婪、阴险、凶残的吝啬鬼形象。夏洛克是个资产阶级高利贷者，为了达到赚更多钱的目的，在威尼斯法庭上，他凶相毕露，"我向他要求的这一磅肉，是我出了很大的代价买来的，它是属于我的，我一定要把它拿到手里。"象一切吝啬鬼一样，贪婪是其共性。夏洛克之所以拒绝两倍乃至三倍借款的还款，而坚持按约从商人安东尼奥的胸口割下一磅肉，是因为安东尼奥借钱给人时不收利息，影响了夏洛克的高利贷行业，所以他要借机报复，致安东尼奥于死地，好使自己的高利

贷行业畅行无阻，从而聚敛更多的财富。当法庭调解让借款人安东尼奥出两倍甚至三倍的钱偿还他时，夏洛克险恶的说："即使这六千块钱中间的每一块钱都可以分作六份，每一份都可以变成一块钱，我也不要它们，我只要照约处罚。"说着便在自己的鞋口上磨刀，时刻准备从安东尼奥胸口上割下一磅肉，凶残地致安东尼奥于死地，而且一味固执，没有丝毫的同情怜悯。这就是夏洛克不同于其他吝啬鬼的个性。

阿巴贡

阿巴贡出自法国剧作家莫里哀喜剧《悭客人》（《吝啬鬼》、《悭吝鬼》）一书。他爱财如命，吝啬成癖。他不仅对仆人及家人十分苛刻，甚至自己也常常饿着肚子上床，以至半夜饿得睡不着觉，便去马棚偷吃荞麦。他不顾儿女各有自己钟情的对象，执意要儿子娶有钱的寡妇，要女儿嫁有钱的老爷。当他处心积虑掩埋在花园里的钱被人取走后，他呼天抢地，痛不欲生，绘画出一个视钱如命的守财奴形象。阿巴贡几乎成了吝啬的代名词。莫里哀常用"闹剧"手法来营造喜剧气氛，增强喜剧的讽刺效果。

葛朗台

出自法国作家巴尔扎克的长篇小说《守财奴》（原译《欧也妮·葛朗台》）一书。

"守财奴"，即看守财产的奴隶，人本应是财产的主人，是财富的支配者，可是葛朗台却成了守财奴，"看到金子，占有金子，便是葛朗台的执著狂"，金钱已经使他异化。他为了财产竟逼走侄儿，折磨死妻子，剥夺独生女对母亲遗产的继承权，不许女儿恋爱，断送她一生的幸福。作者通过葛朗台一生的描写，深刻揭露了资本主义社会中人与人之间赤裸裸的金钱关系。贪婪和吝啬是相辅相成的，吝啬鬼们聚敛财富时都是贪婪，在使用财富时都是吝啬。像其他吝啬鬼一样，葛朗台既贪婪成癖，又吝啬成鬼。他临终对女儿的遗言是"把一切照顾得好好的，到那边来向我交帐。"一生疯狂地追求金钱，占有金钱，最后被金钱所累时仍竭力呼唤着金钱而走向坟墓，金钱已经使他异化成鬼，一个疯狂狡诈的吝啬鬼。

泼留希金

作为吝啬鬼，夏洛克和葛朗台虽个性不同，但都有贪婪吝啬的共性，都是处心积虑地聚敛财富的资产阶级代表。而果戈里在长篇小说《死魂灵》中塑造的泼留希金则是俄国没落地主的典型，是俄国封建社会行将灭亡的缩影。虽然贪婪吝啬三者如一，但腐朽没落则是泼留希金的个性。他实为富豪却形似乞丐，这个地主蓄有一千以上的死魂灵，要寻出第二个在他的仓库里有这么多的麦子麦粉和农产物，在堆房燥房和栈房里也充塞着尼绒和麻布、生熟羊皮、干鱼以及各种蔬菜和果子的人来就不大容易，然而他本人的吃穿用度却极端寒伧。衣服很象一件妇人的家常衫子，且沾满了面粉，后背还有一个大窟窿。头上戴的帽子，正如村妇所戴的，颈子上也围着一种莫名其妙的东西，是旧袜子？腰带还是绷带？不能断定。但决不是围巾。他的住室，如果没有桌子上的一顶破旧睡帽作证，是谁也不相信这房子里住着活人的。他的屋子里放着"一个装些红色液体，内浮三个苍蝇，上盖一张信纸的酒杯……一把发黄的牙刷，大约还在法国人攻入莫斯科之前，它的主人曾经刷过牙的"。泼留希金虽家存万贯，但对自己尚且如此吝啬。对他人就可想而知了。女儿成婚，他只送一样礼物——诅咒；儿子从部队来信讨钱做衣服也碰了一鼻子灰，除了送他一些诅咒外，从此与儿子不再相关，而且连他的死活也毫不在意。他的粮堆和草堆都变成了真正的粪堆，只差还没人在这上面种白菜；地窖里的面粉硬得象石头一样，只好用斧头劈下来……这就是泼留希金的所作所为。

四、德国文学

歌德：18世纪中叶到19世纪初德国和欧洲最重要的剧作家、诗人、思想家。歌德是德国狂飙突进运动的主将。他的作品充满了狂飙突进运动的反叛精神，在诗歌、戏剧、散文等方面都有较高的成就，主要作品有剧本《葛兹·冯·伯里欣根》、中篇书信体小说小说《少年维特之烦恼》、未完成的诗剧《普罗米修斯》和诗剧《浮士德》的雏形《原〈浮士德〉》。

席勒：诗人，剧作家。主要作品有《强盗》、《阴谋与爱情》（剧本）、

《欢乐颂》（诗）。

海涅：抒情诗人，政论家。主要作品有《西里西亚的纺织工人》、长诗《德国，一个冬天的童话》（1844）、组诗《青春的苦恼》、《抒情插曲》、《还乡集》、《北海集》等。

格林兄弟：雅科布·格林（1785～1863）与威廉·格林（1786～1859），两位博学多识的学者——民间文学研究家、语言学家、历史学家。但他们最卓越的成就，却是作为世界著名的童话故事搜集家，以几十年时间（1812～1857）完成的《儿童和家庭童话集》，即现在俗称的"格林童话"，它包括200多篇童话和600多篇故事。其中的代表作如《青蛙王子》、《灰姑娘》、《白雪公主》、《小红帽》等均脍炙人口。

五、俄国（苏联）文学

普希金：伟大诗人。主要作品有抒情诗《自由颂》，叙事诗《青铜骑士》，长篇诗体小说《叶甫盖尼·奥涅金》，童话诗《渔夫和金鱼的故事》等。对19世纪俄国文学的发展起了开创和奠基的作用，是俄罗斯文学语言的典范，享有世界声誉。

果戈理：杰出的讽刺作家和"自然派"奠基人，十九世纪俄国现实主义文学的一代宗师。陀斯妥耶夫斯基曾坦言道："我们所有的人都是从果戈理的《外套》中孕育出来的。"果戈理被誉为"俄国散文之父"，而普希金是俄国文学中的诗歌之父，两人被誉为俄国文学史上的双璧。《钦差大臣》（喜剧）、《死魂灵》（长篇小说）享有广泛的世界声誉。

陀思妥耶夫斯基：与列夫·托尔斯泰、屠格涅夫等人齐名，是俄国文学史上最复杂、最矛盾的作家之一。即如有人所说"托尔斯泰代表了俄罗斯文学的广度，陀思妥耶夫斯基则代表了俄罗斯文学的深度"。主要作品有《穷人》、《双重人格》、《女房东》、《白夜》和《脆弱的心》等几篇中篇小说，以及其代表作《罪与罚》。

屠格涅夫：主要作品有长篇小说《罗亭》、《父与子》、《贵族之家》，散文故事集《猎人笔记》，中篇小说《木木》。《猎人笔记》描写农奴的悲

青少年应该知道的文学知识

惨生活，抨击农奴制度，被誉为"一部点燃火种的书"。

列夫·托尔斯泰：19世纪末20世纪初最伟大的文学家，19世纪俄国伟大的批判现实主义作家，是世界文学史上最杰出的作家之一，他被称颂为具有"最清醒的现实主义"的"天才艺术家"。主要作品有长篇小说《战争与和平》、《安娜·卡列尼娜》、《复活》等，也创作了大量的童话，是大多数人所崇拜的对象。他的作品描写了俄国革命时的人民的顽强抗争，因此被称为"俄国十月革命的镜子"，列宁曾称赞他创作了世界文学中"第一流"的作品。

契（qì）诃（hē）夫：19世纪末期俄国批判现实主义作家、短篇小说艺术大师。他和法国的莫泊桑，美国的欧·亨利齐名为三大短篇小说巨匠。主要作品有短篇小说《小公务员之死》、《变色龙》、《套中人》，中篇小说《第六病室》，剧本《海鸥》、《万尼亚舅舅》、《三姊妹》。

高尔基：无产阶级伟大作家。主要作品有自传体三部曲《童年》、《在人间》、《我的大学》，长篇小说《母亲》，散文诗《海燕》等。列宁称之为"无产阶级艺术的最杰出代表"，称《母亲》是一部"非常及时的书"。

马雅可夫斯基：斯大林称为"苏维埃时代最优秀、最有才华的诗人"。他的代表作有长诗《列宁》。

奥斯特洛夫斯基：主要作品有《钢铁是怎样炼成的》。

肖洛霍夫：长篇小说《静静的顿河》、《新垦地》（旧译《被开垦的处女地》），短篇小说《一个人的遭遇》。

阿·托尔斯泰：苏联作家，代表作长篇小说三部曲《苦难的历程》（《两姊妹》）、《一九一八年》、《阴暗的早晨》）、描写革命初期和国内战争时期苏联人民的英勇斗争和知识分子思想转变的过程。

法捷耶夫：苏联作家，长篇小说《青年近卫军》描述了青年一代和全体人民抗击侵略者的机智的、奋不顾身的斗争。《毁灭》最早由鲁迅译成中文《1931》，对中国广大读者起了很大的影响。

六、美国文学

惠特曼：伟大诗人，主要作品有诗集《草叶集》。打破传统诗的格律，

首创自由体新诗。

欧文：被称为"美国文学之父"，代表作有《纽约外史》。

杰克伦敦：著名的现实主义作家。代表作有《野性的呼唤》、《海狼》、《白牙》、《马丁·伊登》和一系列优秀短篇小说《热爱生命》、《老头子同盟》、《北方的奥德赛》、《马普希的房子》《沉寂的雪原》等。

德莱塞：小说家，代表作是长篇小说《嘉丽妹妹》、《珍妮姑娘》等，1925 年发表的长篇小说《美国悲剧》，被美国进步文学界誉为"美国最伟大的小说"。

马克·吐温：19 世纪后期美国现实主义文学的杰出代表。主要作品有长篇讽刺小说《镀金时代》，儿童文学《汤姆·索亚历险记》，短篇小说《竞选州长》、《百万英镑》等。他的作品对资本主义的现实认识不断深化，由轻松的幽默转向了辛辣的讽刺。

欧·亨利：著名批判现实主义作家，世界三大短篇小说大师之一。曾被评论界誉为曼哈顿桂冠散文作家和美国现代短篇小说之父。他的作品构思新颖，语言诙谐，结局常常出人意外，代表作有小说集《白菜与国王》、《四百万》、《命运之路》等。其中一些名篇如《爱的牺牲》、《警察与赞美诗》、《带家具出租的房间》、《贤人的礼物》、《最后一片藤叶》等使他获得了世界声誉。

海明威：著名作家，他的早期长篇小说《太阳照样升起》（1927）、《永别了，武器》（1927）成为表现美国"迷惘的一代"的主要代表作。30、40 年代他转而塑造摆脱迷惘、悲观，为人民利益而英勇战斗和无畏牺牲的反法西斯战士形象（剧本《第五纵队》1938），长篇小说《丧钟为谁而鸣》（1940）。中篇小说《老人与海》，获 1954 年度的诺贝尔文学奖，小说成功塑造了以桑提（地）亚哥为代表的"可以把他消灭，但就是打不败他"的"硬汉性格"。

霍桑：美国影响最大的浪漫主义小说家，代表作《红字》。

斯托夫人：《汤姆大伯的小屋》取得了"废奴文学"的最高成就。

郎费罗：朗费罗的主要诗作包括 3 首长篇叙事诗，或"通俗史诗"：

《伊凡吉林》（1847）、《海华沙之歌》和《迈尔斯·斯坦狄什的求婚》（1858）。

库柏：19世纪浪漫主义作家，库柏的长篇小说《间谍》（1821），是美国文学史上第一部蜚声世界文坛的小说。他的代表作边疆五部曲《皮裹腿故事集》，影响更为广远；而《最后的莫希干人》则为其中最出色的一部。

爱伦·坡：与安布鲁斯·布尔斯和H.P洛夫克拉夫特并称为美国三大恐怖小说家

梅尔维尔：《白鲸》。

爱默生：《自力》。

梭罗：散文集《瓦尔登湖》：

弗伦诺：1786年出版《弗瑞诺诗集》，被誉为"美国独立革命的诗人"。

链接一：麦琪不是一个人

欧·亨利（1862~1910）

在欧·亨利的小说《麦琪的礼物》中，我们往往以为"麦琪"是小说中男主人公的妻子，其实文中并没有出现麦琪这个人，那么，麦琪究竟是

谁呢？黄源深先生的释疑，让我们明白：麦琪不是一个人，我们每个人都可以成为麦琪。

"The Gift of the Magi" 以往一般都译为"麦琪的礼物"，我认为是欠妥的。原文题目中除了"Magi"一词，其余都一目了然，别无疑义。而"麦琪的礼物"译法之错，也正是错在对"Magi"这个词的理解上。

"Magi"是"Magus"的复数。此词源自《圣经》，见于"新约"中"马太福音"第二章。耶稣诞生后，东方三博士（又称三贤人）"在东方看见他的星，特来拜他"，"看见小孩子和他母亲马利亚，就俯伏拜那孩子，揭开宝盒，拿黄金、乳香、没药为礼物献给他。"也就是说，"Magi"意为赠送礼物的"贤人"。

而欧·亨利这里之所以使用"Magus"的复数"Magi"一词，是要通过《圣经》典故，赞扬男女两位主人公都是贤人，都具有贤人的品格。为此，在这篇小说的结尾，作者毫不隐讳地写道："……那些贤人是智者，了不起的智者。他们给马槽里的婴儿带来了礼物，开创了赠送圣诞礼物的艺术……在这里，我的秃笔向你叙述了一间公寓里两个傻孩子的平凡记事，他们很不明智地为对方牺牲了家里最大的财宝。但是，我最后要对现今的智者说，在一切赠送礼物的人中，这两人是最聪明的……他们就是贤人。"

"Magi"（贤人）是画龙点睛之词，起着深化小说内涵的作用。所以小说中"Magi"一词是无论如何不能译成"麦琪"的。

把"Magi"译成"麦琪"的不妥之处还在于：

1. "麦琪"成了人名，成了专有名词，而原文"the Magi"中有定冠词"the"，因此"Magi"不可能是人名，不可能是专有名词，因为除了特殊情况，专有名词前是不能加定冠词的。

2. "麦琪的礼物"容易给读者造成错误印象，以为"麦琪"是小说中男主人公的妻子。

我问过不少文化层次相当高的朋友，"麦琪的礼物中"的"麦琪"是谁？他们几乎都不假思索地说，就是那个为了给丈夫买礼物，忍痛剪去漂

青少年应该知道的文学知识

亮长发的女人。其实妻子的名字不叫"麦琪"，而叫"德拉"，更何况小说中赠送礼物的不仅仅是妻子，还包括丈夫，双方都是煞费苦心互赠礼物的。译成"麦琪的礼物"就把丈夫撇开了，这显然与原作的内容不符。

3. 把"Magi"译成"麦琪"，阉割了原作的《圣经》背景，抹去了篇名的影射意义，浅化了小说的内涵。鉴于上述种种理由，我认为把"The Gift of the Magi"译成"麦琪的礼物"是不恰当的，正确的译法应当是《贤人的礼物》。

七、其他国家文学

《伊索寓言》：古代希腊寓言的汇编。相传为伊索所作，它主要反映下层平民和奴隶的思想感情，总结他们的丰富斗争经验和生活教训。它的艺术性也较高，短小精悍，比喻恰当，形象生动，语言精炼，寓意深刻，为广大群众所喜闻乐见。它是欧洲最早的寓言集，在欧洲文学史上奠定了寓言创作的基础。后代作家经常引用它，或为重新创作的题材，或为抨击暴政、讽刺敌人的武器。

《一千零一夜》：古代阿拉伯著名的民间故事集，旧译《天方夜谭》，全书充满着奇妙瑰丽的幻想，又洋溢着现实主义的生活气息，它以题材多样和不拘一格的艺术手法，生动地反映了古代阿拉伯国家的社会制度，生活方式和风土人情。

《圣经》：基督教各派共同的经典，包括《旧约》和《新约》两部分，《旧约》是犹太教的经典，是基督教从犹太教那里继承来的，原用希伯来文写成。《新约》是基督教的经典，内容记载耶酥及其信徒的传说，基督教义等。

但丁：意大利人，伟大诗人，文艺复兴的先驱。恩格斯称他是"中世纪的最后一位诗人，同时又是新时代的最初一位诗人"。主要作品有叙事长诗《神曲》（"神的喜剧"），由地狱、炼狱、天堂三部分组成。《神曲》以幻想形式，写但丁迷路，被人导引神游三界。在地狱中见到贪官污吏等受着惩罚，在净界中见到贪色贪财等较轻罪人，在天堂里见到殉道者等高

贵的灵魂。

薄伽丘：意大利人，文艺复兴时期的重要作家，人文主义的重要代表。主要作品有短篇小说集《十日谈》。

塞万提斯：西班牙人。主要作品《堂吉诃德》，描写堂吉诃德和侍从桑乔·潘萨的冒险经历，揭露封建势力的丑恶，讽刺骑士制度和骑士文学，是欧洲最早的优秀现实主义长篇小说。

安徒生：丹麦童话作家。主要作品有《丑小鸭》、《皇帝的新装》、《卖火柴的小女孩》等。

密茨凯维支：波兰杰出诗人，被誉为"飞禽之王——鹰"。主要作品《青春颂》，被誉为波兰青年的"马赛曲"。

裴多菲：匈牙利人，19世纪最优秀的积极浪漫主义诗人。主要作品有《民族之歌》、《反对国王》等。

易卜生：挪威戏剧家。"问题剧"的代表作家。主要作品有《玩偶之家》、《国民公敌》等20多个剧本。

伏契克：捷克作家，著有《绞刑架下的报告》。

伏尼契：爱尔兰女作家，代表作《牛虻》。

纪伯伦：黎巴嫩著名诗人和作家，旅美派的代表，代表作《先知》。

川端康成：日本作家，成名作小说《伊豆的舞女》，代表作《雪国》《古都》。1968年获诺贝尔文学奖。

泰戈尔：印度诗人，小说家，剧作家，是亚洲第一位诺贝尔文学奖获得者（1913）。诗集有《吉檀迦利》、《飞鸟集》、《新月集》，长篇小说《沉船》等。他的《人民的意志》一诗被定为印度国歌。他与黎巴嫩诗人纪·哈·纪伯伦齐名，并称为"站在东西方文化桥梁的两位巨人"。

聂鲁达：智利最重要诗人。他的代表作有《二十首情诗和一首却望的歌》。

马尔克斯：哥伦比亚最著名的小说家，也是拉美魔幻现实主义的代表，代表作《百年孤独》。

链接一：外国文学典故十则

诺亚方舟

出自《圣经》。上帝对人类所犯下的罪孽非常忧虑，决定用洪水消灭人类。而诺亚是个正直的人，上帝吩咐他造船避灾。经过40个昼夜的洪水，除诺亚一家和部分动物外，其他生物都被洪水吞没了。后来人们常用此语比喻灾难中的避难所或救星。

象牙塔

出自19世纪法国诗人、文艺批评家圣佩韦·查理·奥古斯丁的书函《致维尔曼》。奥古斯丁批评同时代的法国作家维尼作品中的悲观消极情绪，主张作家从庸俗的资产阶级现实中超脱出来，进入一种主观幻想的艺术天地——象牙之塔。于是"象牙塔"就被用来比喻与世隔绝的梦幻境地。现在也有人把大学说成是"象牙塔"。

潘多拉的盒子

潘多拉是希腊神话中第一个尘世女子。普罗米修斯盗天火给人间后，主神宙斯为惩罚人类，命令神用黏土塑成一个年轻美貌、虚伪狡诈的姑娘，取名"潘多拉"，意为"具有一切天赋的女人"。并给了她一个礼盒，然后将她许配给普罗米修斯的弟弟埃庇米修斯（意为"后知"）。埃庇米修斯不顾禁忌地接过礼盒，潘多拉趁机打开它，于是各种恶习、灾难、疾病和战争等立即从里面飞出来了。盒子里只剩下唯一美好的东西：希望。但希望还没来得及飞出来，潘多拉就将盒子永远地关上了。故此"潘多拉的盒子"常被用来比喻造成灾害的根源。

达摩克利斯剑

达摩克利斯是希腊神话中暴君迪奥尼修斯的宠臣，他常说帝王多福，以取悦帝王。有一次，迪奥尼修斯让他坐在帝王的宝座上，头顶上挂着一把仅用一根马鬃系着的利剑，以此告诉他，虽然身在宝座，利剑却随时可能掉下来。帝王并不多福，而是时刻存在着忧患。人们常用这一典故来比喻随时可能发生的潜在危机。

缪斯

缪斯是希腊神话中九位文艺和科学女神的通称。她们均为主神和记忆女神之女。她们以音乐和诗歌之神阿波罗为首领，分别掌管着历史、悲剧、喜剧、抒情诗、舞蹈、史诗、爱情诗、颂歌和天文。古希腊的诗人、歌手都向缪斯祷告，祈求灵感。后来，人们就用"缪斯"来比喻文学、写作和灵感等。

犹大的亲吻

犹大是《圣经》中耶稣基督的亲信子弟 12 门徒之一。耶稣传布新道虽然受到了百姓的拥护，却引起犹大教长老司祭们的仇恨。他们用 30 个银币收买了犹大，要他帮助辨认出耶稣。他们到客马尼园抓耶稣时，犹大假装请安，拥抱和亲吻耶稣。耶稣随即被捕，后被钉死在十字架上。人们用"犹大的亲吻"比喻可耻的叛卖行为。

第二十一条军规

本是名著《第二十一条军规》的书名，作者为英国的约瑟夫·海勒。军规规定：面临真正的、迫在眉睫的危险时，对自身安全表示关注，乃是头脑理性活动的结果；如果你认为你疯了，可以允许你停止飞行，只要你提出请求就行。可是你一提出请求，就证明你不是疯子，就得继续飞行。此语常用来比喻圈套、枷锁等。它虽看不见，摸不着，但却无处不在，无所不包。自相矛盾的一套诡辩逻辑，任何人也逃不出它的手心。

柏拉图式爱情

柏拉图（公元前 427～公元前 347），古希腊著名哲学家。苏格拉底的学生，亚里士多德的老师。其哲学思想对唯心主义在西方的发展影响极大，代表作有《理想国》、《法律》等。他主张人的绝对精神，而忽视肉体感受。"柏拉图婚姻"即是没有肉体性欲，而是绝对精神的男女爱恋。

皮格马利翁效应

皮格马利翁是古希腊神话中的塞浦路斯国王，善雕刻。一次他雕刻了一座美丽的少女像，在夜以继日的工作中，皮格马利翁把全部的精力，全部的热情，全部的爱恋都赋予了这座雕像。后来，爱神阿佛洛狄忒见他感情真挚，就给雕像以生命，使两人结为夫妻。于是"皮格马利翁效应"成为一个人只要对艺术对象有着执著的追求精神，便会发生艺术感应的代名词。

多米诺骨牌

是一种西洋游戏。将许多长方形的骨牌竖立排列成行，轻轻推倒第一张牌后，其余骨牌将依次纷纷倒下。用于比喻时，"多米诺骨牌效应"常指一系列的连锁反应，即等同于人们所说的"牵一发而动全身"之意。

第四章　记忆生成六法

每个人都可以找到属于自己的独特文学常识记忆法。

一、联想法

联想，就是由一事物想到另一事物的心理过程。比如记忆"四书"《论语》、《孟子》、《中庸》、《大学》，就可以提取"孟""中""大""论"四个关键字，运用谐音联想组合，即"梦中大论"，就易于记牢了。又如记忆屈原时，由屈原想到他的作品《离骚》，又因《离骚》是中国浪漫主义文学的源头想到西方浪漫主义三大家：雪莱、雨果、拜伦。由《战国策》的国别体联想到《史记》的纪传体和《资治通鉴》的编年体；由"诗仙"李白想到"诗圣"杜甫、"诗佛"王维、"诗魔"白居易、"诗豪"刘禹锡、"诗鬼"李贺、"诗骨"陈子昂、"诗杰"王勃等。再如记忆莎士比亚的几大悲剧作品——《罗密欧与朱丽叶》、《麦克白》、《奥赛罗》、《雅典的泰门》、《李尔王》、《哈姆雷特》很费劲，在这套方案中，这个知识点截取了这几部作品的"关键字"；"麦克"、"罗"、"泰门"、"王"等，编成了一个小故事"'罗密欧和朱丽叶'在'泰门'举行婚礼，请'王'

拿着'麦克'主持，让'哈姆雷特'敲着'锣'欢迎大文豪莎士比亚光临"，请看下面的"婚礼"图象。

二、积累法

积累法实际上是一种小循环复习法。因为要不断地复习，所以记忆新的内容的量不会多，我们可以将所有的需要记忆的文学常识化整为零。比如用一个月记忆中国文学史（可以按朝代顺序每天记一两个作家或几部作品），用一个月记忆外国文学史，再用一个月进行第二轮的复习，而在每一天的复习之中，先回忆前一天的内容，再记忆新的内容，这样大循环套小循环，一直到高考前。

三、归纳法

归纳记忆法即在分类的基础上把某些有相同点的知识按一定顺序集中在一起强化记忆。

1. 按标题归纳，如有"记"字的文章按时间先后可归纳为：《桃花源记》、《小石潭记》、《岳阳楼记》、《醉翁亭记》、《游褒禅山记》、《石钟山记》、《登泰山记》、《病梅馆记》。

2. 按题材归纳，如《范进中举》、《孔乙己》都取材于受封建科举制度迫害愚弄的旧知识分子。

3. 按文体归纳，把同一体裁的作品，不管古今中外，初中高中，全部集中在一起复习，既有利于文体知识考试，又有利于进一步了解各类文体的写作特点。

4. 按流派归纳，中学课本中涉及的文学流派主要有现实主义和浪漫主义两种，现实主义又有批判现实主义（代表作家如高尔基、鲁迅等）之分。另外，中国古代作家中也有"山水田园诗派"、"边塞诗派"、"婉约派"、"豪放派"。

四、口诀法

我们可以把要识记的文学常识编成"口诀"，这些口诀要讲究押韵，

也应该是浓缩的文学常识，记上两句，就应该记忆了许多知识。看下面两则例子：

文学常识，并不难记，中有妙诀，帮你记清。先说国内，作家作品。

先秦诸子，孔孟荀卿。《论语》《孟子》，四书列名；老庄无为，《道德》《逍遥》；屈子楚辞，《九》《九》《离》《天》。

汉代文赋，首推贾谊。刘向司马，《战》《楚》《史记》。班固《汉书》，断代开启。

魏晋建安，三曹领先。父有乐府，《神龟》《蒿》《观》。曹丕燕歌，典论批评；子建七步，五言奠基。

初唐四杰，卢骆王杨。山水田园，王维浩然。边塞风光，军旅生活，之涣昌龄，高适岑参。李白浪漫，蜀道进酒；杜甫写实，三吏三别。唐宋八家，韩柳三苏，欧王曾巩，古文复兴。

元曲四家，郑关白马；悲剧四部，赵汉窦梧。明清小说，三水西红。

《鲁迅全集》，著作颇丰。小说有三，《彷徨》《呐喊》，旧事新说，《故事新编》。中学课本，除了《祝福》，皆入《呐喊》。散文一部，《朝花夕拾》，另加《野草》，略带诗体。杂文十六，《热风》与《坟》，《华盖》二集，《而已》《三闲》，再多《二心》，《南腔北调》，《伪自由书》，《准风月谈》，三《且》二《集》，文学花边。

中国古代文学常识分期类编部分也属口诀法创作。

五、串联法

汤显祖精心打造了《牡丹亭》，倾情上演王实甫的《西厢记》，关汉卿只好在一旁大叫《窦娥冤》。

《骆驼祥子》家中《四世同堂》，于《春华秋实》之际来到《龙须沟》的一个《茶馆》前，看见《女店员》《方珍珠》正挥舞着《神拳》为老舍表演。

《三里湾》的《小二黑结婚》，赵树理前去贺喜，听到了充满"山药蛋"味儿的《李有才板话》《李家庄的变迁》。

青少年应该知道的文学知识

《雷雨》过后，《北京人》《王昭君》看见《日出》，知道这是一个《明朗的天》，便约上曹禺一起去观看他的《胆剑篇》。

徐志摩《再别康桥》时，郁达夫正在北平感受《故都的秋》，朱自清则踏着《春》的脚步，享受着《荷塘月色》的美丽，来到《桨声灯影里的秦淮河》找寻《绿》的《背影》，有幸观看了清代孔尚任的《桃花扇》，闻一多听说后，为他作了《最后一次讲演》《死水》。

（莫里哀）《伪君子》《唐璜》去参见拜伦家的《唐璜》，结果被雪莱《解放了的普罗米修斯》送到雨果的《巴黎圣母院》，《悲惨世界》终于上演了一出巴尔扎克的《人间喜剧》。

《李尔王》的儿子《哈姆雷特》去参加"奥赛（罗）"，想圆了《仲夏夜之梦》，遇到《威尼斯商人》，结果被有名的吝啬鬼夏洛克敲尽钱财，还名落孙山，"（麦克）白"跑了一趟，幸亏有莎士比亚的孩子《罗密欧与朱丽叶》与之结伴，才回归故里。

《基督山伯爵》骑着一匹"大仲马"，带着《三个火枪手》（《三剑客》），去看儿子小仲马的《茶花女》。

福楼拜一看到《包法利夫人》，就情不自禁地进入了《情感世界》。

《我的叔叔于勒》《一生》只交了一位《漂亮的朋友》（《俊友》）——《菲菲小姐》，就倾家荡产送了她一条《项链》，还叫她不要告诉莫泊桑加的《羊脂球》。

六、数字法

按照"一二三……"分类汇总记忆。

（一）

第一部诗歌总集是：《诗经》

第一部语录体著作：《论语》

第一部编年体史书是：《春秋》

第一部国别史：《国语》

第一部记录谋臣策士门客言行的专集：《战国策》

第一部专记个人言行的历史散文：《晏子春秋》

第一部纪传体通史：《史记》

第一部断代史：《汉书》

第一部大百科全书是：《永乐大典》

第一部文选：《昭明文选》

第一部神话集：《山海经》

第一部文言志人小说集：《世说新语》

第一部文言志怪小说集：《搜神记》

第一部兵书：《孙子兵法》

第一部文学批评专著：《典论·论文》（曹丕）

第一部文学理论和评论专著：南北朝梁人刘勰的《文心雕龙》

第一部诗歌理论和评论专著：南北朝梁人钟嵘的《诗品》

第一部科普作品，以笔记体写成的综合性学术著作：北宋的沈括的

《梦溪笔谈》

第一部日记体游记：明代的徐宏祖的《徐霞客游记》

第一位田园诗人：陶渊明

第一位女诗人是：蔡琰（文姬）

第一位女词人，亦称"一代词宗"：李清照

第一首长篇叙事诗：《孔雀东南飞》（357 句，1785 字）

第一部字典：《说文解字》

第一部词典是：《尔雅》

（二）

先秦时期的两大显学是：儒、墨

儒家两大代表人物是：孔丘和孟子，分别被尊至圣和亚圣。

文章西汉两司马：司马迁、司马相如

乐府双璧：《木兰词》、《孔雀东南飞》

史学双璧：《史记》、《资治通鉴》

唐代开元，天宝年间，有两大词派：以高适，岑参为代表的边塞诗；

以王维，孟在为代表的其风格，前者雄浑豪，后者恬淡疏朴。

　　大李杜：李白、杜甫

　　小李杜：李商隐、杜牧

　　常把宋词分为豪放，婉约两派：前者以苏轼，辛弃疾为代表，后者以柳永，周邦彦，李清照为代表。

　　二拍：《初刻拍案惊奇》、《二刻拍案惊奇》（凌蒙初）

　　两篇《狂人日记》的作者分别是：俄罗斯的果戈里、我国的鲁迅

　　世界文学中有两大史诗：《伊利亚特》、《奥德赛》

（三）

　　三不朽：立德、立功、立言

　　三代：夏、商、周

　　《春秋》三传：《左传》、《公羊传》、《谷梁传》

　　三王：夏禹、商汤、周公

　　三山：蓬莱、方丈、瀛洲

　　三公：周时：司马、司徒、司空；西汉：丞相、太尉、御史大夫；清：太师、太傅、太保

　　三曹：曹操、曹丕、曹植

　　公安三袁：袁宗道、袁宏道、袁中道

　　江南三大古楼：湖南岳阳楼、武昌黄鹤楼、南昌滕王阁

　　岁寒三友：松、竹、梅

　　三辅：左冯翊、右扶风、京兆尹

　　科考三元：乡试、会试、殿试和自的第一名（解元、会元、状元）

　　殿试三鼎甲：状元、榜眼、探花

　　三大国粹：京剧、中医、中国画

　　三言：《喻世明言》、《警世通言》、《醒世恒言》（冯梦龙）

　　三礼：《周礼》、《仪礼》、《礼记》

　　三吏：《新安吏》、《石壕吏》、《潼关吏》

　　三别：《新婚别》、《垂老别》、《无家别》

茅盾"蚀"三部曲：《幻灭》、《动摇》、《追求》；农村三部曲：《春蚕》《秋收》、《残冬》巴金"爱情"三部曲：《雾》、《雨》、《电》；"激流"三部曲：《家》、《春》、《秋》

佛教三宝：佛（大知大觉的）、法（佛所说的教义）、僧（继承或宣扬教义的人）

三从四德中三从：未嫁从父，既嫁从夫，夫死从子。四德：妇德，妇言，妇容，妇功/品德，辞令，仪态，女工。

三伏：夏至节的第三个庚日为初伏的第一天，第四个庚日为中伏的第一天，立秋节后的第一个庚日是末伏的第一天。初伏，末伏后十天，中伏十天或二十天。

三纲五常：三纲：父为子纲，君为臣纲，夫为妻纲。五常：仁、义、礼、智、信

三姑六婆：三姑：尼姑、道姑、卦姑。六婆：媒婆、师婆（巫婆）、牙婆、虔婆、药婆、接生婆

三皇五帝：三皇：伏羲、燧人、神农。五帝：黄帝、颛顼、帝喾、尧、舜

三教九流：三教：儒、道、释。九流：儒家、道家、阴阳、法、名、墨、纵横、杂、农

三山五岳：东海里的三座仙山：瀛洲、蓬莱、方丈；五岳：东岳泰山、南岳衡山、西岳华山、北岳恒山、中岳嵩山

三牲：祭祀用的牛、羊、猪（太牢）无牛为少牢）

三一律：欧洲古典广义戏剧理论家所制定的戏剧创作原则，就是地点一致，时间一致，情节一致。

佛教三昧：止息杂虑，心专注于一境。

佛教三藏：总说根本教义为经，述说戒律为律，阐发教义为论（通晓三藏的叫三藏法师）

佛教三宝：佛（大知大觉的）、法（佛所说的教义）、僧（继承或宣扬教义的人）

三省六部：三省：中书省（决策）、门下省（审议）、尚书省（执行）。六部：吏、户、礼、兵、刑、工

三苏：苏洵、苏轼、苏辙

三国：魏、蜀、吴

三秦：雍王（西）、塞王（东）、翟王（陕西北）

三楚：港陵—南楚，吴—东楚，彭城—西楚

三坟五典：三坟：伏羲、神农、黄帝。五典：少昊、颛顼、高辛、唐尧、虞、舜

三体石经：《尚书》、《春秋》、《左传》，用古文、小篆、汉隶三种字体书写

三史：《史记》、《汉书》、《后汉书》

三班父子：班彪、班固、班昭

三书：《魏书》、《蜀书》、《吴书》。后人将其合称三国志。

左思三都赋：《蜀都赋》（成都）、《吴都赋》（南京）、《魏都赋》（邺）

南朝三谢：谢灵运、谢惠连、谢朓

"三百千"：旧书塾使用的三种教本，《三字经》、《百家姓》、《千字文》

郑板桥（郑燮）的三绝：绘画、诗作、书法

鲁迅的三部短篇小说集：《呐喊》、《彷徨》、《故事新编》

我国当代文学史上的三大散文作家：刘白羽、杨朔、秦牧。

高尔基的自传体三部曲：《童年》、《在人间》、《我的大学》

（四）

经典四书：《大学》、《中庸》、《孟子》、《论语》

战国四君子：齐国的孟尝君、赵国的平原君、楚国的春申君、魏国的信陵君

初唐四杰：王勃、杨炯、卢照邻、骆宾王

北宋文坛四大家：王安石、欧阳修、苏轼、黄庭坚

元曲四大家：关汉卿、马致远、白朴、郑光祖

明代江南四大才子：唐伯虎、祝枝山、文徵明、周文宾

北宋四大书法家：苏轼、黄庭坚、米芾、蔡襄

楷书四大家：唐：颜真卿、柳公权、欧阳洵，元：赵孟頫

书法四体：真（楷）、草、隶、篆

文房四宝：湖笔、微墨、宣纸、端砚

中国四大藏书阁：北京的文渊阁、沈阳文溯阁、承德文津阁、杭州文澜阁

古代秀才四艺（文人雅趣）：琴、棋、书、画

国画四君子：梅、兰、竹、菊

四库：经、史、子、集

兄弟四排行：伯（孟）、仲、叔、季

佛教四大名山：五台山、峨眉山、普陀山、九华山

戏曲四行当：生、旦、净、丑

道教四大名山：湖北武当山、江西龙虎山、四川青城山、安徽齐云山

四大石窟：云冈石窟、龙门石窟、麦积山石窟、敦煌莫高窟

四大古典小说：《三国演义》、《水浒传》、《西游记》、《红楼梦》

四大谴责小说：《官场现形记》（李宝嘉）、《二年目睹之怪现状》（吴研人）、《老残游记》（刘鄂）、《孽海花》（曾朴）

民间四大传说：牛郎织女、孟姜女寻夫、梁山伯与祝英台、白蛇与许仙

古代四美女：西施（沉鱼）、王昭君（落雁）、貂禅（闭月）、杨玉环（羞花）

古代四美：音乐、珍味、文章、言谈；良晨、美景、赏心、乐事

苏门四学士：黄庭坚、秦观、曾补之、张来

四史：《史记》、《汉书》、《后汉书》、《三国志》

四大书院：庐山白鹿洞、长沙岳麓、衡阳石鼓、商丘应天府

古代祥瑞四灵：龙、凤、麒麟、龟

宋中兴四诗人：陆游、杨万里、范大成、尤袤

科考四级及录取者称谓：院试—秀才、乡试—举人、会试—贡生、殿士—进士

四言诗：我国汉代以前最通行的诗歌形式，通章或通篇每句四字

四体不勤中的四体：人的四肢

四大皆空：（佛语）地、水、火、风组成的宇宙四种元素

管仲治国四个纲：礼义廉耻

四六文：骈文的一种，全篇多以四字或六字相间为句，盛行于南朝。

古代四京：东京—汴梁、西京—长安、南京—金陵、北京—顺天

元末明初吴中四杰：高启、杨基、张羽、徐贲

元杂剧的四大爱情剧：《荆钗记》、《白兔记》、《拜月亭》、《杀狗记》

英国莎士比亚的四大悲剧：《哈姆雷特》、《李尔王》、《奥赛罗》、《麦克佩斯》

（五）

五胡：匈奴、鲜卑、羯、氐、羌

春秋五霸指：齐桓公、晋文公、楚庄公、秦穆公、宋襄公

五等爵位：公爵、候爵、伯爵、子爵、男爵

五经：诗、书、礼、易、春秋

五行：金、木、水、火、土/仁、义、礼、智、信

五常（五伦）：君臣、父子、兄弟、夫妇、朋友

五教：父义、母慈、兄友、弟恭、子孝

五音：宫、商、角、徵、羽

五刑：（隋前）墨、劓、刖、宫、大辟，（隋后）笞、杖、徒、流、死

死的五称：天子—崩 诸候—薨 大夫—卒 士—不禄 平民—死

唐代五大书法家：柳公权、颜真卿、欧阳洵、褚遂良、张旭

五大奇书：《三国演义》、《水浒传》、《本游记》、《红楼梦》、《金瓶

梅》

五谷：稻、麦、黍、菽、麻

五彩：青、黄、红、白、黑

五帝：黄帝、颛顼、帝喾、唐尧、虞舜

五毒：蝎、蛇、蜈蚣、壁虎、蟾蜍

五官：耳、目、口、鼻、身

五荤：（佛语）大蒜、韭菜、薤、葱、兴渠

五岭：越城岭、都庞岭、萌渚岭 骑田岭、大庾岭

五味：甜、酸、苦、辣、咸

五脏：心、肝、脾、肺、肾

五陵：高祖长陵、惠祖安陵、景帝阳陵、武帝茂陵、昭帝平陵

五湖：洞庭湖、鄱阳湖、太湖、巢湖、洪泽湖

科举考试中的五魁：各级考试的第一名

（六）

六艺经传指：《诗》、《书》、《礼》、《易》、《乐》、《春秋》

通五经贯六艺中的六艺指：礼、乐、书、数、射、御

造字六书：象形、指示、会意、形声、转注、假借

诗经六义：风、雅、颂、赋、比、兴

六部；户部、吏部、礼部、兵部、刑部、工部

六亲；父、母、兄、弟、妻、子

古代婚嫁六礼：纳采、问名、纳吉、纳徵、清期、亲迎

六朝；吴、东晋、宋、齐、梁、陈都建都建康，史称六朝。

六畜：马、牛、羊、狗、猪、鸡

苏门六君子：黄庭坚、秦观、晁补之、张来、陈师道、李廌

六甲：六十甲子；甲子、甲寅、甲辰、甲午、甲申、甲戌；妇女怀孕

六尘：佛教名词，声、色、香、味、触、法六种境界

六合：天、地（上下）、东、西、南、北

佛教六根：眼、耳、鼻、舌、身、意

（七）

竹林七贤：嵇康、阮籍、山涛、向秀、阮咸、王戎、刘伶

建安七子：孔融、陈琳、王粲、徐干、阮瑀、应瑒、刘桢

七政（七纬）：日、月、金、木、水、火、土

战国七雄：赵、魏、韩、齐、秦、楚、燕

七情：喜、怒、哀、惧、爱、恶、欲

七大古都：北京、西安、洛阳、开封、南京、杭州、安阳

（八）

神话八仙：铁拐李、汉钟离、张果老、何仙姑、蓝采和、吕洞宾、韩湘子、曹国舅

唐宋散文八大家：韩愈、柳宗元、欧阳修、苏洵、苏轼、苏辙、王安石、曾巩

文起八代之衰中的八代：东汉、魏、宋、晋、齐、梁、陈、隋

四时八节中的八节指：立春、春分、立夏、夏至、立秋、秋分、立冬、冬至

八卦：乾、坤、震、巽、坎、离、艮、兑分别象征天、地、雷、风、水、火、山、泽

八股文中的八股：破题、承题、起讲、入手、起股、中股、后股、束股

扬州八怪：汪士慎、李鳝、金农、黄慎、高翔、郑燮、罗聘

（九）

九州：冀、兖、青、荆、扬、梁、雍、徐、豫

九族：高祖、曾祖、祖父、父、本身、子、孙、曾孙、玄孙

九流：《汉书·艺文志》分别指：儒家、道家、阴阳家、法家、名家、墨家、纵横家、杂家、农家。

九流可细分为上九流、中九流和下九流，但却有不一的说法。

上九流：

帝王、圣贤、隐士、童仙、文人、武士、农、工、商

佛祖、天、皇上、官、阁老、宰相、进、举、解元

佛祖、仙、皇帝、官、斗官、秤、工、商、庄田

佛祖、仙、皇帝、官、烧锅、当、商、客、庄田

中九流：

举子、医生、相命、丹青、书生、琴棋、僧、道、尼

秀才、医、丹青、皮（皮影）、弹唱、金（卜卦算命）、僧、道、棋琴

举子、医、风水、批、丹青、画、僧、道、琴棋

举子、医、风水、批、丹青、相、僧、道、琴棋

下九流：

师爷、衙差、升秤、媒婆、走卒、时妖、盗、窃、娼

高台、吹、马戏、推、池子、搓背、修、配、娼妓

打狗、卖油、修脚、剃头、抬食合、裁缝、优、娼、吹手

巫、娼、大神、梆、剃头、吹手、戏子、街、卖糖

上九流的俗语：一流佛祖，二流仙，三流朝廷，四流官，五流商家，六流客，七馋，八懒，九赌钱。

（十）

十家：儒家、道家、阴阳家、法家、名家、墨家、纵横家、杂家、农家、小说家。

中国历史上十女诗人指：班婕妤（班固之祖姑）、蔡琰、左芬（左思之妹）、苏惠、谢道韫、鲍令晖（鲍照之妹）、薛涛、李清照、朱淑贞、秋瑾

中国十大古典悲剧：《窦娥冤》、《赵氏孤儿》、《精忠旗》、《清忠谱》、《桃花扇》、《汉宫秋》、《琵琶记》、《娇红记》、《长生殿》、《雷峰塔》

中国十大古典喜戏：《救风尘》、《玉簪记》、《西厢记》、《看钱奴》、《墙头马上》、《李逵负荆》、《幽闺记》、《中山狼》、《风筝误》

十天干：甲、乙、丙、丁、戊、己、庚、辛、壬、癸

中国十部著名歌剧：《白毛女》、《王贵和李香香》、《小二黑结婚》、《刘胡兰》、《洪湖赤卫队》、《草原之歌》、《红霞》、《刘三姐》、《红珊

瑚》、《江姐》

中国古代十圣：

茶圣：陆羽，唐朝人，以嗜茶着名，着有《茶经》3 卷

诗圣：杜甫，唐代伟大的现实主义诗人，着有《杜工部集》

草圣：张旭，汉朝书法家，他擅长草书，造诣很深

史圣：司马迁，西汉着名史学家和文学家，是我国第一部纪传体通史《史记》一书的作者

医圣：张仲景，东汉医学家，所着《伤寒杂病论》和《金匮要略》两书对我国医学发展影响很大

画圣：吴道子，唐朝着名画家，擅长人物画

酒圣：杜康，即少康。古代传说中酿酒术的发明者

书圣：王羲之，是我国东汉时期着名书法家，作品有《黄庭经》《兰亭序》等

文圣：孔丘，春秋末期的思想家、教育家，儒家学派的创始人，历代封建统治阶级尊他为圣人，影响甚远

武圣：关羽，三国蜀汉大将。重义气，精武艺，他的事迹长期在民间流传，被世人尊为"关圣""关帝"

（十一）

十二地支：子、丑、寅、卯、辰、巳、午、未、申、酉、戌、亥

十二生肖：鼠、牛、虎、兔、龙、蛇、马、羊、猴、鸡、犬、猪

十二时：夜半、鸡鸣、平旦、日出、食时、隅中、日中、日昳、脯时、日入、黄昏、人定

十二律：黄钟、大吕、太簇、夹钟、姑洗、仲吕、蕤宾、林钟、夷则、南吕、无射、应钟

十三经：《易经》、《尚书》、《诗经》、《周礼》、《仪礼》、《左传》、《礼记》、《公羊传》、《谷梁传》、《论语》、《孟子》、《孝经》、《尔雅》

链接一：趣味巧记文学常识

在下面这篇短文中，隐含有上百部中外文学名著书目，你能把它们一

一找出来吗？

文学是什么？

文学是高翔天宇的一只飞鸟，是寂寞寒夜的一弯新月。

文学是温馨的家园，为你遮挡闪电、雷雨、迷雾，无论风霜雪雨，"月有阴晴圆缺"，无论冬夏春秋，"人有悲欢离合"，她关注芸芸众生在人间谁生活得更美好。

文学的使命是直面惨淡的人生。

她在思考造成这"为善的受贫穷更命短，造恶的享富贵又寿延"的悲惨世界，到底是谁之罪；在这艰难时世，你不走过这苦难历程，又能怎么办？

在这名利场上，在红与黑颠倒的围城之中，面对在金钱的诱惑下萌芽的阴谋与爱情，你是愤怒的葡萄，还是沉默的羔羊？

伪君子，悭客人，笑面人，套中人……这些早已被人们唾弃的死魂灵，不仅没有成为人民公敌，反而在喧哗与骚动的名利场上又复活了。他们又穿上皇帝的新装，上演着一幕幕的人间喜剧。

无论你是高贵的俄狄浦斯王、顽强的约翰·克利斯多夫、优柔的哈姆莱特，还是多情的安娜·卡列尼娜、庸懒的奥勃洛摩夫、柔美纯情的欧也尼·葛朗台；无论你是纯洁善良的德伯家的苔丝，还是富于浪漫幻想的包法利夫人；无论你是上流社会的钦差大臣，基督山伯爵，还是社会底层的西里西亚的纺织工人；无论你是上尉的女儿、拉摩的侄儿，还是被踩蹦的羊脂球、茶花女；无论你是包身工、老实人，还是伪君子；无论你是天才，还是白痴，在这严酷的悲惨世界中，都不过是上帝的一个玩偶之家，最终只能走向幻灭和毁灭。在人间造成这悲惨世界的，又岂只是美国的悲剧？是谁在掌握着罪与罚的生杀予夺的大权？

还记得柏林之围时，父与子讲述的德国——一个冬天的童话吗？终于在战争与和平的交替之际，经历了暴风骤雨的洗礼，巴黎圣母院敲响了战地钟声，静静的顿河边唱出了美妙动人的罗兰之歌、熙德之歌、尼伯龙根之歌和青春之歌。

文学如同一面 X 光镜，直透你的心灵。

和李太白一道畅游名山大川，兴一腔豪情；与杜子美携手同行，漂泊江河，浪迹中国，抒满腹忧愤。和柳三变低吟"杨柳岸晓风残月"，和苏子瞻高唱"射天狼，大江东去"。听屈子一声"路漫漫其修远兮，吾将上下而求索"，和曹雪芹一首"都云作者痴，谁解其中味"。

当日本岛沉没的时候，你可以变成隐身人或者化身博士，带上温莎的风流娘儿们，按照第二十二条军规去寻找恶之花——珊瑚岛上的死光，开始你的星球大战；或者去荒原城堡的红房间里等待戈多；或者带上百万英镑，走遍海底两万里，80 天环游地球以寻求年华永驻。如果你不愿作为局外人，那么也可以带上日瓦戈医生，和浮士德一道走进失乐园，追忆逝水年华，体验少年维特之烦恼，参加费加罗的婚礼，去神秘岛上竞选州长，经历百年孤独之后，再与被缚的普罗米修斯和解放了的普罗米修斯，一起探讨人的一生究竟应当怎样度过才有意义，看到底是不是像麦克白所说："人生如痴人说梦，充满着喧哗与骚动，都没有任何意义。"

文学永远是一片被开垦的处女地。

在充满着喧哗与骚动的生死场上闯出一条金光大道，让一轮红日永远映照高山下的花环吧。

链接二：中国历史朝代歌

精简版

其一

夏商与西周，东周分两半。

春秋和战国，一统秦两汉。

三分魏蜀吴，两晋前后延。

南北朝并立，隋唐五代传。

宋元明清后，皇朝至此完。

其二

唐尧虞舜夏商周，春秋战国乱悠悠。

秦汉三国晋统一，南朝北朝是对头。

隋唐五代又十国，宋元明清帝王休。

其三

盘古三皇五帝更，夏商周秦两汉成，

蜀魏吴争晋南北，隋唐宋辽元明清。

注：三皇指伏羲、燧人、神农，

五帝指黄帝、颛顼、帝喾、唐尧、虞舜。

加长版

炎黄虞夏商，周到战国亡，秦朝并六国，嬴政称始皇。

楚汉鸿沟界，最后属刘邦，西汉孕新莽，东汉迁洛阳。

末年黄巾出，三国各称王，西晋变东晋，迁都到建康，

拓跋入中原，国分南北方，北朝十六国，南朝宋齐梁，

南陈被隋灭，杨广输李唐，大唐曾改周，武后则天皇，

残皇有五代，伶官舞后庄，华歆分十国，北宋火南唐，

金国俘二帝，南宋到苏杭，蒙主称大汗，最后被明亡，

明到崇帧帝，大顺立闯王，金田太平国，时适清道光，

九传至光绪，维新有康梁，换位至宣统，民国废末皇，

五四风雨骤，建国存新纲，抗日反内战，五星红旗扬。

填词版

夏、商、周，

春秋、战国、秦。

西汉、新

公元界线平帝分，

东汉、三国、西东晋，

南、北朝，

隋、唐、五代、宋、辽、金，

元、明、清。

民国寿命短，

社会主义气象新。

以上约计四千二百春。

第五章　挑战一百名句

高考背诵篇目和范围各省有较大差别。这里提供的古诗文 100 句，同学们可根据实际情况有选择的补充积累。

1. 关关雎鸠，在河之洲。窈窕淑女，君子好逑。（《诗经》）

2. 知我者，谓我心忧，不知我者，谓我何求。（《诗经》）

3. 投我以木桃，报之以琼瑶。（投我以木瓜，报之以琼琚）《诗经》）

4. 高山仰止，景行（háng，大道）行止（句末语气词）。（《诗经》）

5. 昔我往矣，杨柳依依；今我来思，雨（yù，下）雪霏霏。（《诗经》）

6. 如切如磋，如琢如磨。（《诗经》）

7. 人非圣贤，孰能无过？过而能改，善莫大焉。（《左传》）

8. 合抱之木，生于毫末；九层之台，起于累土；千里之行，始于足下。（《道德经》）

9. 吾生也有涯，而知也无涯。（《庄子》）

10. 为山九仞，功亏一篑。（《尚书》）

11. 天行健，君子以自强不息；地势坤，君子以厚德载物。（《周易》）

12. 二人同心，其利断金；同心之言，其臭如兰。（《周易》）

13. 凡事预则立，不预则废。（《礼记》）

14. 张而不弛，文武弗能也；弛而不张，文武弗为也。一张一弛，文武之道也。（《礼记》）

15. 玉不琢，不成器；人不学，不知道。（《礼记》）

16. 博学之，审问之，慎思之，明辨之，笃行之。（《礼记》）

（按照"学问、思辨、行"记忆。）

17. 路曼曼其修远兮，吾将上下而求索。（《离骚》）

18. 长太息以掩涕兮，哀民生之多艰。（《离骚》）

19. 亦余心之所善兮，虽九死其犹未悔。（《离骚》）

20. 尺有所短，寸有所长。物有所不足，智有所不明。（《楚辞》）

21. 君子和而不同，小人同而不和（和，有原则的认同）。（《论语》）

22. 士不可以不弘毅，任重而道远。仁以为己任，不亦重乎？死而后已，不亦远乎？（《论语》）

23. 不义而富且贵，于我如浮云。（《论语》）

24. 往者不可谏，来者犹可追。（《论语》）

25. 三军可夺帅也，匹夫不可夺志也。（《论语》）

26. 其身正，不令而行；其身不正，虽令不从。（《论语》）

27. 不患人之不己知，患不知人也。（《论语》）

28. 不愤不启，不悱不发，举一隅，不以三隅反，则不复也。（《论语》）

29. 工欲善其事，必先利其器。（《论语》）

30. 知之者不如好之者，好之者不如乐之者。（《论语》）

31. 使老有所终，壮有所用，幼有所长，鳏寡孤独废疾者，皆有所养。（《孟子》）

32. 志士仁人，无求生以害仁，有杀身以求仁。（《孟子》）

33. 穷则独善其身，达则兼济天下。（《孟子》）

34. 富贵不能淫，贫贱不能移，威武不能屈。（《孟子》）

35. 老吾老，以及人之老；幼吾幼，以及人之幼：天下可运于掌。（《孟子》）

青少年应该知道的文学知识

36. 蓬生麻中，不扶而直；白沙在涅，与之俱黑。（《荀子》）

37. 海不辞水，故能成其大。山不辞土（石），故能成其高。（《管子》）

38. 一年之计，莫如树谷；十年之计，莫如树木；百年之计，莫如树人。（《管子》）

39. 桃李不言，下自成蹊。（《史记》）

40. 仓廪实而知礼节，衣食足而知荣辱。（《史记》）

41. 运筹于帷幄之中，决胜于千里之外。（《史记》）

42. 人固有一死，或重于泰山，或轻于鸿毛，用之所趋异也。（《史记》）

43. 水至清则无鱼，人至察则无徒。（《汉书》）

44. 志士不饮盗泉之水，廉者不受嗟来之食。（《后汉书》）

45. 精诚所至，金石为开。（《后汉书》）

46. 阳春之曲，和者必寡；盛名之下，其实难副。（《后汉书》）

47. 静以修身，俭以养德，非淡泊无以明志，非宁静无以致远。（诸葛亮《诫子书》）

48. 老骥伏枥，志在千里；烈士暮年，壮心不已。（曹操《龟虽寿》）

49. 名编壮士籍，不得中顾私。捐躯赴国难，视死忽如归。（曹植《白马篇》）

50. 奇文共欣赏，疑义相与析。（陶潜《移居》）

51. 木欣欣以向荣，泉涓涓而始流。（陶潜《归去来兮辞》）

52. 操千曲而后晓声，观千剑而后识器。（刘勰《文心雕龙》）

53. 登山则情满于山，观海则意溢于海。（刘勰《文心雕龙》）

54. 以铜为镜，可以正衣冠；以古为镜，可以知兴替；以人为镜，可以明得失。（李世民）

55. 落霞与孤鹜齐飞，秋水共长天一色。（王勃《滕王阁序》）

56. 老当益壮，宁移白首之心？穷且益坚，不坠青云之志。（王勃《滕王阁序》）

57. 青海长云暗雪山，孤城遥望玉门关。黄沙百战穿金甲，不破楼兰终不还。

（王昌龄《从军行》）

58. 寒雨连江夜入吴，平明送客楚山孤。洛阳亲友如相问，一片冰心在玉壶。

（王昌龄《芙蓉楼送辛渐》）

59. 行到水穷处，坐看云起时。（王维《终南别业》）

60. 俱怀逸兴壮思飞，欲上青天揽明月。（李白《宣州谢朓楼饯别校书叔云》）

61. 王杨卢骆当时体，轻薄为文哂未休。尔曹身与名俱灭，不废江河万古流。

（杜甫《戏为六绝句》）

（王杨卢骆开创了一代诗词的风格和体裁，浅薄的评论者对此讥笑是无止无休的。

待你辈的一切都化为灰土之后，也丝毫无伤于滔滔江河的万古奔流。）

62. 星垂平野阔，月涌大江流。（杜甫《旅夜书怀》）

63. 三顾频烦天下计，两朝开济老臣心。出师未捷身先死，长使英雄泪满襟。

（杜甫《蜀相》）

64. 业精于勤荒于嬉，行成于思毁于随。（韩愈《劝学解》）

65. 沉舟侧畔千帆过，病树前头万木春。（刘禹锡《酬乐天扬州初逢席上见赠》）

66. 东边日出西边雨，道是无晴却有晴。（刘禹锡《竹枝词》）

67. 莫道桑榆晚，为霞尚满天。（刘禹锡《酬乐天咏老见示》）

（桑榆，喻日暮。是说：不要说日到桑榆已是晚景了，而撒出的晚霞还可以照得满天彤红、灿烂无比呢！这里诗人用一个令人神往的深情比喻，托出了一种豁达乐观、积极进取的人生态度。）

68. 千淘万漉虽辛苦，吹尽狂沙始到金。（刘禹锡《浪淘沙》）

69. 试玉要烧三日满，辨材须待七年期。（白居易《放言五首》）

70. 曾经沧海难为水，除却巫山不是云。（元稹《离思》）

（经历过无比深广的沧海的人，别处的水再难以吸引他；除了云蒸霞蔚的巫山之云，别处的云都黯然失色。）

71. 历览前贤国与家，成由勤俭败由奢。（李商隐《咏史》）

72. 昨夜星辰昨夜风，画楼西畔桂堂东。身无彩凤双飞翼，心有灵犀一点通。隔座送钩春酒暖，分曹射覆蜡灯红。嗟余听鼓应官去，走马兰台类转蓬。（李商隐《无题》）

73. 桐花万里丹山路，雏凤清于老凤声。（李商隐《韩冬郎即席为诗相送》）

（丹山路上桐花万里，花丛中传来一阵阵雏凤的鸣声，这声音比老凤的鸣声来得更清圆。诗人韩偓，小字冬郎，是李商隐的姨侄。他少有才华，十岁时曾在为李商隐饯行的筵前赋诗赠别，语惊四座。后李商隐重吟其诗，作此绝酬答。这是第一首的后两句，将冬郎及其父亲畏之比作凤凰。丹山相传是产凤凰的地方，其上多梧桐。桐花盛开，凤凰偕鸣，其中雏凤鸣声清圆，更胜于老凤。）

74. 衰兰送客咸阳道，天若有情天亦老。（李贺《金铜仙人辞汉歌》）

（兰花的衰枯是情使之然。凡是有情之物都会衰老枯谢。别看苍天日出月没，光景常新，终古不变。假若它有情的话，也照样会衰老。"天若有情天亦老"这一句设想奇伟，司马光称为"奇绝无对"。）

75. 我有迷魂招不得，雄鸡一声天下白。（李贺《致酒行》）

76. 鸡声茅店月，人迹板桥霜。（全是意象叠加）温庭筠《商山早行》

77. 忧劳可以兴国，逸豫可以亡身。（欧阳修《伶官传序》）

78. （夫）祸患常积于忽微，（而）智勇多困于所溺。（欧阳修《伶官传序》）

79. 爆竹声中一岁除，春风送暖入屠苏。千门万户瞳瞳日，总把新桃换旧符。

（王安石《元旦》）

80. 欲把西湖比西子，淡妆浓抹总相宜。（苏轼《饮湖上初晴后雨》）

81. 旧书不厌百回读，熟读深思子自知。（苏轼《送安惇落第诗》）

82. 劝君莫惜金缕衣，劝君须惜少年时。（无名氏《金缕衣》）

83. 疏影横斜水清浅，暗香浮动月黄昏。（林逋《山园小梅》）

84. 衣带渐宽终不悔，为伊消得人憔悴。（柳永《蝶恋花》）

85. 沙上并禽池上暝，云破月来花弄影。（张先《天仙子》）

86. 昨夜西风凋碧树，独上高楼，望尽天涯路。（晏殊《蝶恋花》）

87. 等闲识得东风面，万紫千红总是春。（朱熹《春日》）

88. 问渠那得清如许，为有源头活水来。（朱熹《观书有感》）

89. 绿杨烟外晓寒轻，红杏枝头春意闹。（宋祁《玉楼春》）

90. 沾衣欲湿杏花雨，吹面不寒杨柳风。（释志南《绝句》）

91. 近水楼台先得月，向阳花木易为春。（俞文豹《清夜录》）

92. 梅须逊雪三分白，雪却输梅一段香。（卢梅坡《雪梅》）

93. 位卑未敢忘忧国，事定犹须待阖棺。（陆游《病起书怀》）

94. 古人学问无遗力，少壮功夫老始成。纸上得来终觉浅，绝知此事要躬行。

（陆游《冬夜读书示子聿》）

95. 塞上长城空自许，镜中衰鬓已先斑。出师一表真名世，千载谁堪伯仲间。

（陆游《书愤》）

96. 众里寻他千百度，蓦然回首，那人却在灯火阑珊处。（辛弃疾《青玉案》）

97. 粉身碎骨浑不怕，要留清白在人间。（于谦《石灰吟》）

98. 世事洞明皆学问，人情练达即文章。（曹雪芹《红楼梦》）

99. 李杜诗篇万口传，至今已觉不新鲜。江山代有才人出，各领风骚数百年。

（赵翼《论诗》）

100. 苟利国家生死以，岂因祸福避趋之。谪居正是君恩厚，养拙刚于戍卒宜。

（林则徐《赴戍登程口占示家人》）

第六章 窍解与优测

一、窍解

《考试大纲》对文学常识考察要求：能识记文学常识。具体包括：1. 识记中国重要作家的时代及代表作；2. 识记外国重要作家的国别及代表作；3. 识记文学体裁常识。能力层次为 A 级（识记）。

（一）备考指津

1. 抓住"重点"，突出"一流"

"重要"、"一流"是指在文学史上有一定地位、对当代或后代文学的产生和发展有深远影响、思想性与艺术性完美统一的作家作品。在复习备考时，对各个时代重要的、一流的作家的姓名、生活时代、代表作品、文集名称以及在文学史上的地位等，都应熟记。

2. 梳理课本，整合课外

高考语文文学常识的考查基本上是以课内知识为主，所以，要抓住现行高中语文教材所涉及的重要作家及文学体裁知识，同时不要忽视在学习

重点、自读提示、课后练习中所涉及到的相关知识。另外，在复习时要适当往课外延伸，特别要注意读本所涉及的相关知识。

3. 分门别类，准确识记

分门别类记忆容易提高准确率。

4. 上下联系，有效排除

利用语境解题，以已知判断未知。

（二）题形样式

1. 以选择题的形式考查；

2. 把该项内容移至第二卷主观题部分，以填空题的形式出现；

3. 把文学常识与名句名篇甚至和古诗文鉴赏结合起来进行综合性的考查。

（三）错误类型

1. 对作家作品的错误搭配；

2. 对作家时代的错误判断；

3. 对文学体裁的错误表述；

4. 对作家流派的错误归类。

（四）典型试题

1. 下列有关文学常识的表述，不正确的一项是　　　　　　（　　）

A. 先秦两汉历史散文内容丰富，形式多样。有编年体的《左传》，有国别体的《国语》《战国策》，有纪传体的《史记》和《汉书》等。

B. 盛唐出现了两大诗歌流派：以高适、岑参为代表的边塞诗派，以王维、谢灵运为代表的山水田园诗派。其中王维的诗被誉为"诗中有画，画中有诗"。

C. 我国现当代诗坛群星璀璨，优秀诗歌众多，有徐志摩的《再别康桥》、戴望舒的《雨巷》、艾青的《大堰河——我的保姆》和舒婷的《致橡树》等。

D. 俄国的契诃夫、法国的莫泊桑和美国的欧·亨利被誉为世界三大短篇小说家，他们的代表作分别为《装在套子里的人》、《羊脂球》、

青少年应该知道的文学知识

《警察与赞美诗》等

【题型分析】这是近年全国或各省高考中最为常见的判断信息正误的客观性试题。

【答题技巧】这种题型最常见的设误类型是张冠李戴。时代和作者，作品和作者，风格和作者，体例和作品。这些信息组合时，一定要看清楚是否是对应关系。

【技巧运用】经过仔细比照，我们会发现 B 项中以王维、谢灵运为代表的山水田园诗派有问题，因为"谢灵运"是东晋文学家。而唐代的应为"孟浩然"因此，答案选 B。

2. （2007 年浙江卷）下面摘自中学生习作的句子都有文学常识的错误，请指出并改正。

(1) 宋初著名词人温庭筠对词的发展有很大影响，其《菩萨蛮》（小山重叠金明灭）表现了一个女子的孤独心情。

错误：改正：

(2) 最近读了茅盾的长篇小说《林家铺子》，我印象最深的是民族资本家吴荪甫与买办资本家赵伯韬之间的明争暗斗。

错误：改正：

(3) 在众多外国作家中，我特别喜欢英国作家萨缪尔·贝克特，她创作的《墙上的斑点》是其第一篇意识流小说。

错误：改正：

答案：（1）宋初，晚唐（唐、唐朝、唐代）；（2）《林家铺子》，《子夜》；（3）萨缪尔·贝克特，弗吉尼亚·伍尔夫（伍尔夫也对，伍可写成吴，夫可写成芙。）

补充：萨缪尔·巴克利·贝克特（1906～1989），爱尔兰著名作家、评论家和剧作家，诺贝尔文学奖获得者（1969）。他兼用法语和英语写作，他之所以成名或许主要在于剧本，特别是《等待戈多》（1952）。弗吉尼亚·伍尔夫，英国著名女作家，在小说创作和文学评论两方面都有卓越的贡献。世界三大意识流作家之一，女权主义运动的先驱人物。

二、优测

（一）选择题（含部分高考真题）

1. 下列有关文学常识的表述错误的一项是　　　　　　　　　　（　　）

    A. 我国第一部诗歌总集《诗经》，原名《诗》或《诗三百》，直到汉代以后，儒家把它奉为经典，才称为《诗经》，它的现实主义精神，成为我国诗歌现实主义优良传统的源头。

    B. 《楚辞》是我国继《诗经》之后的又一部诗歌总集，是我国浪漫主义诗歌创作的源头。它是东汉刘向搜集屈原及其弟子宋玉等作家的作品编辑而成。

    C. 被刘知已称为"著述罕闻，古今卓绝"的《左传》是我国第一部叙事详备的编年史，也是一部杰出的历史散文著作。

    D. 《战国策》是刘向编订的一部国别体史书，它以其独特的语言风格，雄辩的论说，铺张的叙事，尖刻的讽刺，耐人寻味的幽默，标志着我国古代历史散文发展到了一个新的高度。

2. 下列文学常识的表述不正确的一项是　　　　　　　　　　（　　）

    A. 辞赋是词和赋的统称。"辞"产生于战国时的楚国，也叫"楚辞"，以屈原《离骚》为代表，又称"骚体"。"赋"的名称则最早见于战国后期荀况的《赋篇》，到汉代形成特定体制。

    B. 骈文是一种和散文相对的文体，起源于汉末，形成于魏晋，盛行于南北朝，它的最大特点是讲究对仗，即所谓"骈偶"（两马并驾为骈，两人并处为偶）。

    C. 古文又称古体文，是唐人对唐以前的文体的称呼。中唐时韩愈、柳宗元等发起的古文运动，实际上是一种先秦两汉散文的回归。

    D. 笔记体散文，属于古文中的杂记一类，因随笔所记，体制短小，形式活泼，故名笔记文。它特色各异，如刘义庆的《世说新语》重品评人物，沈括的《梦溪笔谈》重经世致用等。

3. （1998 年全国卷）下列有关文学常识的表述不正确的一项是　　（　　）

青少年应该知道的文学知识

A. "骚体"又称"楚辞体"，得名于屈原的"离骚"，特点之一是多用"兮"字。

B. 散曲包括套曲和杂剧，是盛行于元代的一种曲子形式，形式比较自由。

C.《白洋淀纪事》是孙犁最负盛名和最能代表他创作风格的一部作品集。

D. 惠特曼是美国伟大诗人，他的诗对我国五四以来的诗影响很大。

4. 下列文学常识的表述不正确的一项是　　　　　　　　　　（　　）

A. "乐府"在文学史上有三个概念：原指朝廷所设的音乐机构，后来把这个机构所采集、创作的歌辞统称为"乐府诗"，后世则又把唐代可以入乐的诗歌称为"乐府"，把魏晋至唐代可以入乐的诗歌和后人仿效乐府古题的作品称为"乐府"。宋、元、明时期的词、散曲和戏剧，因合音乐，有时也被称为"乐府"。

B. 古体诗有两种含义：一指诗体名，也称古诗。古风与唐以后兴起的近体诗相对应；二是对于古代诗歌的泛称，以区别于现代诗歌。

C. 近体诗又称今体诗，是唐代出现的新诗体，唐人为了与以前的古体诗相区别，故名之为"近体"。这种诗的主要特点是篇有定句，句有定字，韵有定位，字有定声，联有定对。

D. 歌行是古体诗的一种，汉乐府诗题多用歌、行、曲、引、吟、叹、怨等，其中以"歌""行"最多，逐渐合称为一种诗体名。著名的作品有白居易的《长恨歌》等。

5. 下列作品、作家、时代（国别）及体裁对应都正确的一项是　　（　　）

A.《牡丹亭》——汤显祖——明代——小说
　　《堂·吉诃德》——塞万提斯——葡萄牙——小说

B.《上尉的女儿》——普希金——俄国——小说
　　《四世同堂》——老舍——现代——小说

C.《蜀道难》——杜甫——唐代——诗歌
　　《威尼斯商人》——莎士比亚——英国——诗歌

D. 《红楼梦》——曹雪芹——清代——小说

　　《警察和赞美诗》——惠特曼——美国——小说

6. 下列作品、作者、国别（朝代）相对应都正确的一项是　　（　　）

　　A. 《金瓶梅》——兰陵笑笑生——明代

　　《神曲》——但丁——德国

　　B. 《西厢记》——王实甫——明代

　　《茶花女》——大仲马——法国

　　C. 《桃花扇》——孔尚任——清代

　　《复活》——阿·托尔斯泰——俄国

　　D. 《白毛女》——贺敬之等——现代

　　《蟹船工》——小林多喜二——日本

7. 下列有关文学常识的表述不正确的一项是　　（　　）

　　A. 两人以同一题目命名的作品，古代有苏洵苏辙父子的《六国论》，现代有朱自清、俞平伯的《桨声灯影里的秦淮河》。

　　B. 剧本《虎符》、诗歌《团泊洼的秋天》、长篇传记《把一切献给党》的作者分别是郭沫若、郭小川、吴运铎。

　　C. 解放区文学有张天翼的小说《华威先生》、丁玲的《太阳照在桑干河上》、贺敬之、丁毅的《白毛女》。

　　D. “山药蛋派”作家赵树理的小说有《小二黑结婚》、《三千里江山》；“荷花淀派”作家孙犁的小说有《荷花淀》、《山乡巨变》。

8. 下列有关文学常识的表述错误的一项是　　（　　）

　　A. 老舍是现代杰出的小说家、戏剧家，小说有《骆驼祥子》、《四世同堂》等，剧本有《龙须沟》、《茶馆》等。

　　B. 郭沫若是我国现代著名作家，代表作有诗集《女神》，历史剧有《屈原》《孔雀胆》等。

　　C. 《阿Q正传》、《祝福》、《包身工》、《暴风骤雨》等小说，都反映了半殖民地旧中国劳动人民遭受重重压迫和剥削的痛苦生活。

　　D. 五十年代出现了以孙犁为代表的河北作家群，其作品以淡雅疏朗的

青少年应该知道的文学知识

诗情画意与朴素清新的泥土气息的完美统一为其艺术风格，对当代文坛产生了极大的影响，被誉为"荷花淀派"。

9. 下列有关文学常识的表述错误的一项是 （ ）

A. 西晋史学家陈寿所著的《三国志》，成书早于范晔的《后汉书》，后人因为推重陈寿的史学与文笔，于《史记》《汉书》《后汉书》三史外，加上《三国志》，合称为"前四史"。

B. 陶渊明，名潜，字元亮，世称靖节先生。他的作品《桃花源记（并序)》描绘了一幅没有剥削的社会图景，反应了古代农民的愿望与要求，是现实主义描写与浪漫主义精神结合的典范之作。

C. 《玉台新咏》是南朝徐陵所编的一部诗歌总集，其中的《木兰诗》为我国最杰出的民间叙事诗。

D. 南朝梁代刘勰所著的《文心雕龙》，全面总结了前代文学，把文学理论批评推向新的阶段，成为我国文学批评史上杰出的理论巨著。

10. 下列有关文学常识的表述正确的一项是 （ ）

A. 《左传》也称《春秋左氏传》或《左氏春秋》，是儒家经典之一，它既是一部内容丰富的史书，又有很强的文学性，作者相传为孔子同时代的左丘明。

B. 罗贯中的《三国演义》一书中有很多故事家喻户晓。例如，桃园三结义、三英战吕布、三顾茅庐、三气周瑜、三打祝家庄等。

C. 鲁迅的《狂人日记》收在短篇小说集《彷徨》中，是中国现代文学史上第一部白话小说，作品鲜明地表现了对愚弱国民"哀其不幸，怒其不争"的态度。

D. 《父与子》、《变色龙》、《装在套子里的人》都是俄国作家契诃夫的短篇小说。

11. 下列作家作品的表述正确的一项是 （ ）

A. 贺敬之、丁毅的《白毛女》、丁玲的《我在霞村的时候》、《太阳照在桑干河上》属于解放区文学。

B. 张天翼的《华威先生》、沙汀的《在其香居茶馆里》、陈白尘的

《上海屋檐下》是国统区文学。

C. 孙犁的《荷花淀》和柳青的《创业史》都是反映土地改革时期的长篇小说。

D. 《一代风流》、《红旗谱》、《李自成》分别是欧阳山、梁斌、姚雪垠的作品。《青春之歌》、《林海雪原》、《保卫延安》分别是杨沫、王愿坚、杜鹏程的作品。

12. "字字写来都是血，十年辛苦不寻常"和"文不甚深，言不甚俗"分别讲的是中国古典文学中的 （　　）

A. 《水浒》和《聊斋志异》

B. 《西游记》和《聊斋志异》

C. 《儒林外史》和《三国演义》

D. 《红楼梦》和《三国演义》

13. 下列文学常识的表述不正确的一项是 （　　）

A. 律诗每首八句，每两句组成一联，共分四联，分别称为首联、颔联、颈联、尾联，每联的上句叫出句，下句叫对句。

B. 绝句每首四句，等于律诗的一半，所以也称"截句"、"断句"，唐朝诗人王昌龄，擅长七绝，有"七绝圣手"的美称。

C. 词是唐兴起的一种合乐可歌、句式长短不齐的诗体，有曲子、乐府、诗余、长短句等别称。

D. 散曲是曲的一种体式，在戏剧作品中，供状物叙事之用，是戏剧作品的有机组成部分。著名的散曲作家有关汉卿、马致远、张养浩等。

14. 下列有关文学常识的表述错误的一项是 （　　）

A. 记录孟子言行的儒家著作《孟子》，常于从容谈论之间引喻取比，意思精到，"揠苗助长"的故事尤为生动，广为后人传诵。

B. 《韩非子》为先秦法家的代表著作，书中保存了不少寓言故事作为论证材料，形象生动，趣味浓厚，如"守株待兔"、"滥竽充数"、"刻舟求剑"等都有深刻的教育意义。

青少年应该知道的文学知识

C. 我国地理学名著《山海经》，因其保存了大量远古神话传说，被誉为中国古代神话的渊源。这些神话又可以看作古代小说的萌芽，故又被称为"古今志怪之祖"和"小说之祖"。

D. 《淮南子》为杂家著作，其中保存的上古神话传说，一定程度反映了古代社会的面貌和人民群众的愿望，如《女娲补天》显示了古代劳动人民改造自然的斗争和理想。

15. 下列有关文学常识的表述错误的一项是 （　　）

A. 被鲁迅先生誉为"西汉鸿文"的贾谊与晁错的政论文，论事说理，切中要害，分析利弊，具体透彻。其代表作有贾谊的《论积贮疏》、晁错的《论贵粟疏》。

B. 开创"包举一代"的断代史体例的《汉书》，为班固受诏而作，因而强调帝王正统，缺乏《史记》那样的强烈批判精神，如书中将项羽、陈涉由《史记》中的"本纪""世家"贬入"列传"，对历代帝王也多粉饰之词。

C. "三曹"之首的曹操，开创了以"建安风骨"著称的新风气。鲁迅称他是"一个改造文章的祖师"。

D. 诸葛亮，字孔明，三国政治家、军事家。他不以文学著称，然而他的《出师表》却古传诵的名篇，其中的名句"鞠躬尽瘁，死而后已"更是家喻户晓。

16. 下列有关文学常识的表述错误的一项是 （　　）

A. 西晋史学家陈寿所著的《三国志》，成书早于范晔的《后汉书》，后人因为推重陈寿的史学与文笔，于《史记》、《汉书》、《后汉书》三史外，加上《三国志》，合称为"前四史"。

B. 陶渊明，名潜，字元亮，世称靖节先生。他的作品《桃花源记（并序）》描绘了一幅没有剥削的社会图景，反应了古代农民的愿望与要求，是现实主义描写与浪漫主义精神结合的典范之作。

C. 《玉台新咏》是南朝徐陵所编的一部诗歌总集，其中的《木兰诗》为我国最杰出的民间叙事诗。

D. 南朝梁代刘勰所著的《文心雕龙》，全面总结了前代文学，把文学理论批评推向新的阶段，成为我国文学批评史上杰出的理论巨著。

17. 下列有关文学常识的表述错误的一项是 （　　）

　　A. 柳永，字耆卿，北宋专业词人。其人精通音律，擅长铺陈点染，有"三秋桂子，十里荷花"一句出自他的《望海潮》。

　　B. 北宋诗文革新运动先驱范仲淹，在他的名篇《岳阳楼记》中提出了正直的士大夫立身行事的准则，认为个人的荣辱升迁应置之度外，"不以物喜，不以己悲"，要"先天下之忧而忧，后天下之乐而乐"。

　　C. 北宋中叶的文坛领袖欧阳修，其散文平易晓畅，委婉多姿，其中一组有连续性的八篇游记，称为"永州八记"，是山水散文的珍品。

　　D. 苏洵，字明允，号老泉，与其子苏轼、苏辙合称"三苏"。擅长史论，文笔纵横姿肆，《六国论》是其代表作。

18. 下列有关文学常识的表述错误的一项是 （　　）

　　A. 林逋，字君复，北宋著名诗人，他一生不做官不婚娶，妻梅子鹤，其诗"疏影横斜水清浅，暗香浮动月黄昏"，历为传诵，是咏梅诗中的极品。

　　B. 司马光主编的《资治通鉴》是我国最大的一部编年体通史，书名起先为《通志》，宋神宗改名为《资治通鉴》，认为该书"鉴于往事，有资于治道"。

　　C. 宋代女词人李清照，号易安居士，她的后期词作常含故国之思和身世之感，《声声慢》是这方面的代表作。

　　D. 宋末诗人文天祥，一生致力于国事，诗文洋溢着坚贞不屈的爱国情怀，其《正气歌》中的诗句"人生自古谁无死，留取丹心照汗青"，一直被后人传诵。

19. 下列有关文学常识的表述错误的一项是 （　　）

　　A. 关汉卿、王实甫、白朴、马致远被称为"元曲四大家"，他们的代表作分别有《窦娥冤》《西厢记》、《汉宫秋》、《倩女离魂》。

B. "南戏中兴之祖"是人们对南戏优秀作品《琵琶记》的誉称，该剧为元末高明所作。

C. "临川四梦"是明代剧作家汤显祖四部剧作的合称，即《牡丹亭》、《南柯记》、《邯郸记》、《紫钗记》。因作家是江西临川人，且四部作品皆以神灵梦感来启开情节，故得此名。

D. 马致远，字千里，号东篱，元散曲作家中成就最高者。其中《天净沙秋思》及《夜行船秋思》尤为著名。

20. 下列文学常识的表述不正确的一项是 （ ）

A. 小令的基本形式是单支曲，又称"叶儿"。每支小令只用一个曲牌，一韵到底，多用来写景抒情，如马致远的《天净沙秋思》便是一首脍炙人口的佳作。

B. 套数又名套曲，就是在同一宫调内，联接许多曲牌成一组曲，来歌咏一个内容，可写景抒情，也可叙述故事，如睢景臣的《哨遍高祖还乡》。

C. 杂剧是古典戏曲的一种形式，产生于金末元初，是在金院本和诸宫调的影响下，吸收历代各种表演艺术成果而形成的完整而成熟的戏剧艺术。

D. 元杂剧可分为旦本（女主角主唱）和末本（男主角主唱）两种，在结构上包括四折一楔子，每折戏可用不同的宫调演唱。

21. 下列文学常识的表述不正确的一项是 （ ）

A. 传奇的名称曾用来指唐宋文人用文言写作的短篇小说，到明代专指一种特定的戏曲形式。

B. 与宋元南戏一脉相承的传奇，在明代有两大流派，即以汤显祖为代表的"临川派"和以沈王景为代表的"吴江派"。

C. 传奇的戏剧结构，篇幅长短不限，视故事情节而增减，一段戏称为一出，通常一部作品有几十出。

D. 清代最杰出的传奇作家和作品是洪昇的《桃花扇》和孔尚任的《长生殿》，这两部作品的思想性和艺术性都有较高成就，成为清代传奇发展的顶峰。

22. 下列文学常识的表述不正确的一项是　　　　　　　　　　（　　）

　　A. 作为中国古典小说之一的演义小说，它主要以通俗的语言，依正史记载结合野史杂记及民间传说，加以深化铺陈而成，如《三国演义》。

　　B. 神怪小说大多是写神仙怪诞之事，但其中亦寓含着作者对现实的态度，吴承恩的《西游记》就是神怪小说的宏篇巨作。

　　C. 产生于明代，以描述世俗生活为主的世情小说流传下来的作品以《金瓶梅》为代表。

　　D. 谴责小说是以暴露社会，指责政治腐败为主的批判现实主义小说，李伯元的《二十年目睹之怪现状》就是一部谴责小说的上乘之作。

23. 下列文学常识的表述不正确的一项是　　　　　　　　　　（　　）

　　A. 《师说》、《项脊轩志》、《石钟山记》从文体看属散文。

　　B. 《草堂诗余》、《东坡乐府》、《稼轩长短句》、《白石道人歌曲》均是词集。

　　C. "念奴娇"、"永遇乐"、"水调歌头"、"倘秀才"、"西江月"、"扬州慢"、"雨霖铃"等都是词牌名。

　　D. 把长篇小说分成若干章节，每一章节叫做"一回"，用这种形式写成的小说叫做"章回小说"，如《红楼梦》、《三国演义》、《烈火金刚》等。

24. 下列文学常识的表述不正确的一项是　　　　　　　　　　（　　）

　　A. 章回小说中常出现"话说"、"看官"等字眼，可明显看到话本的痕迹与影响。

　　B. "论"是一种以论证为主要议论方式，以析透彻为宗旨，一般而言，人物论、史论等较庄重的内容大多采用这一文体，如贾谊的《过秦论》、苏洵的《六国论》。

　　C. 疏也称奏疏、奏章，是臣下向君王进言的文书。一般采用分条陈述的方式，贾谊的《论积贮疏》是疏中的名篇。

　　D. 唐宋传奇是魏晋笔记小说上发展起来的一种情节曲折奇特，结构完整的短篇小说，《灌园叟晚逢仙女》就是其中的名篇之一。

25. 下列文学常识的表述不正确的一项是 （ ）

    A. 风格是作家艺术家在文艺作品中所表现出来的与众不同的创作个性，如苏轼的豪放旷达，李白的豪放飘逸等。

    B. 流派是在一定历史时期里由艺术见解和创作风格相近似的作家、艺术家所形成的文学派别。如清代以方苞为首的"唐宋派"等。

    C. 小说作为一种文学体裁，其特点有三：一是以艺术概括的方法塑造人物形象；二是具有完整的故事情节；三是对环境作具体的描写。

    D. 报告文学是一种具有新闻性和文学性的文学体裁，说它是报告是就其主题的真实性而言，说它是文学是就表达方法而言。夏衍的《包身工》是报告文学的典范之作。

26. 选出说法正确的一项 （ ）

    A. 我国古代诗歌发展的顺序应该是诗经——楚辞——乐府——赋——辞——唐诗——宋词——元曲。

    B. 青莲居士、四明狂客、少陵野老、香山居士、"六一"居士、东坡居士、白石道人、湖海散人依次是指李白、孟浩然、杜甫、白居易、王安石、苏轼、姜夔、施耐庵。

    C. "古文运动"是指唐代中期韩愈、柳宗元提倡的一种文体和文学语言的革新运动。"古文"是指先秦两汉的散文，韩愈大力提倡这种文体，以反对六朝以来浮艳颓靡的形式主义文风，他的《师说》、《劝学》、《杂说》之四（《马说》）、《祭十二郎文》是流传千古的优秀散文。

    D. "新乐府运动"是指唐朝中期白居易、元稹等人倡导的一种诗歌内容和形式的革新运动。"文章合为时而著，歌诗合为事而作"，白居易主张用新题材创作乐曲和诗，用新乐府描写民生疾苦，反映社会现实，白居易的新乐府五十首（包括《卖炭翁》，李绅的《悯农》二首）都是新乐府运动中的优秀作品。

27. 下列文学常识的表述不正确的一项是 （ ）

A. 唐代柳宗元的《小石潭记》是一篇山水游记；宋代欧阳修的《醉翁亭记》是一篇台阁名胜记；明代归有光的《项脊轩志》是一篇人事杂记。

B. 诗歌发展到唐代，体制最为完备。有古体诗（如李白的《梦游天姥吟留别》）、律诗（如杜甫的《春望》）、绝句（如杜牧的《过华清宫》）等。

C. 郭沫若的《雷电颂》、茅盾的《风景谈》和孙犁的《荷花淀》，尽管体裁不同，但都是我国抗日战争时期的作品，都起到了鼓舞人民斗志的作用。

D. 长篇小说《红与黑》、《巴黎圣母院》、《欧也妮·葛朗台》是十九世纪法国批判现实主义的代表作品，其作者分别是司汤达、雨果和巴尔扎克。

28. 下列对作家作品的解说有误的一项是　　　　　　　　　　（　　）

A. 在我国古代文学史上，有许多名家常被人并称。例："李杜"即李白与杜甫，"韩柳"即韩愈与柳宗元，"苏辛"即苏轼与辛弃疾。

B. "三言二拍"是我国古代五部短篇小说集的总称，作者是明代的冯梦龙。

C. "三曹"指的是汉末曹操及他的两个儿子曹丕、曹植，他们在诗歌创作上有很高的成就，"三苏"指的是宋朝的苏洵与他的两个儿子苏轼与苏辙，他们在诗歌和散文上各有成就。

D. "左联五烈士"是 1931 年在上海被国民党反动政府秘密杀害的五位革命作家，他们是柔石、殷夫、冯铿、胡也频、李伟森

29. 下列有关文学常识的表述，不正确的一项是　　　　　　　（　　）

A. 我国第一部国别体史书是《战国策》，第一部叙事详细完整的历史著作是《左传》，第一部纪传体通史是《史记》，第一部断代史是《汉书》。

B. 唐代"古文运动"是我国一次文体改革运动，到了宋代继续提倡这种改革，出现了被世人称颂的"唐宋八大家"：韩愈、柳宗元、欧

青少年应该知道的文学知识

阳修、王安石、苏洵、苏轼、苏辙、曾巩。

C. 继元杂剧后，我国明清两代的戏曲得到迅速发展，著名作品有汤显祖的《牡丹亭》、洪昇的《长生殿》和孔尚任的《桃花扇》。

D. 莫泊桑是法国著名作家，也是举世公认的短篇小说大师，其作品的基本主题是暴露资产阶级的精神面貌和社会风气的腐败堕落。著名作品有《羊脂球》、《项链》、《一生》等。

30. 下列有关文学常识的表述不正确的一项是 （　　）

A. 法国作家福楼拜、俄国作家契诃夫和美国作家欧·亨利以写短篇小说名噪于世，有"世界三大短篇小说之王"的美称。

B. 德国的雅各·格林和威廉·格林是一对同胞兄弟，他们一起收集并出版了《儿童与家庭童话故事集》，丰富了世界儿童文学宝库，"格林兄弟"之名也垂诸久远。

C. 法国以写小说《基督山伯爵》等出名的大仲马和以写戏剧《茶花女》而著称的小仲马是一对父子，他们都对19世纪法国浪漫主义小说的发展和现代戏剧的创始有过重大影响。

D. 《简·爱》的作者夏洛蒂，《呼啸山庄》的作者艾米丽和《艾格妮丝·格雷》的作者安妮都姓勃朗，而且是一母所生的亲姐妹。"一门三姐妹"都是知名作家，这在英国和世界文学史上都是少有的。

31. 下列有关文学常识的表述不正确的一项是 （　　）

A. 世界名著《哈姆雷特》、《羊脂球》、《母亲》、《竞选州长》的作者依次是莎士比亚、莫泊桑、高尔基、欧·亨利。

B. 凡尔纳，法国小说家，写有许多科学幻想小说，重点作品有《格兰特船长的女儿》、《海底两万里》、《八十天环游地球》。

C. 司汤达、列夫·托尔斯泰、塞万提斯、狄更斯的代表作品依次是《红与黑》、《复活》、《堂·吉诃德》、《双城记》。

D. 《狼和小羊》、《灰姑娘》、《海的女儿》分别是俄国作家克雷洛夫的寓言，德国作家格林的童话，丹麦作家安徒生的童话。

32. 下列有关文学常识的表述正确的一项是 （　　）

A. 剧本《威尼斯商人》、《悭吝人》、《钦差大臣》的作者依次是英国的莎士比亚、法国的莫里哀、俄国的果戈理。

B. 《包法利夫人》、《苦难的历程》、《上尉的女儿》、《父与子》的作者依次是福楼拜、阿·托尔斯泰、普希金、契诃夫。

C. 世界名著《安娜·卡列尼娜》、《巴黎圣母院》、《约翰·克利斯朵夫》、《浮士德》的作者依次是列夫·托尔斯泰、果戈理、罗曼·罗兰、歌德。

D. 但丁、拜伦、歌德、普希金分别是法国、英国、德国、俄罗斯的著名诗人。

33. 下列外国作家、作品、国别对应错误的一项是 （　　）

A. 伏契克——《绞刑架下的报告》——英都德——《柏林之围》——德

B. 歌德——《少年维特之烦恼》——德雪莱——《西风颂》——英

C. 巴尔扎克——《人间喜剧》——法薄伽丘——《十日谈》——意大利

D. 菲尔丁——《汤姆·琼斯》——英哈代——《德伯家的苔丝》——英

34. 下列外国作家、作品、体裁对应错误的一项是 （　　）

A. 塞万提斯——《唐璜》——戏剧安徒生——《丑小鸭》——童话

B. 法捷耶夫——《毁灭》——小说阿·托尔斯泰——《苦难的历程》——小说

C. 果戈理——《死魂灵》——小说席勒——《阴谋与爱情》——戏剧

D. 左拉——《萌芽》——诗歌莱蒙托夫——《当代英雄》——苏联

35. 下列作家作品的表述错误的一项是 （　　）

A. 《威尼斯商人》、《哈姆雷特》、《奥赛罗》、《李尔王》是莎士比亚的四大悲剧；《天方夜谭》被誉为"世界民间文学史上最壮丽的一座纪念碑。"

B. 《高老头》、《死魂灵》、《猎人日记》、《战争与和平》、《汤姆·索

青少年应该知道的文学知识

亚历险记》都属于批判现实主义作家的作品。《最后一课》、《项链》、《警察和赞美诗》都是世界文学中的短篇精品。

C. 《童年》、《在人间》、《我的大学》是高尔基的自传体三部曲，《两姊妹》、《一九一八年》、《阴暗的早晨》是阿·托尔斯泰的长篇三部曲。

D. 《格林童话》、《卖火柴的小女孩》、《木偶奇遇记》是著名的童话作品。《呼啸山庄》、《汤姆叔叔的小屋》、《简·爱》都是著名女作家的作品。

36. 有关文学常识的表述不正确的一项是 （　　）

A. 普希金是俄罗斯积极浪漫主义文学的开创者；惠特曼也是一位浪漫主义诗人，他的《草叶集》创立了自由诗体，开一代诗风。

B. 小说《暴风骤雨》、《林海雪原》、《悲惨世界》的主人公分别是郭全海、少剑波、冉阿让。

C. 莎士比亚是文艺复兴时期英国伟大的戏剧家和诗人。一生共创作了三十七部戏剧和两篇叙事长诗。他早期创作了著名悲剧《罗密欧与朱丽叶》；中期又创作了"四大悲剧"。

D. 现代作家叶圣陶、朱自清、周立波、柳青的代表作，依次为长篇小说《倪焕之》、散文《背影》、长篇小说《暴风骤雨》、长篇小说《红旗谱》。

37. 下列有关文学常识的表述错误的一项是 （　　）

A. 笛福是18世纪英国著名小说家，他的主要作品有小说《鲁滨逊漂流记》、《辛格顿船长》、《杰克上校》等。

B. 被马克思称为"人类最伟大的戏剧天才"的莎士比亚是文艺复兴时期英国剧作家，他一生创作了37部戏剧，《威尼斯商人》是他的著名的喜剧作品。

C. 拜伦是19世纪英国积极浪漫主义诗歌的杰出代表，著名的诗体小说《唐璜》是他的代表作。

D. 抒情短诗在英国积极浪漫主义诗人雪莱的创作中占有极为重要的地

位，《西风颂》和《致云雀》就是脍炙人口的名篇。

38. 下列有关文学常识的表述错误的一项是　　　　　　　（　　）

   A. 伏尼契，爱尔兰著名女作家，长篇小说《牛虻》是她的代表作。

   B. 曾获得过诺贝尔文学奖的萧伯纳是英国杰出的现实主义戏剧家，他的代表作有《伤心之家》《真相毕露》等。

   C. 《红与黑》是法国 19 世纪杰出的批判现实主义作家司汤达的代表作。

   D. 19 世纪美国批判现实主义作家狄更斯的代表作是长篇小说《艰难时世》等。

39. 下列有关文学常识的表述不正确的一项是　　　　　　（　　）

   A. 莫里哀是 17 世纪法国古典主义喜剧的创建者，喜剧《悭吝人》塑造了答尔丢夫这个著名的吝啬鬼形象。

   B. 雨果是 19 世纪法国浪漫主义文学运动的领袖人物和代表作家，他的长篇历史小说《巴黎圣母院》成功地塑造了一个外形丑陋心灵高尚的人物形象加西莫多。

   C. 19 世纪法国批判现实主义的杰出代表巴尔扎克，一生创作了九十多部小说，这些小说的合集《人间喜剧》的命名是受但丁的《神曲》的启发而确定的。

   D. 欧仁·鲍狄埃是法国巴黎公社时期的杰出诗人，著名的《国际歌》是他在巴黎公社失败后创作的。

40. 下列有关文学常识的表述不正确的一项是　　　　　　（　　）

   A. 意大利文艺复兴时期的著名作家薄伽丘，是人文主义的代表人物，他的短篇小说集《十日谈》对后世欧洲文学影响很大。

   B. 西班牙作家塞万提斯的《堂·吉诃德》为世界文学画廊添了浓浓的一笔，直到今天，只要有人生活在虚妄的幻想中，被现实碰得头破血流，人们往往会称他为"堂·吉诃德"。

   C. 奥地利著名作家卡夫卡，其作品具有浓厚的神秘主义色彩，开西方现代主义文学的先河，代表作有《城堡》等。

D. 德国伟大的诗人和思想家歌德，是一位世界级的文学大师，其书信体小说《少年维特之烦恼》深受青年读者的喜爱。

41.（2001年全国卷）下列有关文学常识的表述，错误的一项是 （ ）

A. 《左传》、《史记》等历史散文作品，以"实录"的笔法将人物写得真实丰满，有血有肉。

B. 《项脊轩志》以清淡朴素的笔法写身边琐事，亲切动人。它的作者归有光被认为是"桐城派"的代表人物。

C. 茅盾的《子夜》、巴金的《家》、老舍的《骆驼样子》以及叶圣陶的《倪焕之》，是我国20世纪二、三十年代著名的长篇小说。

D. 马克·吐温和欧·亨利都擅长写讽刺小说。马克·吐温的《竞选州长》、《百万英磅》和欧·亨利的《警察与赞美诗》等都深受读者的喜爱。

42.（2002年春季北京、安徽、内蒙古卷）下列有关文学常识的表述，错误的一项是 （ ）

A. 七言古诗是长短随意、声律比较自由的诗体，李白的《梦游天姥吟留别》、杜甫的《茅屋为秋风所破歌》、白居易的《长恨歌》都是用这种诗体写成的杰作。

B. 明清两代出现了《琵琶记》、《牡丹亭》、《桃花扇》等一批优秀剧作，它们题材各异，风格有别，在中国戏剧史上放射着熠熠光彩。

C. 《雷雨》、《日出》、《北京人》是著名戏剧家曹禺的代表作，在中国话剧史上占有重要地位。

D. 法国十八世纪著名作家巴尔扎克创作的主要小说总称为《人间喜剧》，其中包括《欧也妮·葛朗台》、《高老头》等。

43.（2005年重庆卷）下列有关文学常识的表述，错误的一项是 （ ）

A. 贾谊、欧阳修、苏洵是我国古代著名的散文家，他们各自的代表作《过秦论》、《伶官传序》、《六国论》都是有名的史论散文。

B. 关汉卿、王实甫、汤显祖都是元代著名的杂剧家，他们的代表作分别是《窦娥冤》、《西厢记》和《牡丹亭》。

C. 钱钟书是现代著名学者、小说家、代表作有学术论著《谈艺录》、《管锥篇》和长篇小说《围城》等。

D. 弗兰茨·卡夫卡是奥利小说家，西方现代主义文学的先驱，代表作是《变形记》。

44.（2006 年浙江卷）下列有关文学常识的表述，不正确的一项是（   ）

A. 先秦两汉历史散文内容丰富，形式多样。有编年体的《左传》，有国别体的《国语》《战国策》，有纪传体的《史记》和《汉书》等。

B. 盛唐出现了两大诗歌流派：以高适、岑参为代表的边塞诗派，以王维、谢灵运为代表的山水田园诗派。其中王维的诗被誉为"诗中有画，画中有诗"。

C. 我国现当代诗坛群星璀璨，优秀诗歌众多，有徐志摩的《再别康桥》、戴望舒的《雨巷》、艾青的《大堰河——我的保姆》和舒婷的《致橡树》等。

D. 俄国的契诃夫、法国的莫泊桑和美国的欧·亨利被誉为世界三大短篇小说家，他们的代表作分别为《装在套子里的人》、《羊脂球》、《警察与赞美诗》等。

45.（2007 年北京卷）下列有关文学常识的表述，错误的一项是（   ）

A.《再别康桥》、《雨巷》、《大堰河——我的保姆》、《乡愁》，分别是徐志摩、戴望舒、艾青、余光中的诗作。

B. 巴尔扎克和卡夫卡都是著名小说家，前者是批判现实主义文学巨匠，后者是西方现代主义文学奠基人。

C. 鲁迅曾对章回体长篇小说《儒林外史》的讽刺艺术给以很高评价，这部小说的作者是清代的蒲松龄。

D. 人称"小杜"的唐代作家杜牧，工诗善文，《过华清宫》和《阿房宫赋》都是他的名作。

46.（2008 年浙江卷）下列有关文学常识的表述，不正确的一项是（   ）

A. 加西亚·马尔克斯是魔幻现实主义最杰出的代表作家、诺贝尔文学奖获得者，他的《百年孤独》被誉为"再现拉丁美洲历史社会图景的鸿篇巨制"。

B. 中国古代戏曲主要指元杂剧和明清传奇。关汉卿的《窦娥冤》和王实甫的《西厢记》代表了元杂剧的最高成就，汤显祖的《牡丹亭》则是清传奇的代表作。

C. "家国之思"是中国古典文学作品中常见主题之一，唐代杜甫的《春望》和南唐后主的《虞美人》（春花秋月何时了）都抒发了国破家亡之痛。

D. 诗人经营意象往往匠心独运，徐志摩用"凉风"下的"水莲花"比喻姑娘的娇羞，而舒婷则用"木棉"、"红硕的花朵"象征现代女性的独立。

47.（2008 年北京卷）下列语句画线处所指的文学家，依次是　　　（　　）

（1）淋漓襟袖啼红泪，比司马青衫更湿

（2）陈王昔时宴平乐，斗酒十千恣欢谑

（3）铁板铜琶，继东坡，高唱大江东去

（4）幽愁发愤，著成信史照人寰

A. 李清照　李　白　苏　轼　欧阳修

B. 白居易　曹　植　辛弃疾　司马迁

C. 白居易　李　白　辛弃疾　欧阳修

D. 李清照　曹　植　苏　轼　司马迁

48.（2008 年江苏卷）下列有关名著的说明，不正确的两项是　　（　　）

A. 郭沫若创作的《凤凰涅磐》和《女神之再生》，分别借用了我国女娲炼石补天和天方国古代的神鸟"菲尼克司"从死灰中更生的神话材料。

B. 巴金的《家》写了一个封建大家庭的历史，写它必然地走上崩溃的路，走到了它自己亲手掘成的墓穴，其中写了一个幼稚而大胆的旧礼教的叛徒——觉慧。

C. 《三国演义》写赤壁之战中，曹操败走华容道，脱险后到达南郡，突然大哭，说如果荀彧在，决不会遭此大败，这是曹操在痛骂诸谋

士无能。

D. 哈姆莱特是文艺复兴时期人文主义者的典型形象，他赞美人类"是一件多么了不起的杰作！""在行为上多么像一个天使！在智慧上多么像一个天神！宇宙的精华！万物的灵长！"

E. 巴尔扎克笔下的老葛朗台，除了金钱，对任何人都没有感情，他破例为病危的妻子花钱求医，也是因为妻子一死，她名下的财产就要分给女儿。

49. （2009 年福建卷）下列各项中，对作品故事情节的叙述不正确的两项是 （　　）

A. 赵云保护着糜夫人，阿斗突围，好不容易脱离危险，曹操的追兵又到了。赵云苦苦劝说受了重伤的糜夫人抱着阿斗上马，自己步行护卫。但为了让赵云全力保护刘备的骨肉，糜夫人把阿斗交给赵云，就拔剑自杀了。（《三国演义》）

B. 吴荪甫雄心勃勃，总想扩大自己的事业。他和几个朋友组建了益中信托公司，以较低的价格收购了几个小厂，并准备加以扩充。他希望自己生产的灯泡、肥皂等日用品将来能销往乡村。（《子夜》）

C. 高老太爷的病一直不见好，高家便求助于神的帮助，拜菩萨、祭天之后，便是捉鬼。捉了高老太爷病房里的鬼，还要捉高工馆所有房间的鬼。捉鬼捉到觉慧的房间时，觉慧却紧闭房门，将巫师等人挡在了门外。（《家》）

D. 马斯洛娃被判去西伯利亚做苦工。为了替被诬告的马斯洛娃伸冤，涅赫柳多夫四处奔走。上诉失败后，涅赫柳多夫决定陪她去西伯利亚，并再次向她求婚。但是，马斯洛娃拒绝了他，决定与西蒙斯结婚。（《复活》）

E. 老葛朗台的葡萄园这一年收成非常好，他十分高兴，于是从太太的衣柜里挑了一件十分漂亮的衣服，送给了一直为主人效忠的拿侬。这是老葛朗台送给拿侬的许多礼物中最贵重的一件。（《欧也妮·葛朗台》

50. （2009 年北京卷）某校文学刊物转载的一段评论中有四个注解，其中不正确 　　　　　　　　　　　　　　　　　　　　　　（　　）

"矛盾在《子夜》等小说创作中所努力实现的创作模式，是西方由巴尔扎克、列夫·托尔斯泰、左拉等现实主义、自然主义小说家所成功地实践了的创作模式。"

A.《子夜》：长篇小说，通过主人公吴荪甫的悲剧命运揭示了当时的重大社会问题。

B. 巴尔扎克：19 实世纪法国作家，他的《人间喜剧》被称为巴黎上流社会的编年史。

C. 列夫·托尔斯泰：19 世纪俄国作家，他的《战争与和平》以气势恢弘著称。

D. 左拉：19 世纪法国作家，他的代表作是体现人道主义思想的《巴黎圣母院》

（二）填空题（各省题型有所不同）

1.（2006 年辽宁卷）

（1）陆游曾用"，千载谁堪伯仲间"的诗句来表达对诸葛亮的仰慕之情。

（2）王勃的《滕王阁序》中，"潦水尽而寒潭清，"两句描写的是深秋的景色。

（3）中国戏曲主要包括宋元南戏、、明清传奇，以及近代、现代的京剧和各种地方戏。

（4）法国作家罗曼·罗兰的《贝多芬传》、《米开朗理罗传》和总称"名人传"。

2.（2006 年湖北卷）

（1）奥地利作家弗兰茨·卡夫卡的小说《》叙述了主人翁格里高尔变成大甲虫的荒诞故事。

（2）中国现代作家创作的小说《边城》是一部田园牧歌式的杰作。

（3）古代诗文中，有许多描写祖国山河壮美的名句。比如，李白《梦

游天姥吟留别》中的"天姥连天向天横,"和"半壁见海日,";又如,苏轼《赤壁赋》中的"白露横江,,纵一苇之所如,"。

3. (2007 年全国卷Ⅱ,两题任选一题)

(1) 北冥有鱼,＿＿＿＿＿＿。＿＿＿＿＿＿,不知其几千里也;化而为鸟,＿＿＿＿＿＿。＿＿＿＿＿＿,不知其几千里也;怒而飞,＿＿＿＿＿＿。(《庄子·逍遥游》)

(2) 杨花落尽子规啼,＿＿＿＿＿＿。＿＿＿＿＿＿,随风直到夜郎西。(李白《闻王昌龄左迁龙标遥有此寄》)

予谓菊,＿＿＿＿＿＿;牡丹,;莲,＿＿＿＿＿＿。(周敦颐《爱莲说》)

4. (2007 年安徽卷)

(1) 锲而舍之,朽木不折;锲而不舍,。(荀子《劝学》)

(2) 潦水尽而寒潭清,＿＿＿＿＿＿。(王勃《滕王阁序》)

(3) 天生我材必有用,＿＿＿＿＿＿。(李白《将进酒》)

(4) 复道行空,＿＿＿＿＿＿?(杜牧《阿房宫赋》)

(5), 蓝田日暖玉生烟。(李商隐《锦瑟》)

(6) 挟飞仙以遨游,＿＿＿＿＿＿。(苏轼《赤壁赋》)

(7) 雁字回时, 月满西楼。(李清照《一剪梅》)

5. (2008 年全国Ⅰ卷,两题任选一题)

(1) 西望夏口,＿＿＿＿＿＿,山川相缪,郁乎苍苍,方其破荆州,下江陵,顺流而东也,＿＿＿＿＿＿,旌旗蔽空,＿＿＿＿＿＿,横槊赋诗,＿＿＿＿＿＿,而今安在哉?(苏轼《赤壁赋》)

(2) 入则无法家拂士,＿＿＿＿＿＿,国恒亡。(《孟子告子下》)

锦城虽云乐,＿＿＿＿＿＿。蜀道之难,难于上青天,＿＿＿＿＿＿!(李白《蜀道难》)

爱其子,＿＿＿＿＿＿;于其身也,＿＿＿＿＿＿。惑矣。(韩愈《师说》)

6. (2008 年全国新课标卷,四题任选三题)

(1) 淇水汤汤,渐车帷裳,＿＿＿＿＿＿,士贰其行。＿＿＿＿＿＿,二三其德。(《诗经·氓》)

（2）锦瑟无端五十弦，_____。_____，望帝春心托杜鹃。（李商隐《锦瑟》）

（3）烟笼寒水月笼沙，_____。商女不知亡国恨，_____。（杜牧《泊秦淮》）

（4）醉翁之意不在酒，_____。山水之乐，_____。（欧阳修《醉翁亭记》）

7. （2009 年陕西卷，两题任选一题）

（1）子曰："知者不惑，_____，_____。"（《论语·子罕》）

尔来四万八千岁，_____。西当太白有鸟道，_____。_____，然后天梯石栈相钩连。（李白《蜀道难》）

（2）屈心而抑志兮，_____。_____。固前圣之所厚。（屈原《离骚》）

羽扇纶巾，谈笑间，_____。_____，_____，早生华发。（苏轼《念奴娇·赤壁怀古》）

8. （2009 年湖北卷）

（1）古代作品中写山水之胜的，有《赤壁赋》中的"山川相缪，_____"，还有《蜀道难》中的"上有六龙回日之高标，_____"。

（2）同是写秦朝暴政的，有《过秦论》中的"于是废先王之道，_____"，还有《阿房宫赋》中的"使负栋之柱，_____"。

（3）雨果是 19 世纪_____（国别）浪漫注意文学的杰出代表，主要作品有《悲惨世界》、《九三年》等。

（4）我国现代小说中，祥林嫂、翠翠、方鸿渐依次是《祝福》、《边城》、《_____》中的主人公。

参考答案及解析

一、选择题

1. B；《楚辞》是西汉末年刘向搜集屈原、宋玉以及汉代仿效屈原辞赋的作家作品共16篇，编辑而成。

2. C；古文这一概念的提出，始于韩愈。以前在中国文学史上并无所谓古文之称。唐人所谓古文，其实就是与当时流行的骈体文相对称的散文。就形式来说，它是一种奇句散行文句长短不限的文体。因为这种文体的倡导者、中唐时的韩愈、柳宗元等主张恢复先秦两汉时代的散文传统，所以称之为古文。

3. B；散曲实际是金元时期产生于北方的一种新体诗。包括小令和散套二种。

4. A；乐府原指朝廷所设的音乐机构，它的主要职能在搜罗乐倡、谱制乐歌、训练歌舞人员，以供郊祀、饮宴、游乐之需。后来把音乐机构所采集、创作的歌辞，统称为"乐府诗"，简称"乐府"。A项表述不完整。

5. B；A 塞万提斯是西班牙人；C《蜀道难》是李白的诗；D《警察与赞美诗》的作者是欧·亨利。

6. D；A.《金瓶梅》是清代小说，但丁是意大利人；B. 王实甫是元代人，《茶花女》作者是小仲马；B.《复活》作者是列夫·托尔斯泰。

7. D；《三千里江山》是杨朔的作品；《山乡巨变》是周立波的作品。

8. C；《包身工》的文体是报告文学而不是小说，《暴风骤雨》是我国现代文学史上较早反映农民翻身解放的史诗性作品。

9. C；《木兰诗》为北朝民歌，始见于南朝僧人智匠所编《古今乐录》，选自宋代郭茂倩编的《乐府诗集》，而非徐陵所编《玉台新咏》。

青少年应该知道的文学知识

10. A；B "三打祝家庄"是《水浒传》中的情节；C《狂人日记》收在鲁迅小说集《呐喊》中；D《父与子》是长篇小说。

11. A；B 张天翼的《华威先生》是解放区文学，《上海屋檐下》的作者是夏衍；C 孙犁的《荷花淀》反映抗日战争时期生活的作品；D《林海雪原》的作者是曲波。

12. D；

13. D；散曲作为曲的一种体式，是不进入戏剧的散篇作品，供清唱吟咏之用，以抒情为主，也称清曲。

14. B；"刻舟求剑"出自《吕氏春秋》中的《察今》。

15. D；诸葛亮的《出师表》又称《前出师表》，是相对二次伐魏时的《后出师表》而言的。"鞠躬尽瘁，死而后已"出自《后出师表》。

16. C；《木兰诗》为北朝民歌，见于南朝僧人智匠所编《古今乐录》，而非徐陵所编《玉台新咏》。

17. C；"永州八记"是唐代文学家柳宗元的作品。

18. D；"人生自古谁无死，留取丹心照汗青"出自文天祥的《过零丁洋》。

19. A；"元曲四大家"指元曲作家关汉卿、郑光祖、白朴、马致远，其代表作分别为《窦娥冤》、《倩女离魂》、《墙头马上》、《汉宫秋》。

20. D；杂剧的每折戏只能用一个宫调演唱。

21. D；《长生殿》和《桃花扇》的作者相反。

22. D；"三言"并没有"古今小说"之说，《古今小说》只是《喻世明言》的另一称呼。

23. C；"倘秀才"是曲牌名。

24. D；《灌园叟晚逢仙女》出自冯梦龙的"三言"，属拟话本，不是传奇。

25. B；而方苞是清代"桐城派"的代表，"唐宋派"的代表是明代的归有光。

26. D；A 辞赋、乐府同兴于西汉初，繁荣于汉；B "四明狂客"是贺

知章、"六一居士"是欧阳修；C《劝学》是荀子的。

27. D；雨果是浪漫主义的代表作家。

28. B；"三言二拍"是我国指冯梦龙的《警世通言》、《醒世恒言》、《喻世明言》和凌蒙初的《初刻拍案惊奇》、《二刻拍案惊奇》五部短篇小说集的总称。

29. A；第一部国别体史书是《国语》。

30. A；莫泊桑，"世界三大短篇小说之王"之一。居斯塔夫·福楼拜，19世纪中叶法国重要的批判现实主义作家，莫泊桑就曾拜他为师。著名作品《包法利夫人》、《感情教育》。

31. A；《竞选州长》是美国杰出的讽刺作家马克·吐温的作品。

32. A；B《父与子》是俄国作家屠格涅夫的作品；C《巴黎圣母院》的作者是法国作家雨果；D. 但丁是意大利著名诗人。

33. A；伏契克是捷克作家，都德是法国作家。

34. D；《萌芽》是小说，莱蒙托夫是俄国作家。

35. A；《威尼斯商人》是喜剧。

36. D；柳青的《创业史》。

37. C；拜伦长篇叙事诗《唐璜》；

38. D；狄更斯是英国人。

39. A；《悭吝人》中塑造的吝啬鬼是阿巴贡，答尔丢夫是莫里哀的另一部喜剧《伪君子》中的人物形象。

40. C；开西方现代主义文学先河的代表作是《变形记》。

41. B，作家流派的错误。桐城派代表人物不是归有光，是方苞、刘大魁、姚鼐；

42. D，作家时代错误。巴尔扎克法国十九世纪上半叶著名作家；

43. B，汤显祖是明代戏曲作家；

44. B，谢灵运不是盛唐诗人；

45. C，《儒林外史》的作者应为吴敬梓；

46. B，汤显祖的《牡丹亭》则是明代传奇的代表作，而非清代；

47. B；结合相关课文所学，知人论世，综合判断；

48. AC，A 项作品与两个神话错位；C 项将"郭嘉"误为"荀彧"；

49. AE，本试题中所选入考查的情节均为"经典 + 主要"的情节，A 项为"赵子龙单骑救主"，B 项是吴荪甫办实业的理想之一，C 项是"捉鬼事件"，D 项是整部小说的梗概，E 项是葛朗台这一人物的性格外化；

50. D，左拉的代表作是，《卢贡—马卡尔家族》、《娜拉》、《四福音书》等，《巴黎圣母院》的作者是雨果。

二、填空题

1. （2006 年辽宁卷）（1）出师一表真名世；（2）烟光凝而暮山紫；（3）元杂剧；（4）《托尔斯泰传》。

2. （2006 年湖北卷）（1）《变形记》；（2）沈从文；（3）誓拔五岳掩赤城；空中闻天鸡；水光接天；凌万顷之茫然。

3. （2007 年全国卷 II）（1）其名曰鲲。鲲之大，其名为鹏。鹏之背，其翼若垂天之云。（2）闻道龙标过五溪。我寄愁心与明月；花之隐逸者也；花之富贵者也；花之君子者也。

4. （2007 年安徽卷）（1）金石可镂；（2）烟光凝而暮山紫；（3）千金散尽还复来；（4）不霁何虹；（5）沧海月明珠有泪；（6）抱明月而长终；（7）云中谁寄锦书来。

5. （2008 年全国 I 卷，两题任选一题）（1）东望武昌；此非孟德之困于周郎者乎？舳舻千里，酾酒临江，固一世之雄也。（2）出则无敌国外患者，不如早还家，侧身西望长咨嗟，择师而教之，则耻师焉。

6. （2008 年全国新课标卷）（1）女也不爽，士也罔极；（2）一弦一柱思华年，庄生晓梦迷蝴蝶；（3）夜泊秦淮近酒家，隔江犹唱后庭花；（4）在乎山水之间也；得之心而寓之酒也。

7. （2009 年陕西卷）（1）仁者不忧，勇者不惧；不与秦塞通人烟，可以横绝峨嵋巅，地崩山摧壮士死；（2）忍忧而攘诟，伏清白以死直兮，谈笑间樯橹灰飞烟灭，故国神游，多情应笑我。（1）句中注意"峨嵋"、

"巅"、"摧"等字的写法。（2）句中注意"攘诟"、"樯橹"、"灰"等字的写法。

8.（2009年湖北卷）（1）郁乎苍苍，下有冲波逆折之回川；（2）焚百家之言，多于南亩之农夫；（3）法国；（4）《围城》。